공 작 영 애 의 소 양 3

Grouse
[글라우스]

Minae
[미나]

Dorussen
[도르센]

Van
[반]

Retishia
[레티시아]

Iris
[아이리스]

목 차

공

작

영

애

의

소

양

3

Illustration

후
타
바
하
즈
키

레이아
Reia

루체
LUCE

디더

아이리스의 호위.
어릴 적 아이리스가 거둬들인 아이 중 한 명.

라일

아이리스의 호위.
어릴 적 아이리스가 거둬들인 아이 중 한 명.

아이리스 라나 아르메리아

아르메리아 공작가의 영애.
전생의 기억이 되살아난다.

레메

아르메리아 공작가의 도서관을 관리한다.
어릴 적 아이리스가 거둬들인 아이 중 한 명.

타냐

아이리스의 전속 시녀.
어릴 적 아이리스가 거둬들인 아이 중 한 명.

딘

아즈타 상회에서 부정기적으로 일한다.
매우 유능하다.

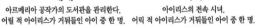

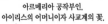

메를리스 레제 아르메리아

아르메리아 공작부인.
아이리스의 어머니이자 사교계의 꽃.

미나

아이리스가 지원하는 교회에서,
아이들을 돌보는 소녀.

레티시아

딘의 여동생.
총명하고 실무능력이 뛰어나다.

베른 타아시 아르메리아
아르메리아 공작가의 적자.
유리를 좋아한다.

글라우스
아르메리아 공작령 동부를 통치하는
보르틱 패밀리의 넘버1.

루디우스 지브 앤더슨
타스멜리아 왕국 제1왕자 알프레드의
소꿉친구이자 보좌역.

도르센 카타벨리아
기사단 단장의 자제.
유리를 좋아한다.

반 루타샤
다릴교 교황의 아들.
유리를 좋아한다.

유리 노이어
노이어 남작가의 영애.
학원에 역 할렘을 만든다.

character

공 작 영 애 의 소 양

인 물 소 개

가젤 더즈 앤더슨
앤더슨 후작가의 전 가주이자 장군.
메를리스의 아버지.

샬리아
현 국왕의 정비.
1남 1녀를 낳고 세상을 떠났다.

에드워드 톤 타스멜리아
타스멜리아 왕국 제2왕자.
아이리스와 약혼한 사이였다.

루이 드 아르메리아
아르메리아 공작가의 가주이자 재상.
아이리스의 아버지.

아이리야 폰 타스멜리아
태후.
별궁에서 은거하고 있다.

엘리아
현 국왕의 측실.
에드워드 왕자의 어머니.

11장
공작 영애, 화제의 중심이 되다

하아. 한숨을 쉬며 나타난 것은 레티시아 왕녀. 애칭 레티.

알프레드 왕자의 동복 여동생이자 이 나라 제3위의 왕위 계승권을 지닌 그녀는 금발에 부드러운 페리도트 같은 초록색 눈동자를 지닌 사랑스러운 용모의 소녀.

그가 어렴풋이 기억하고 있는 그들의 어머니인 샬리아 왕비와 꼭 닮은 얼굴이다.

지금은 그 아름다운 얼굴에 조금 무서운 표정을 짓고 있었다.

"……오라버니, 몸을 움직이는 것도 좋지만 그 전에 머리와 손을 움직이셔야죠."

"레티, 벌써 끝났니?"

"네. 오라버니가 흉계를 꾸미는 동안. 그리고 사랑스러운 그녀와 만나는 동안에 말이죠."

생긋 웃는 얼굴은 몹시 사랑스러웠지만 그 눈은 웃고 있지 않았다.

그녀가 말없이 손에 들고 있던 서류를 책상에 올려놓았다.

"이건 서비스예요. ……돈의 흐름에 조금 신경 쓰이는 부분이 있어서요."

알프레드 왕자가 자리를 비운 동안 실무를 맡고 있는 것은 다름 아닌 그녀다.

왕이 병으로 쓰러진 지금, 알프레드 왕자가 맡고 있는 실무는 야금야금 늘어나기만 할 뿐. 그녀가 없었더라면 밖을 나돌아 다니기는 불가능했을 것이다.

슬프게도 어릴 적부터 자신의 미묘한 위치……. 즉, 왕궁 안 세력 다툼의 소용돌이 속에 몸을 담고 있다는 처지를 알고 있던 그녀는 일반 교양과 함께 실무를 배웠다.

그 실무 능력과 수완은 재상 아르메리아 공작가의 가주마저 인정하고 있다.

"제법 솜씨가 좋아졌구나. ……이 정도면 앞으로 '도' 안심하고 맡길 수 있겠는데."

"어머나, 오라버니. 말이 떨어지기가 무섭게 다음 외출할 궁리는 하지 말아 주시겠어요?"

알프레드 왕자는 보고서를 훑어보았다. 손댈 곳은 한군데도 없었다.

그뿐인가, 평소 여기저기 돌아다니느라 그의 눈길이 미치지 않는 곳까지 이렇게 그녀가 보충해 주고 있다.

"인무 대신은 제2 왕자파이니까 이런 작은 안건은 아무래도 뒤로 밀려나게 되거든요."

"……그렇군."

국가 운영을 위한 왕도 행정 기관은 7개의 부서로 나뉘어져 있다. 재무(財務), 군무(軍務), 법무(法務), 외무(外務), 인무(人務), 교무(敎務), 공무(工務)……. 그들을 통괄하는 것이 재상이며 그 위에 왕이 있다.

왕족 직할지를 운영하는 것 외에도 국가 방침을 정하는 것과 각 영주와 의견을 절충하는 것이 행정 기관의 역할이다.

영주의 힘은 절대적이기 때문에 나라를 운영하면서 각 영주들과 의견을 조율하려면 많은 시간이 걸린다.

그래서 중앙 집권화를 더욱 진행하고 싶지만…… 아직 강대한 힘을 지닌 귀족들이 있기 때문에 좀처럼 쉽지 않은 일이다.

재무 대신 사지타리아 백작, 그리고 군무 대신과 외무 대신은 제1왕자파.

한편 인사권과 민사를 다루는 인무 대신과 공무 대신, 그리고 교무 대신은 제2왕자파.

교무부는 다릴교가 국정에 파고들기 위한 부서였지만, 지난번 파문 소동으로 다수의 직원이 숙청당해서 혼란의 한복판에 놓이는 바람에 현제 제 기능을 못하고 있다.

그는 이 기회에 그들을 완전히 국정에서 잘라 내고 싶다고 생각했다.

참고로 법무 대신은 중립파.

재상 아르메리아 공작도 법무 대신과 마찬가지로 이전에는 중립파였지만 파문 소동 이후 그는 결정적으로 '남들의 눈에' 제1왕자파로 보이게 되었다.

"유착하고 자기 주머니로 돈을 챙겼단 말이지……. 인사권을 지닌 인무 대신이라는 자가……."

"왕궁 안 의자 뺏기 게임에 열을 올리느라 벌인 짓이겠죠."

그녀는 인무 대신이 착복한 자금으로 자신의 배를 불리는 한편, 뇌물을 뿌린 사실을 비웃으며 비꼬았다.

"나와 동생이 진영 뺏기 게임을 하는 동안 지위를 얻기 위해 의자

빼기 게임을 벌이고 있단 말이지. ……꽤나 여기저기에서 게임이 시작되고 있는 모양이구나."

"듣고 보니 그렇군요. ……그건 그렇고 오라버니."

"응? 무슨 일이지."

"저도 아르메리아 공작 영애와 만나게 해 주세요."

그녀가 말이 끝나기도 전에 눈을 빛내며 말했다. 그 박력에 알프레드 왕자는 살짝 주춤했다.

"……갑자기 왜 그러지?"

그 때문일까, 또다시 질문을 던지고 말았다.

"같은 여인의 몸으로 정무에 몸담고 있는 귀중한 인재와 동지로서 꼭 교류하고 싶어서요. ……사실 그건 핑계고 진짜는 오라버니와 서로 애틋한 사이니까요."

"……나와 그녀는 네가 생각하는 그런 사이가 아니다."

"어머! 그럴 리가 있나요? 아르메리아 공작가의 힘을 꺾어 버릴 절호의 기회를 일부러 놓쳐 버렸잖아요."

아르메리아 공작가는 메를리스 부인을 특별히 아끼는 태후조차 그 권세를 경계하며 주시하고 있는 가문이다.

어느 가문보다 귀족다운 귀족……. 옛날부터 전통을 지키며 영지민 보호를 최우선으로 여기는 귀족이라는 평가를 얻고 있기에 아직까지 아무 일도 없긴 하지만.

"그건……."

"설마 쓸 만한 인재라서 그런 거라고 하진 않으시겠죠?"

동생의 날카로운 추궁과 무슨 말을 해도 소용없을 듯한 반짝이는 눈동자에 알프레드 왕자는 저도 모르게 한숨을 쉬었다.

"……만나고 싶어도 이쪽으로 부를 수는 없잖아. 그리고 넌 왕도는커녕 이 궁과 왕궁 밖으로 나가 본 적도 거의 없고."

"오라버니와 루디가 함께라면 안전하겠죠."

"……기회가 있으면 만나게 해 주마."

"그래 놓고 또 저를 두고 갈 거죠? 정말 너무해요. 그렇죠, 루디?"

"……전 아무 말도 드릴 수가……."

느닷없이 질문을 받은 루디우스는 쓴웃음을 지었다.

"뭐야! 왜 루디까지 그런 반응이람."

루디우스의 말에 레티시아 왕녀는 불만스러운 듯 입술을 삐죽 내밀었다.

하지만 이윽고 한숨을 쉬며 어깨를 떨어뜨리고 어두운 표정을 지었다. 지금까지의 가벼운 분위기가 한순간에 변했다.

그는 그 입에서 무슨 말이 나올지 듣고 싶지 않다고 내심 생각하면서도 그녀가 입을 열기를 묵묵히 기다렸다.

"……아이리스 영애 얘기는 이쯤에서 그만두고, 나 정말로 바깥 공기를 쐬고 싶어요. 왕족의 일원으로서 저잣거리를 둘러보며 그들의 생활을 이 눈으로 직접 보고 싶어요."

"네가 어떤 입장인지 이해하면서 그래도 그러길 바라느냐?"

자연스레 알프레드 왕자의 어조도 딱딱해졌다.

레티시아 왕녀의 행동 범위는 좁다. 이 별궁과 왕궁의 한정된 공간뿐이다.

그것은 왕족 여인이라는 이유 때문만은 아니다.

그녀는 어머니인 샬리아 왕비와 지나치게 닮았다.

그것도 해를 거듭할수록 더욱더 닮아 가고 있다.

그들의 아버지인 국왕이 레티시아의 성장한 모습을 보면 틀림없이 그녀에게 무턱대고 사랑을 쏟으리라는 걸 확신할 수 있을 만큼.

그렇기 때문에 그녀를 왕과 마주치게 할 수 없다.

왕이 레티시아를 사랑하면 사랑할수록 그 사랑은 그녀의 목을 조르게 될 테니까.

어머니인 샬리아 왕비와 꼭 닮은 그녀.

그런 그녀를 아끼는 왕의 모습을 보면 엘리아 왕비도 결코 기분이 좋지는 않을 것이다.

안 그래도 알프레드 왕자와 레티시아 왕녀는 엘리아 왕비에게 걸리적거리는 존재.

섣불리 자극했다가 직접적인 행동에 나서기라도 하면…… 과연 레티시아 왕녀를 끝까지 지킬 수 있을까?

알프레드 왕자도, 왕도 그녀의 옆에 24시간 붙어 있을 수는 없다.

무엇보다 병적으로 샬리아 왕비를 사랑하는 왕을 보면 아버지조차 믿을 수 없는 것이 알프레드 왕자의 솔직한 심정이었다.

거기까지 생각한 후 그는 자조했다. 이건 단순한 이기심이라고…….

동생을 잃을 것이 두려워서 가두고 있다.

샬리아 왕비 때처럼 무력한 자신을 한탄하고 싶지 않은 것뿐.

어쩌면 자신도 아버지처럼 병들었는지도 모른다…….

이렇게 레티시아 왕녀를 새장 속에 가두고, 잃을지도 모른다는 공포에 떨며 문을 잠가 버리려고 하는 것을 보면.

"……알아요. 무슨 일이 일어날 경우에 저는 짐밖에 되지 않는다는걸. 하지만 그래도 전 바깥세상을 보고 싶어요. 사교계조차 나가지 못하는 주제에 꿈이 너무 크다고 생각하겠지만."

그는 그녀를 물끄러미 바라보았다.

……많이 컸구나. 새삼 그런 생각이 들었다.

"그 오라버니처럼 보고 싶은 것만 보며 성안에서 편하게 살고 싶지 않아요."

……동생을 계속 가둬 두면 이윽고 스스로 뛰쳐나갈 것이다.

그걸 알 수 있을 만큼 그녀의 눈동자는 강한 빛을 발하고 있었다.

오히려 '굳이' 이렇게 교섭하려 드는 게 낫다고 생각될 만큼.

"알겠다."

"……네?"

"함께 저잣거리를 둘러보고 싶다고? 나와 루디가 함께라면 좋다."

"……고마워요, 오라버니!"

레티시아 왕녀가 기쁜 듯이 생긋 웃었다.

"그렇다면 빨리 남은 서류를 끝내야겠네요. 오라버니도 빨리 나갈 수 있게 미루지 말고 처리하세요."

"그래, 알겠다."

그녀는 잔뜩 신이 나서 조금 전 그녀가 놓아둔 서류 다발이 아닌 다른 서류 다발을 집어 들었다.

알프레드가 좀 전에 끝냈던 것이다.

그리고 그녀가 그 서류 다발을 든 채 방에서 나갔다.

"아, 레티 님. 제가 들겠습니다."

그 뒤를 쫓듯이 루디우스도 방을 나갔다.

† † †

"……레티 님, 제법이시군요."

"어머, 루디, 무슨 소리죠?"

레티시아 왕녀가 생글생글 기분 좋게 웃으며 물었다.

다 알면서……. 루디우스는 내심 그렇게 생각하면서도 질문에 대답하기 위해 입을 열었다.

"무슨 소리냐니……. 아까 대화 말입니다. 처음부터 외출 허가를 얻는 게 목적이었지요?"

"후후후, 맞았어."

아마 아이리스를 만나고 싶었던 것도 사실일 것이다. 하지만 그건 어디까지나 '기회가 있으면' 정도일 뿐.

정말로 원한 것은 외출 허가였을 것이다……라는 루디우스의 예상은 멋지게 맞아떨어진 모양이다.

그녀는 엄청난 양의 서류를 서재 책상 위에 올려놓았다.

그녀의 서재는 알프레드 왕자의 서재보다 작고, 귀여운 소품들이 여기저기 놓여 있었지만, 책장에 꽂힌 장서의 양과 내용은 그다지 왕녀답지 않았다.

"오라버니께 배운 거랍니다. 교섭할 때는 자신이 진짜로 원하는 걸 제시하기 전에 상대가 보다 허용하기 어려운…… 난이도가 높은 요구를 먼저 제시하는 게 훨씬 잘 통한다고. 멋지게 맞아떨어졌네요."

맞는 말이군. 루디우스는 웃었다.

"그래서 아이리스와 전하의 사이를 언급한 겁니까? 방심할 수 없는 분이군요."

"후후후……. 엄살이 심하네요. 도중에 오라버니도 눈치챈 것 같던걸요."

그때 알프레드 왕자가 벌레를 씹은 듯한 표정을 지은 건 그 때문이었나……? 루디우스는 생각했다.

아마도 그 시점에서 알프레드 왕자도 레티시아 왕녀가 뭘 원하는 지 눈치챈 모양이다.

그래도 그녀의 술수에 넘어가 준 것은 그녀의 마음을 존중해서일 까?

레티시아가 서재의 책상 의자에 앉았다.

아름다운 흰색 책상. 과거 왕족 여인들은 이곳에서 편지를 쓰지 않 았을까…… 라는 상상이 드는 그림 같은 책상.

하지만 현실의 광경…… 그 위에 놓여 있는 어마어마한 서류 더미 가 그 환상을 산산조각 냈다.

"뭐 언질해 뒀으니 나중에 왕도를 걸어 다니다가 '우연히' 아르메 리아 공작 영애를 만나도 불평은 못 하겠죠?"

"그래서 서두른 겁니까……?"

소동은 끝났지만 아이리스는 당분간 왕도에 머물 것이다.

제2 왕자인 에드워드가 장난질을 하는 바람에 일어난 여러 가지 소동을 뒤처리해야 할 테니까.

"그래요. 아이리스 공작 영애를 만나고 싶다는 말은 거짓말이 아 니랍니다."

"……어째서 그렇게까지 그녀에게 관심을 보이는 겁니까? 물론 소중한 오라버니가 고민하는 모습을 보면 신경 쓰이는 건 어쩔 수 없겠지만."

"……그래요. 루디의 말 대로예요. 하지만 그건 당신이 상상하는 것처럼 '소중한 오라버니를 빼앗기고 싶지 않다.' 라는 마음은 아니 랍니다."

자신의 예상을 이토록 쉽게 알아차리고 게다가 부정하다니. 루디 우스는 잠자코 다음 말을 기다릴 수밖에 없었다.

딱히 맞장구도 치지 않고 입을 다물고 있자니 그녀가 쿡쿡 웃음을 터뜨렸다.

"물론 그런 마음도 조금은 있지만요. ……단순히 흥미가 생겼어요. 예를 들면 '그 오라버니'의 세계는 굉장히 좁아요. 어릴 때는 엘리아 왕비에게 보호받으며 자랐고, 성장한 후에도 듣기 좋은 말을 늘어놓는 자들만 곁에 두고 있죠. 그 결과가 아이리스 공작 영애와의 파혼 아닐까요?"

루디우스는 그녀가 말하는 '그 오라버니'란 에드워드 왕자를 가리킨다는 사실을 곧 눈치챘다.

왜냐하면 그녀는 에드워드 왕자를 부를 때 항상 '그 오라버니'라고 부르기 때문이다.

"하지만 그와는 다른 의미로 오라버니의 세계도 좁아요. 오라버니의 세계에는 나와 루디우스뿐. 나머지는 쓸모 있는 인간인가, 그렇지 않은가……. 그 기준으로 곁에 두고 있을 뿐이에요."

루디는 그 말에 그녀가 하려는 말을 겨우 이해했다.

……확실히 알프레드 왕자의 세계는 에드워드 왕자와는 다른 의미로 좁다.

견문이 좁다는 뜻이 아니다. 타인을 얼마나 받아들이느냐, 그런 의미에서다.

쓸모가 있으니까 필요로 하는 것이 아니라…… 마음을 허락하고, 의견을 구하고, 시답잖은 이야기도 나누는.

그런 당연한 일을 함께할 수 있는 사람.

현재 그런 사람은 육친인 레티시아 왕녀뿐. 그리고 루디우스 자신이 그 안에 살짝 속하는지 어떤지 알 수 없는…… 그 정도다.

"왕족으로서 그건 어쩔 수 없는 일일지도 몰라요. 하지만 오라버니는 너무 극단적이에요. ……적들이 우글거리는 왕궁에서 어릴 때부터 나 같은 짐 덩어리를 짊어지고 살아왔으니 할 수 없을지도 모르죠."

후우. 그녀는 한숨을 쉬었다.

"……아니, 그건 변명이 되지 않아요. 이해타산으로 움직이는 오라버니 아래에 있는 것은 오라버니의 능력을 보고 모인 자들뿐. 어떻게 보면 그건 오라버니의 강점이지만…… 그것만 의지해서는 세력이 견고해질 수 없어요. 유치한 말로 표현하자면 유대감……이라고 해야 하나? 그런 유대감이 없으면 만약 오라버니가 실책을 저지를 경우에는 당장 떠나 버릴 위험성도 있으니까요."

확실히 일리 있는 말이다. 루디우스는 저도 모르게 납득했다.

현재 알프레드 왕자의 세력에 속해 있는 것은 신흥 귀족과 지방 귀족들.

그들은 스스로 확고한 실적을 쌓아 왔기에 알프레드 왕자의 편에 섰다.

보다 유능한 왕자의 편에 서려면 누굴 택해야 할까? ……그런 생각에서라면 에드워드 왕자에 비하면 알프레드 왕자가 낫겠지.

하지만 그 판단 기준으로 선택한다면……. 만약 에드워드 왕자가 알프레드 왕자와 비등한 능력을 보일 경우 어느 쪽에 설 거냐고 묻는다면 아마 '어느 쪽이든 상관없다.' 라고 대답할 것이다.

"……이번에 중립파 사람들이 오라버니에게 살짝 기운 것은 아르메리아 공작가가 오라버니의 편에 선 것이 제일 큰 원인이에요. 그럼 아르메리아 공작가의 가주는 어째서 오라버니 편에 섰을까요? 물론 '주위에서 그렇게 여기니까' ……. 그렇게 생각할 수도 있죠. 하지만 그런 큰 가문은 그런 시선 따윈 무시하고 조용히 지켜볼 수 있잖아요? 최악의 경우, 파문 소동을 이유로 재상직을 그만두고 영지로 돌아가는 방법도 있죠. 그런데도 그 가주가 영도(領都)에 머물며 오라버니의 손발이 되어 협력을 표명한 것은……."

"……도움을 받았기 때문입니까?"

"그래요. 나라를 분열시키는 리스크를 짊어지면서도 한쪽을 선택한 것은 역시 아르메리아 공작가와 관련된 자를 오라버니 스스로 아무 대가없이 도와줬기 때문 아닐까요?"

"계산하지 않았기 때문에 우리 편으로 끌어들일 수 있었단 말입니까……?"

"그래요. ……그리고 대립을 '수습한 후'를 생각하면 그런 아군을 늘려야 한다고 생각하지 않나요? 루디."

"……왕권 강화를 위해서 말이지요."

"그래요. 오라버니의 목표는 역대 국왕들처럼 제후의 힘을 하나로 모으는 것뿐만이 아니에요. 그 앞을 내다보고 있죠. ……가시밭길일 거예요. 그래서 필요한 거랍니다. 함께 걷는 것뿐만 아니라 함께 피를 흘려 줄 사람이. 평화로울 때에도, 전시에도. 뭐, 군부 사람들은 아무래도 딘을 따르는 것 같으니까 싸우는 것만큼은 괜찮을 것 같지만."

알프레드 왕자의 측근인 루디우스의 할아버지가 군부의 톱인 가젤 장군이라는 것.

가젤 장군 본인도 어린 시절부터 알프레드 왕자를 눈여겨보았다는 것.

그리고 알프레드 왕자가 딘이라는 이름으로 정체를 속인 채 군부에 파고들어 친밀한 관계를 쌓아 온 것.

그 세 가지를 생각해 볼 때, 그녀 말대로 군부는 딘이 알프레드 왕자라는 사실을 알면 충성을 맹세할 가능성이 높다.

"……이야기가 다른 곳으로 샜지만, 어쨌든 앞으로 왕권을 강화하려면 오라버니는 자신의 진영을 확고하게 만들어야 해요. 그러기 위해서 오라버니는 언제까지나 저와 루디만 존재하는 세계에 머물러서는 안 돼요. ……그럴 때 아이리스 공작 영애를 알게 됐죠. 오라버니의 좁은 세계를 넓혀 준 사람……. 대체 어떤 분일까요? 무척 흥미로워요."

"그렇군요. 저어, 레티 님."

"……뭐죠?"

"……레티 님은 정말 밖에 나갈 수 없는 겁니까?"

지금까지 그녀의 이야기를 듣고 있던 루디우스는 저도 모르게 물었다.

왕족이라는 사실을 고려한다 해도 설마 연하의 소녀에게 이런 얘기를 들으리라고는…… 보통 아무도 생각하지 못할 것이다. 그는 내심 쓴웃음을 지었다.

"……왜 그러죠? 갑자기."

"마치 직접 경험하신 것처럼 정보를 모으셔서 그만, 저도 모르게."

"……그 반대예요. 새장 속에 갇혀 있기 때문에 조금이라도 바깥 세상을 알고 싶어서 이것저것 추측하게 된 거랍니다."

"……그런 겁니까?"

"네, 그런 거예요."

아쉽군. 그는 생각했다.

아무것도 모르는 사람이 봐도 그녀에게서 엿보이는 재능의 편린은 정말 굉장하다. 그런데 그 힘을 마음껏 발휘할 자리가 주어지지 않다니.

"하지만 난 아직 멀었어요. 아직 스스로 행동한 적이 없으니까요. 이미 일어난 일을 고찰하는 건 누구나 할 수 있잖아요?"

누구나 할 수 있는 일은 아니다.

레티시아 왕녀는 다른 사람을 자신보다 얼마나 높이 평가하고 있는 걸까?

타인을 접할 경험이 없었던 것이 이런 부분에서 독이 되는 걸지도 모른다.

"다시 얘기를 계속하자면…… 난 놀랐어요. 오라버니가 다른 사람에게 흥미를 가진 것도, 그렇게 열심히 드나드는 것도. 오라버니의 세계에 나와 루디 외에 다른 사람이 나타나서 오라버니를 이토록 고뇌에 빠뜨릴 줄이야. ……있죠, 루디."

"왜 그러십니까?"

"혈육인 당신에게 이런 걸 묻는 건 이상할지도 모르지만, 아이리스 공작 영애는 당신이 보기에 어떤 사람인가요?"

"좋은 의미로도 나쁜 의미로도 귀족……이지요."

"나쁜 의미로도……?"

"네. 그녀는 긍지 높은 성격입니다. 자신의 발로 서서 걸을 수 있을 만큼 강하죠. 그렇기 때문에 파혼을 당해도 무너지지 않은 겁니다. 그 결과가 상회 경영과 영지 경영이죠."

"……그렇군요. 어떤 의미로 오라버니와 그녀는 닮은 걸까요?"

"글쎄요. ……그녀는 긍지가 높기 때문에 약한 모습을 보이지 않습니다. 의지하는 것을 모르죠. 학원에서 일어났던 괴롭힘도 그토록 정정당당하게…… 스스로 무대에 나서지 않아도 그녀 정도의 권세만 있으면 어떻게든 할 수 있었을 겁니다. 하지만 그러지 않았죠.

오히려 직접 괴롭히지 않고 가족에게 부탁했더라면…… 또는 비극의 여주인공이라는 것을 전면에 내세웠더라면 주위의 눈도 달라졌을 겁니다."

그녀가 너무 당당하게 움직이는 바람에 하지 않은 일에도 이름이 의심당했다는 사실을 루디우스는 물론 알프레드 왕자도 알고 있었다.

"지금도 그렇습니다. ……그녀에게는 물론 전폭적으로 신뢰하는 고용인들이 있습니다. 하지만 어딘가 선을 그어 놓고 있죠. 그들을 아끼기는 해도 무슨 일이 일어났을 때 약한 모습을 보이며 의지하지는 않을 겁니다."

"어떤 의미로는 정말 오라버니와 꼭 닮았군요. 다만…… 공작 영애가 좀 더 올곧은 만큼 좋은 사람일지도 모르겠네요."

후우. 레티시아는 한숨을 쉬었다.

"……그녀를 보고 안타까웠다면 오라버니도 조금은 자신을 반성하면 좋을 텐데."

"하하……. 제가 보기엔 그래도 변하셨습니다. 그렇게까지 타인에게 열중하는 모습은 본 적이 없으니까요."

알프레드 왕자는 이번 일에 이해타산을 배제하고 움직였다.

그렇지 않다면 라프시몬즈 사제에게 자신을 담보로 삼아도 좋다고 망설임 없이 제안할 수 있었을까?

"그렇군요. ……그런데 오라버니와 그녀는 어디까지 진행된 거죠?"

"진행이고, 뭐고 그분은 자신의 마음을 막 자각했을 뿐입니다……. 그녀는 전하께 마음이 있는지 없는지 그것조차 알 수가……."

"어머! 그래서 오라버니가 뭔가 행동은 하고 있나요?"

"아뇨, 그것이……."

"세상에. 오라버니는 정말 연애 쪽으로는 영 서툴군요. 분명히 아이리스 영애도 그쪽 방면으로는 둔할 테고……."

그는 정말 그렇다고 대답하려다가 그 말을 삼켰다.

"이해해 주십시오. 그분도 나름대로 적극적으로 나설 수 없는 이유가 있습니다."

"오라버니의 성격상 원하는 게 있으면 어떤 어려움이 있어도 행동에 옮길 텐데. 그런 멋진 척하는 말로 옹호해도 소용없어요."

너무나도 단호한 대답에 더 이상 반론할 수가 없었다.

"나도 오라버니가 움직이는 게 여러모로 편한…… 아니, 아무것도 아니에요. 동생으로서 진심으로 응원하고 있답니다."

그녀가 뭔가 미심쩍은 말을 하려다 말았지만 그는 일부러 못들은 척했다.

쓸데없는 소리를 하지 않으면 난처한 일을 당할 염려도 없으니까.

레티시아 왕녀가 살며시 일어섰다.

그리고 루디우스에게 등을 돌려 창가로 걸어갔다.

아마도 그녀는 창문을 통해 발밑에 펼쳐진 풍경을 바라보고 있는 모양이었다.

"……루디, 기억나요? 우리가 처음 만난 날을."

"네, 물론이지요. 알프레드 님을 따라서 왕궁에 왔다가 레티 님을 처음 만났을 때, 레티 님은 알프레드 님의 등 뒤에 숨어서 좀처럼 얼굴을 보여 주지 않으셨지요."

"……그런 일도 있었죠."

그녀가 조금 부끄러운 듯이 동의하며 그리운 듯 미소를 지었다.

"즐거웠어요……. 정말 즐거웠어요……. 요 아래 정원에서 종종 함께 놀았었죠? 어릴 때부터 밖으로 나가지 못하고, 성 밖은 물론 왕궁에 가 본 적도 거의 없는 나는 오라버니가 당신을 데려오는 날을 무척 기대했답니다. ……할머님과 오라버니, 그리고 당신이 내 세계의 전부였어요."

"……레티 님……."

"루디, 그런 얼굴 하지 말아요. 난 행복해요. 물론 사교계가 어떤 곳인지…… 학원은 어떤 곳인지…… 또래 아이들은 어떤 이야기를 나누는지, 궁금한 건 산더미처럼 많지만."

레티시아는 어릴 적부터 병약하다는 핑계를 대고 있어서 또래 아이들과 교류한 적도, 학원을 다닌 적도 없다.

……그야말로 새장 속의 새라는 표현이 꼭 들어맞는 생활이다.

"……하지만 그 이상으로 보호받고 있다는 걸 아니까요. ……할머님은 어떨지 몰라도 오라버니는 나를 도구로 취급하지 않아요. 이런 상황에서 나를 시집보내는 방법이 떠오르지 않았을 리 없는데. ……뭐, 그러다 섣불리 아이를 낳아서 오라버니의 걸림돌이 될 수도 있겠지만요."

실제로 알프레드 왕자는 그런 이유로 태후를 막고 있었다.

알프레드 왕자가 에드워드 왕자를 제거하더라도 만약 레티시아 왕녀가 아이를 낳는다면 또다시 골치 아픈 일이 생길 거라고.

현재 왕가의 직계는 몇 명 되지 않는다.

알프레드 왕자와 에드워드 왕자, 그리고 레티시아 왕녀.

알프레드 왕자와 에드워드 왕자는 현재 왕위 계승권 다툼 중.

만약 알프레드 왕자가 패할 경우, 십중팔구 죽음이 기다리고 있을 것이다.

엘리아 왕비가 유폐 같은 미적지근한 방법으로 끝낼 거라고는 누구도 생각하지 않는다.

그래서 알프레드 왕자도 싸움을 그만두지 않는 것이다.

반대로 알프레드 왕자가 승리를 거둘 경우.

그럴 경우, 만약 레티시아 왕녀가 결혼해서 아이를 낳는다면 그녀가 시집간 집안은 반드시 이렇게 생각할 것이다.

만약 알프레드 왕자에게 '무슨 일'이 생긴다면 자신의 가문에서 왕이 나올 거라고.

……즉 새로운 정쟁의 불씨가 될 수도 있다.

그렇다, 알프레드 왕자는 그걸 이유 삼아 태후를 막고 있는 것이다.

"하지만 오라버니가 이곳에서 나를 나가지 못하게 하는 가장 큰 이유는 역시 엘리아 왕비와 그 일파로부터 나를 지키기 위해서겠죠. 여길 나가면 아무래도 병약하다는 설정을 밀어붙이긴 어려우니까요. 그러다 사교계에 나가게 된다면……. 내 얼굴이 그녀를 지나치게 자극할지도 모르잖아요? ……정말로 나는 오라버니에게 보호받고 있네요."

"……그만큼 레티 님이 그분께 소중한 존재이기 때문이죠."

"후후후. 그래요. ……그러면 내가 시집가는 건 오라버니가 승리를 거둔 후가 되려나요? 아…… 패해도 다른 나라로 시집을 보내거나, 아무튼 그 오라버니의 장기짝으로 이용당하겠지만."

……그녀가 '시집'이라고 말하는 순간, 루디우스의 가슴에 따끔한 작은 아픔이 일었다.

하지만 아주 잠깐이었기 때문에 그는 기분 탓이겠지…… 하고 생각하며 곧 그녀와의 대화에 정신을 집중했다.

"……불안할 때도 쓸쓸할 때도 있었지만 역시 그 시절이 제일 즐거웠어요."

레티시아 왕녀는 그렇게 말하며 쓸쓸하게 미소 지었다.

그녀는 이윽고 그 미소를 거둔 후 결의가 담긴 진지한 표정을 지었다.

"……루디, 우리는 이기지 않으면 안 돼요. 오라버니를 위해서도, 나를 위해서도. 아르메리아 공작 영애를 위해서도."

"그렇군요."

"일단 중요한 건 아르메리아 공작가의 통상 방해를 해결할 대응책인 것 같군요. 오라버니라면 그쪽도 이미 손을 써 뒀겠죠?"

"네, 뭐……."

"내가 도울 수 있는 거라면 뭐든지 할게요."

레티시아 왕녀는 생긋 웃으며 말을 맺었다.

12장
공작 영애, 뒤처리를 하다

나는 집무실 책상에 앉아 있었다. 물론 눈앞에는 산더미 같은 서류가 함께.

몇 가지 결재를 마치고 한숨을 돌리며 옆에 서 있던 타냐를 불렀다.

"현재 에드 님의 입김이 닿았던 상회는 어떻게 됐는지 알고 싶어."

"조사하라는 지시를 이미 내렸습니다."

타냐는 그렇게 말하며 서류를 내밀었다. 역시 타냐다.

감탄하며 팔락팔락 서류를 넘겨서 안을 살펴보았다.

……파문 소동으로 끊겼던 손님들의 발길.

내가 설립한 아즈타 상회는 물론, 아르메리아 공작령을 본거지로 삼고 있는 모든 점포가 크건 작건 영향을 받았다.

그 타이밍에 에드 님이 벌인 행동은 상회의 총수인 내게도, 영주 대행인 내게도 큰 타격을 줬다.

그 증거로 지금 이렇게 사후 처리가 나를 괴롭히고 있다.

솔직히 당시에는 그런 걸 생각할 여유가 없었지만…… 정말로 교황과 에드 님의 파벌에 한 방 먹었다는 느낌을 떨쳐 버릴 수 없다.

소동을 간신히 조기에 수습했으니 다행이지……. 고객이 줄어드는 것만으로도 타격이 컸는데, 아즈타 상회 각 점포의 중핵을 맡고 있던 인재마저 빼돌리다니.

만약 그때 제대로 수습하지 못했더라면……. 생각만 해도 오싹하다.

"……그때 마침 딘이 교회의 라프시몬즈 사제와 연결해 줘서 정말 다행이야. 안 그러면 지금쯤 아즈타 상회는 해산되거나 매각됐을 거야. ……아니, 그뿐 아니라 아르메리아 공작령에 거점을 둔 상회들도 버티지 못했을 거야."

내 발언에 타냐는 고개를 끄덕였다.

사실 조기에 수습할 수 있었던 것은 협력자…… 즉, 라프시몬즈 사제의 협력 덕분이 컸다.

"…… '만약' 이라고 가정해 봤자 소용없지만…… 만약 라프시몬즈 사제의 협력이 없었더라면 청문회에서 결정타를 날릴 수 없었겠지요. 아가씨도 그걸 알기 때문에 행동에 나서지 못했으니까요. 그렇게 생각하면 늦건 빠르건 아르메리아 공작령의 산업은 버틸 수 없었을 겁니다."

경제적인 힘을 키우는 데 주력했던 아르메리아 공작령에 그것은 크나큰 타격이었다.

만약 실제로 그렇게 됐다면…… 상회의 총수들이 우리에게 크게 실망해도 이상할 것은 없다.

오히려 그게 당연하다.

대부분의 상회는 우리 영지에 본거지를 두지 않으면 '안 되는' 이유 따윈 없다.

즉 에드 님은 무력이 아닌 경제적인 힘으로 아르메리아 공작령을 무너뜨리려고 한 것이다.

……그러나 가정은 어디까지나 가정일 뿐.

실제로는 청문회에서 무사히 승리를 거뒀고, 아즈타 상회의 신상품이 큰 성공을 거둔 덕분에 다른 상회에서도 조금씩 고객들의 발길이 되돌아오고 있었다.

"……에드 님의 상회는 꽤 궁지에 몰린 것 같군."

그게 서류를 본 솔직한 나의 소감이었다.

에드 님의 입김이 닿았던 상회는 파문 소동이 한창일 때만큼의 기세를 떨치지 못했다.

가격은 거의 비슷하다. 상품의 종류도 똑같다.

에드 님이 상품을 제조하는 자들만 빼간 탓일까. 접객은 우리 쪽이 위다.

그리고 질도 그렇다.

……덕분에 소동이 수습된 지금, 그 소동이 싫어서 우리 상회를 떠났던 고객들은 대부분 돌아왔다.

게다가 저쪽 상회는 경영이 매우 엉성해서 고객들이 줄어들자 우왕좌왕하고 있는 상태.

"네. 그 때문인지 종업원들에 대한 처우도 소홀해져서 안 그래도 고객이 줄어 의욕을 잃은 자들의 사기를 더욱 떨어뜨리고 있다고 합니다. 고용 계약 내용을 봐도, 현재 일의 상태를 봐도, 아즈타 상회가 더 좋았다……라는 목소리가 나오고 있다더군요. 또 경영이 악화되어 해고당하는 경우도 있다고 합니다."

"……정말 아무렇지도 않게 잘라 버리는군."

"동정하시나요?"

"그럴 리가. 그저 기껏 아즈타 상회에서 빼 갔으면서 그렇게 쉽게 해고하다니…… 아까워서 그래."

경영이 악화될 때 종업원을 해고하는 것은 어쩔 수 없는 일이다.

……개인적인 감정으로는 그러고 싶지 않지만 경영자로서는 최후의 수단으로 머릿속 한구석에 그 방법을 담아 두고 있어야 한다. 따라서 비난할 권리도, 생각도 없다.

하지만 아즈타 상회에서 빼내간 자들에게 얻은 정보 덕분에 저쪽 상회가 한때나마 번창했던 것은 틀림없는 사실이다.

그 공적을 무시하고 쉽게 해고해 버리다니, 참으로 과감하기 짝이 없다.

"인간은 한 번 쌓아올린 경제력과 사회적 지위를 좀처럼 버리지 못하는 법이죠. 아즈타 상회에서 빼내 간 자들은 고용할 때 높은 급료로 계약을 맺었으면서 경영이 악화되자 대우가 안 좋아진 것에 불만이 높았다고 합니다. ……그래서 결국 해고한 거겠죠."

파문 소동이 벌어졌던 그 당시조차 내가 파문당하는 바람에 장래의 경영이 불안정할 뿐, 고용 조건은 아즈타 상회가 더 나았다고 한다.

그런 대우에 익숙해지면 확실히 고용 조건에 대해 기준이 높아질지도 모른다.

"앞으로 해고당한 자들이 아즈타 상회에 몰려올 가능성은?"

"아주 없지는 않겠지요."

타냐의 솔직한 말에 나는 한숨을 쉬었다.

그들이 그만두고 나서 혼란에 빠진 현장을 수습하기 위해 많은 시간을 들여 대책을 강구했는데……. 이번에는 다시 고용해 달라고 찾아오는 자들에게 대응할 방법을 생각해야 하다니.

대체 몇 번이나 이 고생을 해야 하는 걸까?

고생하니까 문득 생각났다. 그러고 보니…….

"왜 에드 님의 일파는 우리 영지의 관세를 높인 걸까?"

몇 번이나 떠올린 의문을 작게 중얼거렸다.

"단순히 아가씨를 골탕 먹이려던 것 아닐까요?"

옆에 서 있던 타냐가 대답했다.

"아니야……. 그럴 가능성이 농후하지만. 국가적으로 메리트보다는 디메리트가 많다는 걸 생각하면 왠지 그뿐만은 아닌 것 같아……."

아르메리아 공작령은 비옥한 대지를 소유하고 있으며 나라 안에서도 2, 3위를 다투는 작물 생산량을 자랑한다.

하지만 이번 소동으로 당연히 수출은 감소하고 말았다.

즉 다른 영지에 유입되는 작물이 줄어들었다는 뜻이다.

다른 영지로 수출해 봤자 그다지 수익을 거둘 수 없다. 그에 비해 우리 영지는 현재 인구가 증가하고 있으며, 재해가 발생하거나 악천후로 인한 흉작에 대비하여 어느 정도 영지 안에 작물을 비축하는 정책을 시행 중이다. 따라서 영지 측에서 작물을 사들이고 있는 현재, 다른 영지로 흘러가는 것보다 영지 안에서 매매하는 편이 더욱 이익이다.

"뭐, 생각을 하고 싶어도 지금은 너무 재료가 적네. 그러니까 타냐, 왕도 귀족들의 움직임을 상세하게 살피고 보고해 줘. 그리고 왕도 시장의 물가 동향과 반응도. ……일단 이걸로 오늘 일은 끝……."

마지막 서류에 사인을 한 후 타냐에게 건넸다.

이제 업무도 일단락됐으니 저택 안을 걸어 다녀 볼까?

집무 중에는 계속 같은 자세로 앉아 있다 보니 온몸이 마디마디 아프다.

이윽고 잠시 쉬기로 마음먹고 자리에서 일어섰다.

중앙 정원에서 느긋하게 차를 마시며 책이라도 읽을까?

그런 생각을 하며 걷고 있을 때, 마침 저쪽에서 걸어온 베른과 딱 마주쳤다.

"아, 베른……."

"누님, 뭘 하시던 중이었습니까?"

"오늘 업무가 끝나서 잠깐 쉬려고."

"……잠시 시간을 내주시겠습니까?"

베른의 물음에 나도 모르게 쓴웃음을 지었다.

"중앙 정원에서 들어도 괜찮은 얘기니?"

그 대답에 베른도 쓴웃음을 지으며 고개를 저었다.

"그래? 그럼 서재로 갈까?"

차는 서재에서 마셔야겠군.

슬슬 타냐가 누군가 자기 대신 잡다한 일을 해 줄 자를 보냈을 테니까.

결국 나는 베른을 데리고 서재로 돌아왔다.

"말해 봐, 무슨 일이니?"

"의논이라고 해야 할지…… 보고라고 해야 할지……."

말투가 애매모호한 걸 보니 별로 좋지 않은 얘기겠군. 나는 내심 각오했다.

"……얼마 전에 군을 해체하자는 상소가 올라왔습니다."

생각지도 못한 발언에 눈을 멀뚱거렸다. 아마 지금 나는 꽤나 귀족 영애답지 않은 얼빠진 표정을 짓고 있을 것이다.

"……서, 설마 유리 노이어 남작 영애가 전에 말했던 그거? 정말 상소를 할 줄이야……."

작게 중얼거리며 한숨을 쉬었다. 동시에 전율했다.

그걸 실현화시키려고 실제 움직일 만큼 그녀의 말에 영향력이 있다는 사실에.

"상소했다는 건 다른 귀족도 여럿 찬동했다는 뜻이잖아?"

"네. 아버님이 누님의 파문 소동으로 움직이기 힘들 때 일이 벌어진 것 같습니다."

내게도 적잖은 책임이 있군…….

"하지만 누님이 조기에 해결한 덕분에 아버님과 할아버님…… 즉 앤더슨 후작님과 그 일파, 그리고 반대파와 함께 싸워서 아슬아슬하게 막을 수 있었습니다."

"그러니까 군 해체는 기각됐단 말이지. 어떤 방법으로?"

"전시 체제법을 내세웠다고 들었습니다."

"……전시 체제법……?"

어디서 본 것 같은…… 하지만 익숙하지 않은 단어에 한순간 고개를 갸웃거리며 머릿속의 지식을 뒤졌다.

문득 오래전 본가 저택에 있던 책에서 그 단어를 봤던 것이 떠올랐다.

"아, 그 케케묵은 옛날 법을 말이지……."

먼 옛날 국가가 제정될 때 만들어진 법.

그 이름대로 전시에는 무엇보다도 우선시되는 국가의 법.

백여 년 전 한 번 사용된 후로 사용된 적이 없는 법.

건국한 지 얼마 되지 않은 그때 사용된 것은 지금보다 각 영지의 자치권이 더욱 강했을 무렵이다.

당시 국가에는 상비군이 없었다. 각 영주가 병력을 통솔하고, 그 병력을 국가의 군주인 왕족이 다시 통솔하는 형태였다.

그 시대에 전쟁에 반대하여 파병을 거부한 영주 일파를 전시 체제 법을 앞세워 강제로 끌어내고, 전쟁 후에는 그들의 영지를 빼앗았다고 한다.

그로 인해 현재의 국가 상비군이 만들어졌다.

……결국 지금은 각 영지에서 호위라는 명목으로 최소한의 병력을 보유하고 있는 이중 구조가 되어 버렸지만.

요 백여 년 동안 그 법이 사용되지 않았던 것은 단순히 '필요가 없었기 때문'이다.

상비군이 있는 현재, 기본적으로 전쟁이라는 국가의 큰일이 벌어졌을 때는 각 귀족들의 속셈이 어쨌든 국가는 적 앞에서 단결하여 한 방향으로 나아갔다.

즉, 그 법을 끄집어내서 또다시 사용하게 됐다는 것 자체가 이미 국가로서 삐걱거리고 있다는 증거다.

"……어디까지나 휴전일 뿐 정전이 아니다, 즉 전시 중이니까 그 법이 적용된다 이거네."

"네, 그렇습니다."

"아버님도 꽤나 고생하셨겠네. 그래도 군이 해체되는 최악의 시나리오를 피할 수 있어서 다행이야."

정말 그렇다.

아버님의 말씀대로 지금은 어디까지나 휴전 중일 뿐, 전쟁이 끝난 것은 아니다.

게다가…… 유리 노이어 남작 영애를 조사해 본 결과, 나는 그 나라가 물밑에서 제법 활발하게 움직이고 있을지도 모른다는 의심을 품고 있다.

하지만 아버님이 못 박은 대로 나는 어디까지나 일개 영주일 뿐, 적극적으로 개입할 생각은 없다.

"네. 그래서 말입니다만……."

"아직도 더 남았어?"

"아뇨, 여기부터는 상담입니다만……. 아버님께서 이번 일로 제게 숙제를 내주셨습니다."

"숙제?"

"네. 이번 일에서 뭐가 제일 문제인지, 그걸 생각해 보라고 하시더군요."

"뭐가 제일 문제인지……. 그래서?"

"그게…… 누님께 보고도 할 겸 혹시 떠오르는 게 있으면 힌트를 얻을 수 있을까 해서요."

"아버님께서 내게 보고하라고 하셨니?"

"네."

한순간 머릿속에 여러 가지 생각이 떠올랐다.

만약 내 생각이 맞다면…… 아버님은 틀림없이 재상으로서 딸에게 이야기한 것이 아니라, 현 아르메리아 공작가의 가주로서 아르메리아 공작령 영주 대행인 내게 정보를 전해 주신 것이다.

즉 대비하라는 뜻이다.

"……저어, 베른. 참고로 이번 상소에 찬성한 귀족들은 누구지?"

"제2 왕자파와 중립파. 저는 중립파가 제2 왕자파에 굴복한 것이 문제라고 생각했습니다만……."

"그게 아니라고 하셨겠지?"

"네."

그리고 베른에게 찬성을 표했던 자들이 어떤 가문인지 구체적인 이야기를 들었다.

아아, 이 나라는 저물어 가는 태양이구나……. 그 말을 듣고 나도 모르게 하늘을 올려다보았다.

"참고로 그 상소가 가결될 경우 군인들을 어떻게 할지, 구제안도 함께 나오지 않았니?"

"네. 본인의 희망에 따라 다르겠지만 평상시에는 각 영지의 군대에 몸담으면 된다고 하더군요. 그리고 유사시에는 나라의 이름으로 징병되는 거죠. 즉 현재의 군사비를 각 영지에서 부담하게 하는 겁니다."

아아, 역시……. 나도 모르게 한숨이 흘러나왔다.

"……베른, 내 생각이 맞는지 어떤지는 몰라. 아버님은 아마 '답을 내릴 수 없는 문제를 얼마나 깊게 생각하고 앞날을 예측해서 움직이느냐?', ……그걸 보고 싶으신 걸 거야."

일을 하다 보면 늘 이런 생각이 든다.

학원 시험처럼 명확한 해답이 있으면 얼마나 좋을까?

"그렇군요……."

"중립파가 제2 왕자파로 기울었단 말이지……. 그렇군. 그건 위협적이네. 하지만 과연 그뿐일까?"

"그뿐일까, 라뇨?"

"다양한 각도에서 사물을 보라는 뜻이야. 중립파가 어떤 의도로 이번 일에 찬성했는지, 그 결과 어떤 미래가 예측되는지. 그걸 생각해 보란 말이야. 뭐가 정답이고 뭐가 오답인지, 그런 건 없으니까. 생각하면 생각할수록 여러 가지로 대처할 수 있으니까."

베른은 내 말에 잠시 생각에 잠긴 듯한 표정을 지었다. ……그리고 이윽고 고개를 끄덕였다.

"고맙습니다, 누님."

"아니야. 나야말로 정보 고마워."

베른이 이 방에 들어왔을 때보다 어느 정도 후련한 표정으로 방에서 나갔다.

그가 나가자마자 곧 타냐가 라일과 디더를 데리고 방으로 돌아왔다.

타이밍이 좋군.

"돌아오자마자 미안하지만……. 타냐, 지금 당장 영지 비축분 보고서를 가져다 줘. 그리고 라일, 디더. 현재 경비대와 아르메리아 공작가의 사병 수, 그리고 그들을 지휘할 수 있는 인원수를 알아봐 줘."

"알겠습니다."

"당장 착수하겠습니다. 그런데 아가씨, 무슨 일이 있습니까……?"

타냐가 곧 머리를 숙이고, 그 뒤를 따라 라일과 디더도 머리를 숙였다. 그 가운데 라일이 내 지시에 의문을 느꼈는지 그런 질문을 던졌다.

뭐 갑자기 이런 말을 하면 당연히 의문이 들겠지.

"아까 베른을 통해서 아버님이 정보를 전해 주셨어. 군을 해체해야 한다는 상소가 올라갔다더군."

"그게 무슨……."

세 사람은 각각 놀라움을 고스란히 드러냈다.

그들 모두 아르메리아 공작가의 일원이기도 하지만 장군이신 할아버님의 제자이기도 하기 때문에 순수하게 할아버님을 걱정해서 그런 걸지도 모른다.

"다행히 할아버님과 아버님을 중심으로 막긴 했지만……."

이어지는 말에 세 사람 모두 안도의 한숨을 내쉬었다.

"문제는 그 흐름이야. 상소를 올렸던 사람들과 상소의 내용."

"……무슨 뜻입니까?"

"미리 말해 두지만 이건 어디까지나 내 사견이야. 틀릴 수도 있
어."

내 말에 세 사람은 고개를 끄덕였다.

"먼저 흐름. 이번 일은 유리 노이어 남작 영애의 중얼거림에서 시
작된 거야."

"그 여자 말입니까?"

라일이 불쾌함을 감추려 하지도 않고 말했다.

그가 이렇게까지 노골적으로 감정을, 그것도 불쾌한 감정을 드러
내는 것은 드문 일이다.

"나는 타냐의 보고를 통해 어떤 형태인지는 모르지만 그녀가 트와
일국과 연결되어 있다고 추측하고 있어."

얼마나 깊게, 어떤 경위로 연결되어 있는가?

어쩌면…… 협박당하고 있을지도 모르고, 아무것도 모른 채 이용
당하는 것뿐일지도 모른다. 아니면 정말로 저쪽의 스파이일지도 모
른다.

정확한 사실도 아니고, 트와일국과 이어져 있다는 확실한 증거가
있는 것도 아니다.

하지만 나는 제발 틀렸으면 하는 의혹을 전제로 이번 일을 생각해
봤다.

"가장 믿음직한 아버님이 내 실수 때문에 움직이지 못하는 동안

군을 해산하자고 상소하는…… 트와일국에서 바라 마지않는 움직임이 일어나기 시작했어. 돌이켜보면 다릴교 교황이 날 공격한 것도 아버님이 움직이지 못하도록 만들기 위해서 유리 영애…… 아니면 그 배후의 인물이 조종한 걸지도 몰라.”

그렇게 생각하면 딱 맞아 떨어진다.

교황이 고집스럽게 나를 배척하려고 움직인 것도 그들에게서 나름대로 대가를 약속받았기 때문일 것이다.

내 발언에 혀를 차는 소리가 들려올 만큼 세 사람은 불쾌함을 노골적으로 드러냈다.

“그래서 이제부터가 문제인데……. 이번 상소에 찬동한 사람들 말이야.”

“당연히 제2 왕자파겠지요?”

라일이 내가 예상했던 대로 대답했다.

“그게, 그뿐만이 아니야. 사실은 이번에 중립파에서도 찬동의 목소리가 높았다고 해.”

“중립파에서도 말입니까……?”

라일은 놀란 듯이 중얼거렸다.

옆에서 타냐와 디더도 무섭게 굳은 표정을 지었다.

“그렇게 될 경우, 그들이 얻을 수 있는 메리트는 뭡니까?”

“……합법적으로 군비를 확대하는 것. 내 생각엔 바로 그거야.”

“무슨 말씀이십니까?”

“라일과 디더는 특히 잘 알겠지만, 우리 영주들은 최소한의 군사력만 보유할 수 있어……. 영토에 따라 대체로 규모가 정해져 있지.”

이건 과거 영주의 권한이 지금보다 컸을 무렵의 영향이다.

병력을 집중하는 것에 꽤나 큰 반대가 있었지만 그래도 '국군'으로서 하나의 조직으로 만드는 걸 목표로 삼은 결과, 이런 어중간한 상태가 되고 말았다.

"그 때문에 영주들은 서로 견제하고, 필요 이상으로 많은 전력을 보유한 곳은 왕국의 감시를 받게 되지."

그렇게 해서 영주들의 모반을 막는 것이 목적이다.

"그런데 이번 군 해체 상소와 동시에 나온 안건이 바로 군 해체 후에 병사들을 분배해서 각 영주들에게 맡기자는 거야. 영주들이 군사비를 부담하고, 유사시에는 나라에 병력을 보내겠다는 의견. ……별거 아니야. 영주들의 권한이 가장 컸던 옛날로 다시 돌아가는 것뿐이지. 그걸 원하는 중립파 귀족들도 적지 않게 있다는 것은……."

"무슨 일이 생길 경우에 대비해서 병력을 확보해 두고 싶은 거겠지. ……한마디로 말해서 왕국을 버렸다는 뜻일까?"

디더가 내가 하려던 말을 먼저 꺼냈다.

"뭐, 그런 거지. 적극적으로 모반을 꾀할 생각인지, 영지에 틀어박힐 생각인지, 그건 잘 모르겠지만."

"그래서? 병력을 확인하고 나서 공주님은 그런 자들과 싸우고 싶어? 왕국의 방패와 검이 되어서 함께 싸우고 싶어?"

"그럴 리가. 만약의 경우에 대비하기 위해서야. 내우외환의 상태인 지금, 여차할 때 영지를 지키기 위해서."

"흐응……. 하지만."

디더의 어조는 여느 때처럼 가벼우면서도 어딘가 진지했다.

그 때문인지…… 아니면 조금 전 상소 내용에 충격을 받아서 그런지는 모르겠지만 평소에는 그 말투를 꾸짖던 라일이 지금도 조용했다.

"그 여차할 때, 영지에 소속된 병사에게 명령을 내리는 건 영주 대행을 맡고 있는 공주님이겠지?"

"……그렇겠지."

아마도 그럴 것이다. 아버님은 중앙 정치에 전념해야 할 테니까.

만약 내가 영주 대행이 아니라면 그만큼 중요한 사안을 결정할 땐 아무리 시간이 걸리더라도 아버님이 왕도에서 지시를 직접 내릴 것이다.

아무리 지금껏 영지를 관리해 온 세바스라도 그만한 일을 결정할 권한은 없기 때문이다.

하지만 영주와 동등한 권한을 지닌 내가 있으면 그럴 필요는 없다.

신속한 대응이 필요한 상황에 써먹을 수 있는 인재가 있는데, 써먹지 않을 이유가 없지 않은가.

"공주님, 그럴 각오는 되어 있어?"

그렇게 말하는 디더의 표정은 평소와는 달리 진지함 그 자체였다.

"전쟁이 벌어지면 상대를 죽여야 돼. 자신이 다치거나 죽을 수도 있어. 공주님의 명령 하나로 모두가 그런 입장에 놓이게 되는 거야."

"……디더."

거기까지 들은 라일이 나무라듯 이름을 불렀다.

"죽을지도 모른다는 각오를 하고 상대를 죽이라는 명령을 할 수 있어, 공주님?"

"디더!"

라일이 그래도 입을 다물지 않는 디더에게 날카로운 목소리로 외쳤다.

조용. 한순간 적막이 내려앉았다.

"전장에 서려면 누구나 각오해야 한다. 자신의 목숨을 잃는 것도, 검을 들고 두 손을 적의 피로 물들이는 것도. 아가씨 혼자 짊어질 필요는 없다."

라일의 말이 고요해진 그 자리에 울려 퍼졌다.

그 달콤한 말에 한순간 흔들릴 뻔했다.

"물론 나도 각오는 하고 있어. 하지만 공주님한테 필요한 각오는 그런 게 아니잖아? 공주님의 명령 하나로 전장은 어떤 모습으로든 변할 수 있어. 직접 병사를 이끌지는 않아도 공주님의 명령이 우리의 지침이야. 우리는 자신과 그 등 뒤에 선 백성들의 목숨을 짊어져야 돼. 하지만 공주님은 전장에 선 모든 자와 '그 후'에 대해 책임을 지지 않으면 안 돼. ……그렇잖아?"

디터의 물음에 라일은 입을 다물었다.

"그리고 직접 손을 쓰진 않아도 명령서에 사인을 하면 공주님의 손도 피로 물드는 거나 마찬가지야."

디터의 말은 옳다……. 그렇기 때문에 더더욱 가슴에 꽂혔다.

끝까지 모르는 척할 수는 없다. ……설령 영지민들이 어떻게 생각하든.

내 지시 하나로 모든 것이 벌어진다.

지키기 위해서라고 주장하며 싸우라고, 목숨을 빼앗으라고 지시한다.

내 지시 하나로 목숨을 뺏고 빼앗는 싸움이 벌어진다.

전쟁을 원치 않는 백성들까지 끌어들인 채.

……만약 전쟁이 일어날 경우, 나는 싸우라고 명령할 수 있을까?

"……지금 당장 각오를 보여 달라는 건 아니야. 하지만 앞을 내다

보고, 대비하라고 지시를 내리려면 공주님도 앞을 바라보며 지금부터 각오해 두는 게 좋을 거야.”

스스로 자문해 봤지만 답은 나오지 않았다.

“그래. ……네 말이 맞아. 디더.”

꽤나 한심한 목소리였다. 하지만 어쩔 수 없었다.

정말 한심하다.

디더와 라일에게 대비하라고 지시를 내리면서도 나는 전혀 대비하지 않았던 것이다.

“난 아직 너의 물음에 대답할 수 없어. 조금 시간을 줘.”

“알았어. 그럼 우리는 먼저 대비해 놓을게.”

당연히 내 대답을 듣기 전에는 움직이지 않을 줄 알았는데.

먼저 대비하겠다고 나선 디더의 말에 조금 놀라고 말았다.

“……응, 잘 부탁해.”

디더와 라일이 떠난 후, 나는 평소 업무로 되돌아왔다.

하지만 조금 전의 대화가 머릿속에서 떠나지 않았다.

“……아.”

그 결과, 서류를 완전히 잘못 작성하고 말았다.

정말로 마음이 싱숭생숭하군……. 걷잡을 수 없는 상념이 머릿속에 떠올랐다.

일단 펜을 내려놓고 한껏 기지개를 켰다. 뚜둑뚜둑, 꽃다운 소녀답지 않은 소리가 울려 퍼졌다.

조금 전의 대화가 뇌리에 떠올랐다.

……정답 따윈 없다.

영주 대행으로 임명받은 후에 몇 번이나 생각했던 일이다.

하지만 또다시 같은 벽에 부딪히고 말았다.

그저 '만약'의 이야기를 하는 것뿐이라고 치부해 버리기는 쉽다.

그때 가서 각오하면 된다고 자신을 속이며 주장하면 된다.

하지만 그러면 분명…… 디더는 납득하지 않을 것이다.

그리고 거짓으로 덧칠한 도금은 결국 마지막 순간에 벗겨지기 마련이다.

정말로 그 순간이 찾아왔을 때…… 분명 자기 자신조차 속일 수 없을 것이다.

볼썽사납게 흐트러진 모습이 눈에 선하게 떠올랐다.

지금까지도 몇 번이나 사람의 운명을…… 생명을 좌우해 왔다.

무능한 군주는 백성을 죽이는 법이니까.

……하지만 이번에는 차원이 다르다.

사람의 목숨을 직접 뺏고 빼앗기고, 그리고 그 책임을 짊어져야 한다.

지금까지보다 더욱 백성들의 생명을 짊어져야 한다.

……전생의 나는 물론, 이번 생의 나조차 그 너무나도 무겁고 커다란 책임에 몸이 위축되는 기분이었다.

아무도 다치지 않는 세상이면 좋을 텐데. ……그것은 그저 표면적인 구실에 불과하다.

내가 직접 지시를 내리는 게 무서운 것뿐.

만약 여기가 진짜 게임 속 세계라면…… 누구나 행복한 세계였을지도 모른다.

아무도 다치지 않고, 마치 동화처럼 더러운 부분은 예쁘게 포장하고, 그것마저 미담처럼 이야기하면서.

아니, 게임 속에서조차…… 아이리스라는 악역이 있고, 그 악역이 더러운 부분을 혼자 떠맡고 있었다.

누구나 행복한 세계는 없을지도 모른다.

어쨌든 이 세계는 현실이다.

그렇지 않다면 이토록 똑똑히 보여 줄 리가 없다.

수많은 상념이 교차하는 귀족들의 질척질척한 싸움.

이야기 속에서는 다뤄지지 않았던, 빈부의 격차로 인한 눈살이 찌푸려지는 광경들.

그 하나하나에 수많은 감정이 싹트고.

그래서 이렇게 지금도 고민하고 있는 것이다.

……타냐한테 뭔가 마실 것을 갖다 달라고 부탁해야지. 이 상태로는 일이 되지 않을 것 같군.

생각을 포기하고 타냐를 부르려던 순간.

"앗……."

느닷없이 서류 더미가 무너졌다. 서류 몇 장이 허공에 흩날렸다.

아아, 망했다…….

기껏 분류해 놓은 서류가 뒤섞이고 말았다.

이걸 다시 정리할 노력과 시간을 생각하면 솔직히 끔찍했다.

"……타냐."

"네, 여기 있습니다."

"미안하지만 나 살롱에 갈게. 차를 준비하라고 지시해 줘. 그리고 이 서류 좀 정리해 줄래?"

"알겠습니다."

결국 모든 걸 팽개치고 쉬기로 했다. 살롱에서 혼자 우아하게 차를 마셔야지.

평소에는 아름다운 장식품과 꽃들을 보면 마음이 흐뭇해지지만…… 오늘만은 그렇지 못했다.

"후우……."

"어머나, 아이리스. 왜 그러니? 우울해 보이는구나."

밝고 부드러운 목소리와 함께 나타난 것은 다름 아닌 어머님이었다.

"어머님……."

"나한테도 아이리스와 같은 것을 갖다 줘요."

어머님은 시녀에게 그렇게 지시한 후 내 맞은편에 앉았다.

"쉬는 중이니?"

"……네. 조금 피곤해서요."

"열심히 일하는 건 좋지만 너무 지나치면 못써요. 넌 정말 그이를 꼭 닮았구나."

쿡쿡 웃으며 미소 짓는 모습은 여전히 아름다웠다.

찻잔을 입으로 가져가는 동작도 너무나 아름다워서 우리 어머니지만 나도 모르게 넋을 잃었다.

"정말 피곤한 것뿐이니? 무슨 고민이 있는 것 같은데?"

어머님의 그 말에 나는 깜짝 놀라며 굳어 버렸다.

그렇게 티가 나나?

"……아이리스, 잠깐 밖으로 나가자꾸나. 안에 틀어박혀 있으면 나쁜 생각만 들거든."

어머님은 그렇게 말하며 내 손을 잡고 성큼성큼 걷기 시작했다.

"어? 어?"

어머님은 보기와는 달리 힘이 세서 나는 속수무책으로 끌려갔다.

뒤를 돌아보자 옆에 있던 시녀가 당황하는 것이 보였다.

……어머님께 이끌려 걷기를 몇 분.

영문도 모른 채 마차를 타고 달리기를 십수 분.

그리고 긴 계단을 올라…… 나는 왕도가 한눈에 내려다보이는 높은 탑 위에 도착했다.

"예쁘다……."

나도 모르게 중얼거릴 만큼 아름다웠다.

푸른 하늘은 여느 때보다 가깝고 태양빛이 나를 부드럽게 감쌌다.

그 빛을 받아 왕도도 평소보다 아름다워 보였다.

"그래, 예쁘구나. 아이리스."

"어머님, 여기는……."

"여기는 왕도를 경비하기 위한 망루란다. 지금도 군의 관할에 속해 있지."

"……용케 우릴 들여보내 줬네요."

한마디로 군 시설이란 말이지?

아무리 귀족이라지만 일반인인 우리를 들여보내 주다니, 놀랍다.

"아버님의 이름을 이용하면 간단하단다."

아무렇지도 않게 말하는 어머님이 존경스러웠다.

"……난 어릴 때부터 고민이 있으면 이곳을 찾아왔거든. 그래서 이곳 수위와 얼굴을 아는 사이야."

어머님은 그렇게 말하며 미소를 지었다.

"……어머님은 옛날에 어떤 고민을 하셨나요?"

"후후후……. 예를 들면 아버님과 싸웠을 때나, 무술 대련을 하다가 아버님께 졌을 때."

어머님은 즐거운 듯이 말했다.

"그리고 내 꿈이 끝났을 때도 여길 찾아왔지."

"어머님의 꿈……? 어머님의 꿈은 대체……."

어머님의 꿈……. 상상이 가지 않는다. 사교계의 꽃으로 칭송받으며 영화를 누리시는 분.

모든 걸 갖고 있는 것처럼 보일 만큼.

그런 어머님이 포기한 꿈이 뭔지 나는 알 수 없었다.

"옛날에 난 군인이 되고 싶었어."

생각지도 못한 대답에 나는 눈을 동그랗게 떴다.

"……군인이요?"

"그래. ……나는 어릴 때부터 무술을 배웠단다. 어머니가 산적들에게 목숨을 잃은 후부터."

지금껏 몰랐던 사실에 나는 또다시 놀랐다.

"아버님의 슬픔은 굉장했지. 수많은 승리를 거두고, 나라의 안녕을 위해 애썼던 분이…… 설마 정작 자신의 아내를 지키지 못할 줄은, 자신이 지켰던 백성들의 손에 아내를 빼앗길 줄은 꿈에도 생각지 못하셨을 테니까."

가슴이 아팠다. 역전의 영웅. ……전장의 구세주.

그렇게 불렸던 할아버님이 설마 할머님을 지키지 못하고 떠나보내셨을 줄이야.

그것도 자신이 지켜온 백성들의 손에.

"어머님이 돌아가신 후…… 나는 무술을 배우기 시작했단다. 어머님이 그런 일을 겪은 후라서 그럴까, 아버님도 반대하지 않으셨지. ……너처럼 매너나 귀족 영애가 배우는 교양은 하나도 배우지 않았어. 그저 무인을 동경하는 사내아이처럼 무술에만 열중했지."

뜻밖의 발언에 또다시 놀라고 말았다.

어머님과 대화하면서 오늘 하루 대체 몇 번을 놀랐는지…….

다른 사람도 아닌 어머님이다.

귀부인의 귀감이라고 불리는 어머님이 설마 어릴 적에 매너를 전

혀 배우지 않았다니.

"……아버님의 가르침이 훌륭했던 걸까, 아니면 아버님 말씀대로 재능이 있었던 걸까? 나는 또래 아이들은 물론, 나보다 나이가 많은 아버님의 제자를 상대로도 절대 지지 않았지. 내가 기억하기엔 나를 이겼던 사람은 아버님뿐이었단다."

어머님은 그렇게 말하며 까르르 웃었다. 하지만 나는 전혀 웃을 수 없었다.

"……어느샌가 나는 군인이 되고 싶다고 생각했단다. 군인이 되어서 아버님처럼 나라를 지키고 싶다고."

"……하지만 할머님의 목숨을 빼앗은 것도 이 나라의 백성이잖아요? 그런데 어째서……."

"글쎄……. 네 말대로 나는 어머님의 목숨을 빼앗은 산적들을 미워했고, 어머님을 빼앗긴 후에도 계속 백성들을 지키려고 하는 아버님의 마음을 도저히 이해할 수 없었단다. 미움 때문이었을까, 아니면 정말로 그저 내 몸을 지키고 싶었기 때문일까? 솔직히 무술을 배운 계기조차 알 수가 없었지."

어머님의 미소에는 어느덧 그림자가 드리워져 있었다.

태양의 빛을 받은 그 얼굴은 몹시 덧없어보였다.

"아마 그래서였을 거야. ……아버님이 그 산적을 잡았을 때, 나는 텅 비어 버렸단다. 대체 무엇을 위해 무술을 배웠는지 목적을 알 수 없어졌거든. ……그때 여기서 아주 많이 생각했지. 나는 무엇을 위해 무술을 배운 걸까? 생각하고 또 생각하고……. 이 광경 덕분에 나는 마음을 정리할 수 있었단다. 자, 보렴."

……그 말과 함께 어머님이 발밑의 풍경을 가리켰다.

많은 사람. 그리고 아름다운 거리.

"저 건물 하나하나에 사람들이 살고 있어……. '살아 있기 때문에' 일상을 영위하고, 울고 웃을 수 있는 거야. 어쩌면 이렇게 아름답고 소중할까……? 나는 그렇게 생각했단다."

"어머님……."

"물론 산적으로 전락한 사람들도 있지. 하지만 그보다는 힘없는 백성이 더 많아. 그들이 나와 우리 가족처럼 갑작스러운 비극에 슬퍼하지 않도록. 이 광경이 언제까지나 계속되도록, 나는 내 손을 피로 물들여서라도 지키고 싶다고 생각했지."

그 무거운 각오가 내 가슴을 관통했다.

"……그렇게 어릴 적에 그런 각오를……?"

"소중한 사람을 잃었기 때문일 수도, 더 이상 잃고 싶지 않다는 강한 마음 때문일지도 모르지."

"어머님……."

"하지만 현실은 호락호락하지 않았어. 왜냐하면 군은 여인이 들어갈 수 없는 곳. 시합에서 내게 진 남자들이 지껄이는 말이 현실을 들이밀고, 내 꿈을 철저하게 산산조각 냈단다."

그 남자들, 정말 소인배로군……. 나는 이미 지난 일인데도 욱하고 말았다.

나도 이 정도니, 당시 어머님의 심정은 어땠을까?

"기사가 될 생각은 없었나요?"

기사는 아주 조금이나마 여인에게도 문이 열려 있다. 왕족 여성을 경호하기 위해서다.

"나는 왕족을 지키기 위해 무술을 배운 게 아니야. 게다가 여기사는 솔직히 말하면 장식품이나 다름없단다."

그건 그렇다. 나는 어머님의 말에 고개를 끄덕였다.

여기사는 일정한 기준 이상의 무술 실력을 지녀야 하지만 그 실력을 발휘할 기회는 거의 없다.

전장에 나가기는커녕 여인이라는 이유로 전투를 할 기회조차 거의 없다.

"……나는 또다시 여길 찾아왔단다. 하지만 그때만은 어쩔 수가 없었어. 겨우 발견한 목표가 또다시 안개처럼 사라져 버렸으니까."

복수 상대가 사라지고, 그 대신 발견한 꿈도 사라지고.

……모든 것을 갖고 있다고 생각했던 어머님의 과거를 듣고 나는 그 생각을 반성했다.

"그때 여기서 그이를 만났단다."

"아버님을……?"

"그래. 당시 그이의 아버님도 재상이었지. 시찰하러 들렀다가 그이도 여기가 마음에 들어서 종종 찾아왔다더구나."

……여기 경비, 정말 괜찮은 걸까? 한순간 그런 생각이 들었다.

그래도 신원을 알 수는 없는 자는 아니니까 들여보내 준 걸……까?

"울고 있는 내 옆에서 그이는 무관심한 태도로 풍경을 바라봤지. 내가 아끼는 곳에 방해꾼이 나타난 것 같아서, 부끄럽지만 난 그이에게 화풀이를 하고 말았단다."

어머님이 뺨을 붉게 물들이며 말했다. 왠지 점점 연애담을 듣고 있는 듯한 기분이 들기 시작했다.

"하지만 난 남편에게 설득당하고 말았단다."

"설득……이요?"

"그래. '포기한다면 어차피 그 정도였던 거다.' 라고 하더구나."

아버님, 울고 있는 여자에게 그런 결정타를 날리다니.

그런 얘기를 기쁜 듯이 말하는 어머님도 어머님이지만.

"'당신은 뭘 위해서 무술을 배웠지?'라고 묻더구나. '무술을 연마해 군에서 명성을 얻기 위해서인가, 아니면 백성들을 지키기 위해서인가? 전자라면 마음껏 울도록 해. 후자라면 왜 울어야 하지?'라고……. 그렇게 말했지."

"…… '후자라면 왜 울어야 하지?' ……라고요?"

"그래. 그이는 이렇게 말하고 싶었던 걸 거야. '수단이 목적이 되어 버린 건 아닌가?'라고."

그렇군. 고개가 끄덕여졌다.

어머님의 꿈이 군에 들어가서 무술을 연마하고 명성을 얻는 것이라면 정말로 꿈을 완전히 포기해야 하는 셈이다.

하지만 만약 백성들을 지키기 위해서라면…….

"'지키는 것이 목적이라면 한 가지 수단이 사라진 것뿐. 다른 방식으로 백성들의 삶을 지켜 줄 수 있다. 나는 무(武)가 아닌 문(文)으로 백성들을 지킬 생각이다. ……물론 아직 아버님께는 한참 미치지 못하지만.'라고 말했지. 나는 그 말에 충격을 받았단다. ……눈이 번쩍 뜨이는 기분이었어. 그이와 맞선 자리에서 다시 만났을 때, 나는 뜻을 함께하는 그이를 존경하고 사랑에 빠졌단다. 그리고 그이와 맺어진 후…… 나는 다른 전장에 발을 들여놓기로 결심했지."

"다른 전장?"

"그래. 사교계라는 전혀 다른 전장."

그렇게 말하며 미소 짓는 모습은 너무나도 긍지 높고…… 눈부셨다.

나는 무심코 웃고 말았다. 전장이라니, 맞는 말이네.

실제로 전장에서 부대끼고 힘을 키웠기에…… 어머님의 영향력은 절대적이다.

부인들의 인맥을 이용하여 다양한 정보를 얻고, 부인들의 힘을 모아서 복지에도 힘을 쏟고 있다.

"……어머님, 오늘 이곳에 데려와 주셔서 고맙습니다. 그리고 조금 더…… 여기서 풍경을 바라봐도 될까요?"

"그럼, 물론이지."

저택으로 돌아온 후, 그대로 잠자리에 들 준비를 하고 침대에 누웠다.

하지만 묘하게 머리가 또렷해서 잠을 이룰 수 없었다.

……머릿속에서 어머님과 나눴던 대화와 그 풍경이 떠올랐다.

『……비극에 슬퍼하지 않도록. 이 풍경이 언제까지나 계속되도록.』

그렇게 말하는 어머님의 표정은 너무나도 아름다웠다.

타고난 외모가 아름다운 것이 아니라…… 마치 모든 것을 사랑하는 어머니 같은 모습이라는 생각조차 들었다.

그렇다면 백성들을 생각하는 내 마음은 어떨까?

거기까지 생각한 후 나는 지금까지 내가 해 왔던 일들을 떠올리며…… 나도 모르게 웃고 말았다.

똑같잖아.

미나와 고아원 아이들과 만났을 때…… 아니, 그보다 좀 더 오래전. 이 영지를 둘러볼 때 결정하지 않았던가.

정치에 몸담아 본 적이 없는 나. 하지만 내게는 힘이 있다.

영주 대행이라는 이름의 권력.

내가 나아갈 길, 내가 해야 할 일. 그것들은 모두 백성들의 생활과 관련되어 있다.

집무실 책상 위에 놓인 서류는 모두 한 장, 한 장 처리할 때마다 막중한 책임이 따른다.

그래도 백성들의 생활을 지키기 위해서 이미 각오하지 않았던가?

그런데…… 파문 소동을 겪은 후 마음이 많이 약해졌다.

나라는 존재가 영지를 다스리는 것은 백해무익하지 않을까?

내가 하는 일, 내가 이룬 일 모두 나쁜 방향으로 흘러가진 않을까?

……그런 나약한 생각을 할 때가 아닌데.

나는 이미 앞으로 나아가기 시작했다. 그 흐름은 백성들을 끌어들이고, 영지 또한 끌어들이고 있다.

이제 와서 각오가 되어 있지 않다고 할 수는 없다.

나는 내 뜻을 이루기 위해 앞으로 나아갈 뿐.

목적을 잃어서는 안 된다.

내가 흔들리면 나를 따르는 사람들과 백성들도 흔들리게 되니까.

나는 내가 해야 할 일을 하면 된다.

거기까지 생각하자 갑자기 답답했던 가슴속 응어리가 스르르 사라지고, 마음이 차분해지는 것만 같았다.

나는 그대로 기분 좋게 꿈속에 빠져들었다.

† † †

다음 날. 나는 또다시 라일과 디더를 호출했다.

"무슨 일이라도 있어? 공주님."

"응. 너희에게 들려 주고 싶어. 내 각오를."

내 말에 라일은 놀란 듯이 눈을 동그랗게 떴다. 그리고 디더는…… 재미있다는 듯이 웃었다.

"······디더, 어제 나한테 물었지? 각오는 되어 있냐고."

"그랬지."

"그땐 동요했지만······ 생각해 보면 새삼스러운 질문이었어······."

내 대답에 디더는 멍한 표정을 지었다.

"왜냐하면 나는 이미 결심했으니까. 이 영지를, 이 영지에 사는 사람들을 지키겠다고."

"······지키기 위해 피를 흘려도?"

"'응'이기도 하고······ '아니'기도 해."

내 대답에 디더뿐 아니라 라일도 고개를 갸웃거렸다.

"이미 나는 이 어깨에 수많은 백성의 생명을 짊어지고 있어. 내 역할은 이 영지를 지키는 것······. 그리고 영지민들을 지키는 것. 그러기 위해 만약의 경우 필요하다면 나는 병사들을 움직일 거야. 그리고 그 책임을 질 거야."

아무도 다치지 않는 세계 따위 없다.

그런 건 알고 있지 않은가.

"하지만 그런 사태가 일어나지 않도록······ 마지막의 마지막까지 발버둥 칠 거야. 교섭하고, 때를 살피고, 정세에 휩쓸리지 않도록 노력할 거야. 어떻게 하면 전쟁에 이기느냐보다는 어떻게 하면 전쟁을 일으키지 않을 것인가, 그걸 최우선 삼아 움직일 거야."

목적이 수단이 되어 버린 것은 아닐까? 내가 바로 그랬다.

만약 전쟁이 일어나면 전쟁의 책임은 어떻게 짊어져야 하나?

영주로서 보여야 할 모습은 뭘까······? 그것만 생각하고 있었다.

하지만 그게 아니다.

수단은 결코 하나가 아니니까. 앞을 내다보고, 지혜를 짜내고, 책

략을 세우면 된다.

펜과 머리와 입이 나의 무기.

무력은 최후의 카드다. 그 카드를 뽑기 전에 다른 카드를 뽑을 수 있도록 노력하는 것.

그것이 나의 역할.

"하지만…… 만약, 아무리 애써도…… 그것밖에 길이 없다고 판단하면 라일, 디더. 너희에게 부탁이 있어. 피를 조금이라도 적게 흘릴 수 있게 해 줘. 그 길밖에 남지 않도록 만든 내가 그 책임을 전부 짊어질게."

단호하게 말한 순간, 어째서인지 디더가 웃기 시작했다.

……내가 무슨 이상한 말이라도 했나?

아냐, 분명히 진지하게 말했는데…….

"멋진 결의지만…… 굉장히 무른 말이군."

"디더……!"

디더의 옆에 있던 라일이 분개하며 말했다.

"하지만 좋아. 그런 공주님이기 때문에 지키고 싶은 거니까. 공주님을, 공주님의 소중한 것을."

……합격인가?

"……솔직해지면 좋을 텐데."

라일이 어이없어하며 말했다.

"아가씨, 우리는 당신의 방패이자 검입니다. 당신의 걱정은 우리가 없애겠습니다. 당신이 그것밖에 남지 않게 된다면…… 우릴 의지해 주십시오. 우리가 반드시 지키겠습니다. 당신을, 당신의 소중한 것을."

라일은 그렇게 말하며 기사의 예를 취했다.

디더도 옆에서 똑같은 예를 취했다.

"응, 고마워……. 라일, 디더."

그들 또한 나의 잃고 싶지 않은…… 지키고 싶은 것이니까.

나는 내 방식대로 싸우겠어.

† † †

내가 이리저리 고민하는 동안 세이가 대활약을 해 줬다.

날 골치 아프게 만들었던, 이웃 영지가 갑자기 관세를 올린 사건.

그 문제를 해결하기 위해 나는 에드 님의 비호를 받고 있는 상회에 공작을 펼쳤다.

그 상회는 다른 상회와 마찬가지로 경영이 악화된 상태였다. 게다가 현재 그 상회를 이끄는 자는 정당한 후계자가 있는데도 더러운 술수로 상회를 집어삼킨 인물.

뒤에서 손을 써서 그 상회의 경영을 더욱 악화시키고, 빚을 지워서 옴짝달싹못하게 만든 후 상층부를 쳐내고 정당한 후계자를 총수 자리에 앉혔다.

그리고 새로운 총수와 계약을 맺었다.

간판은 그대로지만 그 상회는 현재 아즈타 상회의 상품 운송을 모두 맡고 있다.

다른 영지의 관세는 아르메리아 공작가를 본거지로 삼고 있는 상회에만 적용되니까.

즉 그들이 운송을 맡아 준 덕분에 관세는 통상 그대로 유지하고 있다.

최근에는 아르메리아 공작령을 본거지로 삼고 있는 다른 상회도 계약을 제안한다고 한다.

관세 외에도 상품을 수출할 때에는 호위를 고용하는 등 코스트가 발생한다.

그걸 줄일 수 있다는 점에서 비교적 호평을 받고 있는 모양이다.

처음에는 지시를 내렸지만 나머지는 세이 혼자 판단해서 이리저리 사람들을 움직이거나 직접 뛰어다니며 얻어 낸 결과다.

세이 덕분에 살았군.

하지만 근본적인 해결은 되지 못한다.

내가 해야 할 일은 다른 영지의 관세를 정상화하는 것.

하지만 좀처럼 잘 진척되지 않는다.

아르메리아 공작령 주위에만 일제히 세율이 올라간 것은 작위적이라고밖에 생각할 수 없다.

하지만 호소해 봤자 그 위에 버티고 있는 것은 제2 왕비.

묵살당할 게 뻔하다.

아버님이 아무리 재상이라도 각 영주들에게 명령을 내릴 권한이 있는 것은 아니다.

각 영주들에게 명령을 내릴 권한이 있는 것은 오직 국왕뿐.

하지만 왕은 병으로 병상에 누워 있다.

뭐…… 어쨌든 세율이 영주의 재량이라는 것은 변함없는 사실.

평상시에 왕이 명령권을 발동하여 영주의 재량을 침범하는 경우는 없다.

한마디로 사방이 꽉 막힌 셈이다.

……일단 목적은 달성했으니까 이대로 영지로 돌아갈까?

세바스가 아무리 우수하다지만 슬슬 업무량이 엄청날 테니까

아…… 하지만 만약 딘이 있다면 어떻게든 될 것 같은데.

그런 생각을 하며 서류를 정리했다.

"타냐, 슬슬 영지로 돌아갈까 하는데."

"그게 좋을 것 같군요. 서둘러 일정을 조정하겠습니다."

뭐…… 여기저기 인사도 다녀야 되고 뒤처리도 해야 하니까 며칠
은 더 여기 머물러야겠지만.

"부탁해."

아아, 영지가 그립다.

학생 때처럼 1, 2년씩 영지를 떠나 있던 것도 아닌데 오랫동안 돌
아가지 않은 기분이 든다.

그만큼 많은 일이 있었기 때문일까.

"아가씨, 미모사 아가씨께서 편지를 보내셨습니다."

나는 타냐에게서 편지를 받아 든 후 페이퍼 나이프로 봉투를 열고
안에 든 편지를 펼쳤다.

……속독 실력이 더욱 향상된 것 같군.

그때 문득 노크 소리가 들려왔다.

타냐가 문을 열고 대응에 나섰다.

노크를 한 고용인과 이야기를 나누는 동안 타냐의 표정이 점점 살
벌하게 변했다.

"……당장 쫓아내세요."

"하지만……."

차가운 목소리로 던진 그녀의 말은 몹시 박력 있었지만 고용인은
겁을 먹으면서도 물러서지 않았다.

"좋아요. 내가 가겠습니다."

타냐가 더 이상의 말은 필요 없다는 듯 단호하게 말했다.

하지만 타냐의 그 말에 상대는 안심한 표정을 지었다.

그만큼 대단한 인물이 와 있는 걸까……?

"……타냐."

"잠시 실례하겠습니다. 제가 가서 당장 대응하도록 하죠."

타냐의 태도를 보아하니 내게는 알리고 싶지 않은…… 은밀하게 처리하고 싶은 인물인 모양이군.

하지만 나를 찾아온 사람인 이상 누군지 알고 싶었다.

"잠깐. 타냐, 누가 온 거지?"

"아가씨께서는 신경 쓰지 않으셔도 됩니다. 제가 알아서 대응하겠습니다."

"……타냐."

다시 한번 이름을 부르자 타냐는 난처한 표정을 지었다.

"반 루타샤가 아가씨를 찾아왔다고 합니다."

"반이……."

예상 밖의 이름에 나도 모르게 동요하고 말았다.

"라일과 디더가 자리를 비운 지금, 어설프게 접촉하지 않는 편이 좋습니다. 상대가 무슨 속셈인지, 무슨 짓을 저지를 생각인지 예상할 수가 없습니다. ……게다가 기별도 없이 찾아오다니, 무례도 정도가 있지요."

그건 그렇다.

애초에 난 그와 하고 싶은 얘기는 아무것도 없는걸.

내가 궁지에 몰렸을 땐 내 이야기를 들으려고 하지 않았는데, 내가 왜 그들의 이야기를 들어 줘야 하나?

"……그렇군. 잘 부탁해, 타냐."

"알겠습니다."

반이라……. 대체 이제 와서 왜 나를 찾아왔는지…… 궁금해서 견딜 수 없다.

뭐, 아마도 지난번 파문 소동과 관계가 있겠지만.

반의 아버지는 교황 자리에서 쫓겨나서 체포당한 것 같으니까.

나를 찾아오는 것보다는 친하게 지내던 사람들한테 부탁하는 게 좋을 텐데…….

유리 노이어 남작 영애…….. 그녀는 에드 님의 약혼자가 된 후 나름대로 강력한 발언력을 지니고 있다.

에드 님은 제2 왕자이고, 외조부인 마엘리아 후작은 나는 새도 떨어뜨릴 만한 권세를 자랑한다.

아…… 하지만 베른은 아버님의 밑에서 열심히 일하고 있어서 만나기 힘들 테고, 도르센은 도르센대로 기사단에 들어간 후로 바쁜 것 같고…….

하지만 나도 나름대로 스케줄이 있는데.

아, 빨리 영지로 돌아가고 싶다. 설마 영지까지 찾아오진 않겠지.

그와 얼굴을 마주하면 무슨 소리를 늘어놓을지…….. 생각만 해도 귀찮을 것 같은 냄새가 풀풀 풍긴다.

"돌아왔습니다, 아가씨."

그런 생각을 하고 있을 때, 타냐가 돌아왔다.

"빨리 돌아왔네……?"

"네. 얼른 돌아가시라고 부탁드렸습니다."

타냐는 태연한 얼굴로, 하지만 내뱉듯이 말했다.

아무래도 꽤나 화가 난 모양이다. 나중에 위로해 줘야지.

"혹시 뭐라고 해?"

그 전에 물어볼 건 물어봐야지.

"아뇨, 아무 말도 못 들었습니다. ……그자가 입을 열기 전에 얼른 쫓아 버렸거든요."

타냐는 웃으며 말했지만 눈은 웃고 있지 않았다.

오히려 그녀에게서 뿜어 나오는 분위기가 너무 차가워서 한기마저 느껴졌다. 나는 부르르 몸을 떨었다.

어떻게 쫓아냈는지 듣고 싶지만 무서워서 물어볼 수가 없네.

……설마 이상한 짓은 하지 않았을 테니까 괜찮겠지. 괜찮다고 생각하고 싶다.

"이제 됐어. 여기서 내가 이것저것 생각해 봤자 알 수도 없으니까. 타냐, 저 서류 좀 정리해 줘."

"네, 알겠습니다."

타냐가 환하게 웃으며 대답했다.

"그리고 반의 주위를 살펴봐 줘."

"물론이지요."

완전히 첩보원으로 활약하고 있는 타냐.

최근 나는 첩보원 비슷한 일을 생업으로 삼는 자들을 모으는 중이다. 그리고 타냐가 그들을 통솔하고 있다.

일단 아르메리아 공작가…… 정확하게 말하자면 아버님의 휘하에서 움직이는 첩보원들이 있긴 하지만…….

이번 파문 소동을 통해 정보의 중요함을 뼈저리게 깨달은 나는 조금씩 내 전속 첩보원들을 모으고 있다.

뭐 믿을 수 있는 인물을 찾기란 좀처럼 어려워서 별로 많은 인원은 모으지 못했지만. ……그 문제는 아버님과 어머님, 그리고 할아버님의 연줄을 의지하고 있다.

"……빨리 여기서 해야 할 일을 마치고 돌아가자."

"네, 아가씨."

왕도를 떠나기 전에 나는 거리로 나갔다.

사실은 시간이 별로 없지만 기껏 왕도에 온 김에 휴식을 취할 겸 쇼핑을 하고 싶었다.

영지에 남아 있는 사람들에게 선물이라도 사서 돌아갈 생각이다.

"……다들 뭘 선물하면 좋아할까?"

레메와 모네다에게는 왕도에서만 맛볼 수 있는 과자가 좋지 않을까?

머리를 쓰는 작업이니까 당분이 필요할 거야.

하지만 메리다와 세이는 과자를 주면 왠지 일과 연결해 버릴 것 같은데…….

"아가씨가 고르신 거라면 뭐든지 기뻐할 거예요."

타냐의 말에 나는 쓴웃음을 지었다.

"그게 제일 곤란해. 기왕 선물하려면 쓰기 편한 물건이나…… 그 사람이 원하는 걸 주는 게 좋잖아?"

평소대로 살짝 변장한 채 거리를 걸었다.

가게를 몇 군데 둘러보며 후보를 좁혔다.

하지만 뭔가 이거다 싶은 느낌이 안 드네…….

그렇게 고민하며 걷고 있을 때였다.

어라? ……저 사람, 어디서 본 적이 있는…….

"……딘."

놀랍게도 딘이었다.

게다가 그 옆에는 여성이 있었다. 왜 이곳에 딘이 있는 거지?

……그리고 그 옆의 여성은 누구?

그런 의문이 머릿속을 맴돌고, 뭐라 말할 수 없는 답답함이 마음속을 점령했다.

뭐야……? 딘이 어디서 누구와 함께 있건 나와는 상관없잖아.

머리로는 그렇게 부정하면서도 가슴속에서 끓어오르는 불쾌함은 사라지지 않았다.

마치 어린애처럼.

생각지도 못했던 나의 독점욕에 스스로를 비웃었다.

딘도 나를 발견했는지 한순간 놀란 듯이 눈을 크게 떴다.

그 반응이 또다시 나를 화나게 만들었다.

내가 보면 안 되기라도 하나?

아니면 방해가 된 걸까?

뭐…… 확실히 상식적으로 생각해 보면 개인적인 시간에 직장 상사와 마주치면 당연히 어색할지도 모르지만.

……짜증 나. 빨리 집으로 돌아가자.

하지만 여기서 갑자기 발걸음을 돌리면 부자연스럽겠지. 게다가 아직 선물도 사지 못했다.

"……아가씨, 오랜만입니다."

눈이 마주쳤기 때문일까. 딘이 먼저 인사해 왔다.

"딘, 오랜만이네. 설마 왕도에서 마주칠 줄이야. ……그쪽 분은?"

애써 미소 지었지만 제대로 웃고 있는지 자신이 없었다.

딘 옆에 서 있던 귀여운 소녀가 눈동자를 반짝반짝 빛내며 생긋 미소를 지었다.

"처음 뵙겠습니다. 제 이름은 레티. 오라버니가 늘 신세를 지고 있다죠."

"……오라버니?"

자세히 보니 확실히…… 딘과 많이 닮은 얼굴이었다.

다른 점이 있다면 딘의 눈동자는 에메랄드그린색이지만 레티는 페리도트처럼 밝은 초록색이라는 것 정도?

"네. 저는 가족들이 너무 과보호하는 바람에 혼자서는 밖에 나오지 못하고, 오라버니가 그쪽에 신세지고 있을 땐 제가 일을 맡아서 해야 하거든요. 그래서 죄송하게도 지금까지 인사를 드리지 못했답니다."

그렇다면 나…… 간접적으로 그녀에게 도움을 받고 있는 셈이네.

정중하게 인사해야겠는걸.

참, 그보다 이름도 말하지 않았는데……. 하지만 안전을 위해 거리에서 가볍게 이름을 밝힐 수는 없다.

"어머나……! 나야말로 언제나 오라버님께 큰 도움을 받고 있답니다. ……여기서 이름을 밝히지 못하는 무례를 용서해 주세요."

"아뇨. ……아가씨의 사정은 잘 알고 있답니다. 참! 괜찮으시면 천천히 얘기를 나누고 싶은데. 오라버니가 아가씨의 밑에서 잘 일하고 있는지 듣고 싶어요."

생글생글. 레티는 꽃이 피어나는 것처럼 웃었다.

"아가씨, 동생의 말은 그냥 흘려 넘기셔도 됩니다. 아가씨는 바쁜 몸입니다. 동생에게 시간을 내주시지 않아도……."

"어머, 오라버니. 혹시 제가 들으면 안 되는 얘기라도 있나요?"

"레티…… 너란 녀석은……."

옆에서 딘이 보기 드물게 초조한 기색을 보였다.

이런 딘을 보는 건 처음이다.

"어머나……."

무심코 웃고 말았다.

내 웃음에 레티도 함께 쿡쿡 웃음을 터뜨렸다.

"좋아요. 여기서 얘기하긴 그렇고, 어디 가게라도 들어갈까요?"

그리하여 우리는 레스토랑으로 향했다.

아르메리아 공작가와 가깝게 지내는 레스토랑이라서 우리가 들어가자 기꺼이 룸으로 안내해 줬다.

뭐, 거리의 카페에서 내 얘기를 할 수는 없으니까 어쩔 수 없지.

기껏 변장하고 나왔는데.

"다시 한번 만나서 반가워요. 내 이름은 아이리스, 아이리스 라나 아르메리아라고 해요."

"처음 뵙겠습니다. 레티라고 해요. 오라버니가 늘 신세지고 있습니다."

"나야말로 딘에게 많은 도움을 받고 있어요. 날 도와주는 바람에 당신에게 수고를 끼치게 됐군요……. 정말 미안해요."

"아뇨……. 전 일하는 것도 좋아하고 무엇보다도 아가씨를 존경하고 있으니까 죄송하게 생각하실 필요 없어요."

"존경?"

나도 모르게 고개를 갸웃거렸다.

만난 적도 없는 나를 어째서?

하지만 빈말로 치부하기엔 그녀의 눈동자가 너무나도 반짝반짝 빛나고 있었다.

"아가씨가 아르메리아 공작가의 영지를 맡으신 후부터 아르메리아 공작가의 경제적인 발전은 눈부신 정도라고 들었어요. 또 살기 좋은 곳이라며 이주하는 사람도 많다지요. 그 수완은 존경받아 마땅하죠. 그리고 같은 여성으로서 제1선에서 활약하는 분의 이야기를 듣는 건 무엇보다도 기쁜 일이랍니다."

마치 내 마음을 읽은 것 같은 대답이다.

귀여운 아이지만 역시 딘의 동생답군…….

"고마워요. ……그러고 보니 당신도 일을 하고 있다죠? 어떤 일을 하고 있나요?"

"저는 주로 서류를 작성하고, 수집한 정보를 정리하고, 그리고 중요한 교섭이 있을 때 사전 준비를 하는…… 그 정도랍니다. 오라버니의 일을 대신 맡는다고 해 봤자 어디까지나 뒤에서 보좌하는 정도죠."

"보좌 정도라뇨. 서류 작성도 정보를 기반으로 하고, 사전 준비를 하는 것도 전부 끈기가 필요한 일인걸요. 나도 영주 대행이라고 해 봤자 업무의 대부분은 서류 작성과 정리예요. 당신과 별로 다르지 않은 것 같은데요?"

"아뇨……. 아가씨의 경우에는 책임을 갖고 많은 판단을 내리시잖아요. 그러니까 저와는 전혀 다르죠. 하지만 그렇게 말씀해 주셔서 정말 기뻐요."

그 후로 나는 레티와의 대화를 즐겼다. ……하지만.

"네? 아이리스 님도요?!"

"응. 가끔 몇 시간이나 서류를 보고 있으면 끝나자마자 머리가 무거워서."

"그렇죠……? 특히 밤에 일하면 아침에 정말 힘들어요."

"맞아, 맞아. 잘 아네."

어째서인지 그 내용은 건강 걱정과 스트레스 해소법 등등.

젊은 아가씨들이 열심히 재잘거릴 만한 내용은 아닌 것 같군…….

역시 연애 얘기나 소문난 디저트 가게…… 여자들의 대화는 보통 그런 이미지잖아?

뭐, 레티도 대충 일하는 흉내만 내는 게 아니기 때문에 그녀의 고민은 나도 무척 공감이 가서 그만 신나게 떠들어 대고 말았지만.

나와 레티는 함께 온 딘을 팽개치고 열심히 대화에 몰두했다.

문득 대화가 끊겼을 때, 지금까지 웃고 있던 레티의 얼굴이 진지한 표정으로 돌변했다.

"아이리스 님, 보좌를 맡고 있는 제가 말씀드리자면…… 아이리스 님은 다른 사람보다 2, 3배 많은 일을 하고 계시는 것 같군요. 오라버니가 제게 일을 맡기는 것처럼 아이리스 님도 다른 사람에게 일을 나눠 주고 조금은 업무량을 줄이시는 게 좋지 않을까요?"

"그래도 전보다는 많이 줄인 편이야. ……상회에도 믿음직한 보좌가 있고, 영지 정책에 관해서는 집사와 당신 오라버니가 있으니까."

"어머나……. 오라버니가 도움이 되나요?"

"물론이지. 당신 오라버니는 사소한 부분까지 세심하게 신경을 쓰고…… 게다가 일처리도 정확해. 딘이 없었더라면 나는 어디서 쓰러져 버렸을지도 몰라."

그렇다. 정말로 딘은 나의 소중한 오른팔이다.

잘 표현할 수는 없지만…… 세바스나 세이, 타냐나 레메는 내 지시를 얼마나 잘 처리하느냐에 중점을 두고 있다.

그건 입장상 어쩔 수 없는 일이고, 오히려 바람직한 자세다.

하지만 딘은 그런 것에 얽매이지 않는다.

그렇기 때문에 딘은 내게 의견을 제시한다.

내가 돌발적으로 떠올린 아이디어나 구상을 정리해서 그것을 보다 효율적으로 만들거나 실현 가능한 레벨로 낮춰 주고, 그걸 토대로 내가 또다시 의견을 낸다.

결과적으로 나 혼자 고민하는 것보다 빨리 실행하거나 좋은 결과를 얻게 된다.

진정한 의미로 딘은 나의 오른팔…… 아니, 나의 파트너다.

"어머, 그런가요? ……하긴, 오라버니는 정말로 사소한 부분까지 잘 눈치채는 편이죠. 덕분에 저는 일을 대충할 수 없답니다."

레티의 말에 나는 무심코 웃음을 터뜨렸다.

"어머나……."

"레티, 그런 말은 본인이 없는 곳에서 해라."

딘이 이곳에 온 후 처음으로 입을 열었다.

"어머, 오라버니. 저는 다음에 언제 아이리스 님과 만날지 알 수 없는걸요. 그러니까 하고 싶은 얘기는 지금 해야죠."

"……그러고 보니 레티는 밖에 자주 나오지 못한다고 했지?"

"네. 가족들이 과보호라서……. 게다가 오라버니가 일 때문에 여기저기 돌아다니는 동안 저까지 자리를 비우면 서류가 쌓여서 아랫사람들이 곤란해지니까요."

"그렇구나……. 레티는 평소 왕도에서 지내?"

"네."

"나도 언젠가 또 왕도에 오게 될 거야. 그러니까 그때 또 만나."

"……아가씨, 이제 그만……."

타냐가 죄송한 듯이 시간을 고했다.

……즐거운 시간은 정말 눈 깜짝할 사이에 흘러가는구나.

"어머나…… 아이리스 님. 오랫동안 붙잡아서 죄송해요. 다시 왕도에 오시면 꼭 알려 주세요."

"물론이지. 오늘 당장 레티가 가르쳐 준 곳에 가 볼게."

수다를 떠는 도중 레티가 요즘 왕도에서 유행하는 가게를 몇 군데 가르쳐 줬다.

선물을 찾기 위해 이제부터 가 볼 생각이다.

"네. 좋은 선물을 찾았으면 좋겠네요."

"고마워. ……딘, 또 영지에 와 주길 기다릴게."

"네. 저도 여러 가지 업무가 끝나면 찾아뵙겠습니다."

"응."

나는 가게를 나와서 선물을 사러 갔다.

내일은 왕도를 떠나야 되니까 오늘 안에 사지 않으면 안 된다.

결국 레티가 추천해 준 소품 가게에서 멜리다와 세이에게는 손수건을.

그리고 다른 사람들에게는 처음 생각했던 대로 달콤한 음식을 샀다.

돌아가는 길, 마차 안에서 좋은 물건을 샀다고 만족하며 저택 앞에 도착하자 누군가가 느닷없이 눈앞에 나타났다.

"아이리스……!"

그렇게 외치며 다가오는 한 인물.

곧 라일과 디더가 나를 보호하듯 그 인물과 나 사이를 가로막았다.

"아아, 만나고 싶었어……. 아이리스, 내 얘기 좀 들어 줘."

그는 내가 잘 아는 인물이었다.

"반…… 당신이 왜 여기에……?"

내가 이름을 부르자 라일과 디더는 경계심을 한층 드러냈다.

타냐는 전에 저택에 들이닥쳤던 그를 상대했기 때문에 처음부터 불쾌한 표정을 짓고 있었지만.

"왜긴……. 만나서 하고 싶은 얘기가 있으니까 그렇지. 전에는 저택에 없다고 해서 그냥 돌아갔지만 오늘은 널 기다리고 있었어."

"……아무리 그래도…… 너무 무례하시군요! 약속도 없이 이렇게 들이닥치다니……! 아르메리아 공작가를 우습게 보는 겁니까!"

타냐가 반의 말에 분노하며 언성을 높였다.

라일과 디더도 소리만 지르지 않았을 뿐, 똑같은 생각인지 노골적으로 불쾌한 기색을 드러냈다.

"……좋아. 반, 여기서 애기하긴 그러니까 저택 안으로 들어와."

"아이리스 님……!"

"……길거리에서 더 이상 소란을 피우고 싶지 않아. 반, 애기를 들어 줄 테니까 빨리 안으로 들어와."

무례한 말투라는 자각은 있지만 공교롭게도 나는 이렇게 갑자기 들이닥친 사람에게 예의를 차려 줄 만큼 상냥하지 못하다.

나는 무거운 한숨을 쉬며 저택 안으로 들어갔다.

"……되게 무섭네."

반은 자리에 앉자마자 그렇게 말했다.

저택의 모든 고용인이 경계심과 적대심을 품고 반을 맞이했다.

……물론 그걸 겉으로 드러낼 만큼 아르메리아 공작가의 고용인들은 감정적이지 않지만.

지금 실내에서 반과 대면하는 동안에도 라일과 디더, 그리고 타냐가 나를 지키듯이 함께하고 있었다.

"……네가 환영받을 거라고 생각했어?"

"아니, 실언이었어."

"그런데 용건은? ……난 내일 영지로 돌아가야 돼. 그러니까 짧게 부탁해."

"……너에게 부탁하고 싶은 게 있어."

"뭐지?"

짧게 부탁한다고 말하긴 했지만 다짜고짜 말을 꺼내는 그 성급함에 나는 놀라고 말았다.

　게다가 그 이전에 나한테 부탁하다니.

　내 옆에 있는 세 사람에게서 당장에라도 그에게 달려들 것 같은 살의가 피어올랐다.

　"내 후견인이 되어 줘."

　"어머나……."

　상상은 하고 있었지만 설마 정말로 그런 말을 할 줄이야……. 그렇게 생각하지 않을 수 없는 말이 그의 입에서 흘러나왔다.

　"이번 일로 너에게 피해를 입혀 놓고 이런 부탁을 하긴 뻔뻔스럽지만…… 지금의 난 굉장히 힘든 처지에 놓여 있어. 동시에 다릴교도 혼란의 한복판에 서 있지. ……이대로는 다릴교의 파란이 왕국에도 미칠지 몰라. 그러니까 이 혼란을 초래한 교황, 즉 아버지의 아들인 내가 이번 일의 피해자인 너와 협력 관계라고 내외적으로 표명한다면…… 이 사태를 수습할 수 있는 가장 좋은 방법이 될 거야."

　그의 말대로 현재 다릴교는 파문 소동 후 교황의 숙청과 그 일파에 대한 책임 추궁으로 흔들리고 있다.

　또한 동시에 교황 일파와 유착 관계였던 귀족들에 대한 조사도 진행되고 있다.

　……하지만 그 귀족들은 이른바 도마뱀 꼬리. ……한마디로 잔챙이들뿐이라 정말로 책임을 추궁해야 할 자들은 손을 댈 수 없는 상황이지만.

　"……확실히 다릴교의 혼란은 왕국에도 피해를 끼치겠지."

　"그렇다면……."

　기대를 품은 눈동자가 나를 바라보았다.

　하지만 미안하게 됐네요.

"……하지만 내가 너와 협력할 경우, 내가 얻는 메리트는 뭐지?"

나는 일부러 차가운 목소리로 물었다.

"……메리트?"

반은 의미를 알 수 없다는 표정을 되물었다.

"그래, 메리트. 내가 너와 협력하면 무슨 메리트가 있지?"

"메리트를 운운하기 전에 너는 왕국의 귀족이잖아. 이 나라를 위기에서 구하고자 하는 기개는 없어?"

"어머나……. 이상한 소릴 하네? 애초에 내게 누명을 씌우려고 하지 않았더라면 이런 일은 벌어지지 않았잖아?"

나는 깔깔 웃었다. 그야말로 진심에서 우러나온 웃음이었다.

"나라의 혼란이라. 새삼스럽네. 차기 왕위를 둘러싸고 귀족들을 포함한 상층부는 둘로 분열된 상태……. 아니, 중립파까지 포함하면 삼파전이라고 해야 하나? 이 상황이 이토록 길게 이어지는 상황에서 나라가 유지되고 있는 것 자체가 기적이지."

어떻게 유지되고 있는지는 모르지만 그 일을 해내고 있는 사람들을 나는 진심으로 존경한다.

상부에서 이런 파벌 다툼이 벌어지면 백성들의 생활은 좀 더 궁핍해져도 이상할 것 없다.

이웃 나라가 이 기회에 공격해 온다 해도 어쩔 수 없는 일이다.

그것들을 전부 막고 있다면, 그 수완은 정말로 찬사를 보낼 만하다.

하나의 영토와 국가를 비교하는 것은 건방진 일이지만, 내가 영지 운영을 할 때 수장은 나 한 사람이다.

적대 세력이 없기 때문에 아직은 강제적으로라도 새로운 시책을 강행할 수 있고, 수장이 나 한 사람이기 때문에 지휘 계통에 혼란도 없다.

반면 지금 이 나라를 운영한다면 뭔가 행동하고 싶어도 적대 세력이 방해할 테고, 지금은 아군이라도 언제 적으로 돌아설지, 애초에 같은 편인지 아닌지 항상 의심해야 한다.

그걸 포함해서 주변을 잘 움직이지 않으면 안 된다.

그런 업무 이외의 일로 신경이 마모될 것 같은 환경.

그리고 한 발이라도 잘못 디뎠다가는 국가 존망의 위기라 해도 과언이 아닐 만큼 외줄타기 같은 업무 내용.

아아, 아버님께 위장약을 드려야겠네……. 그런 생각을 하며 반을 바라보았다.

"그 사건에 일조한 네가 이제 와서 나라의 혼란을 막기 위해 나와 손을 잡고 싶다? ……잘도 그런 말이 나오는군."

"나는 나라를 위기에 빠뜨릴 만한 짓은 하지 않았어."

"어머, 자각도 없나 보네? ……너, 에드워드 님과 꽤 사이좋게 지냈잖아."

나는 쿡쿡 웃으며 말했다.

그는 그게 신경에 거슬렸는지 얼굴을 찡그렸다.

"그거야 같은 학원이니까 당연하잖아."

"당연하지 않으니까 하는 말이지. ……그 학원은 이 나라 귀족 사회의 축소판. 함께 있는 건 자연히 부모가 같은 파벌인 자들. 네가 쫓아다녔던 사람이 에드워드 님인지, 유리 영애인지는 모르겠지만…… 그렇게까지 항상 붙어 다니면 누구나 이렇게 생각하겠지. '반, 그리고 반의 뒤에 있는 교황은 에드워드 왕자를 지지하고 있구나.' 라고."

그렇게 생각하면 나와 베른도 정말 위험했다.

본래는 내가 약혼녀이기 때문에 베른이 에드 님과 거리를 둬야 했지만…… 설마 베른이 제 발로 에드 님과 유리 노이어 남작 영애에게 다가갈 줄이야.

파혼이라는, 귀족 사회에서는 있을 수 없는 하자가 생기더라도 나를 에드 님과 떼어 버리려 했던 아버님의 마음을 이제는 그때보다 더욱 잘 이해할 수 있다.

"너도 이 나라의 파벌 다툼을 격화시킨 사람 중 하나야. 새삼 나라를 위해서라고 해 봤자 웃음밖에 안 나오네."

반이 한순간 눈을 질끈 감았다. 그리고 눈을 떴을 때, 그는 비통한 표정을 짓고 있었다.

말이 조금 심했나?

"……내 생각이 얕았다는 건 잘 알겠어. 하지만 그러니까 나는 책임을 지지 않으면 안 돼. 더 이상 혼란이 일어나지 않도록 내가 할 수 있는 일을 하고 싶어."

"그 첫걸음이 나와 네가 손을 잡는 거란 말이야?"

그는 망설이면서도 고개를 끄덕였다.

……아까 한 말 취소. 전혀 심한 말이 아니었군.

나는 도리어 뻔뻔스럽게 나오는 그의 태도에 한숨을 뛰어넘어 이제는 메마른 웃음밖에 나오지 않았다.

"큰 변혁을 앞에 두고 조직이 혼란에 빠지는 건 당연한 일이야. 그것도 구체제의 수뇌부들이 파면되고 체포까지 당했으니 어쩔 수 없지."

탁. 나는 들고 있던 부채를 접었다.

"애초에 교회의 부패는 묵과할 수 없는 수준이었어. 귀족들에게서 모은 돈을 백성들에게 환원하지 않고 자신들의 주머니만 채웠지."

"하지만 성직자도 생활해야 되잖아. 그건……."

"할 수 없는 일이다…… 라고 말하려면 당장 여기서 나가."

나의 싸늘한 태도에 반의 얼굴이 딱딱하게 굳었다.

"세금 중에 적지 않은 금액이 교회에 들어갔을 텐데. ……그 금액을 짜내느라 대체 얼마나 고생하고 있는지 알아?"

납세자들이 얼마나 힘들게 세금을 내고 있는지.

그걸 관리하고, 적절한 가격을 책정하는 데 얼마나 큰 노력이 필요한지.

영주 대행으로서 세금을 가볍게 여기는 것만은 그냥 넘어갈 수 없다.

"설령 그걸로는 부족하다 쳐도, 그렇게 기부금을 모으고 자선 파티를 열었으면서 대체 그 돈은 어디로 간 걸까?"

"그건……."

몰랐다…… 그렇게 말하고 싶은 듯한 불만스러운 얼굴.

하지만 그 말을 한 순간 내가 자신을 쫓아낼 거라는 사실을 눈치챘는지 그대로 입을 다물었다.

뭐, '할 수 없었다.' 라는 그 한마디는 과거의 내게도 들어맞는 말이지만.

전생의 기억이 되살아나기 전까지, 나는 내 환경을 당연하게 생각하고 누렸으니까.

지금도 귀족으로서 귀족의 책무를 다하고 있다고 가슴을 펴고 말할 수 있을지…… 그건 잘 모른다.

그렇지만 적어도 그때보다 주위가 잘 보이게 된 것은 사실이다.

"게다가 교회는 그 힘을 꽤나 과시하고 있잖아. 지난번 파문 소동이 좋은 예지. 다소 혼란스럽더라도 교회가 나라에 간섭하지 않게 된다면 왕국에는 잘된 일이야. ……나와 네가 손을 잡고 표면적인 평화를 얻는 것보다 훨씬."

반은 입술을 깨물며 고개를 숙였다.

"……그러니까 난 너와 거래하지 않겠어. 이만 실례."

"……잠깐만!"

그가 매달리듯 자리에서 일어선 내게 다가왔다.

옆에 서 있던 타냐, 라일, 그리고 디더가 재빨리 그와 내 사이를 가로막았다.

"또 뭐지?"

"나는, 나는……!"

나는 아우성치는 그를 관찰하듯 물끄러미 바라보았다.

"어떻게 하면 좋지! 나를 도와줘……!"

도와 달라고…….

그의 말에 나도 모르게 쿡쿡 웃고 말았다.

"내가 왜 너를 도와줘야 되지?"

"그건……."

"나는 '착한' 유리 영애를 괴롭힌 '악녀' 잖아? 너도 에드워드 님과 함께 나를 비난했잖아. 그런 내가 아무 이익도 없이 널 도와줄 것 같아?"

나 자신도 놀랄 만큼 차가운 목소리였다.

도움을 청하는 그의 말을 들어도 아무렇지도 않았다.

동정은 물론 그때와 입장이 역전된 게 만족스럽지도 않았다.

그저 무(無).

……정말로 내 안에서 그는 아무래도 상관없는 인물이었다는 걸 새삼 깨달았다.

"아버님이 교황 자리에서 쫓겨났지만 그래도 유리는 나를 변함없이 대해 줄 거라고 생각했어……! 그런데 갑자기 전혀 모르는 사람처럼 굴어. 나를 없는 사람 취급하고 있어."

한마디로 유리는 그의 뒤에 있는 교회의 힘을 원하고 있었단 말인가.

그 말을 듣자 오히려 유리에게 감탄했다.

그토록 쉽게 잘라 내다니, 오히려 감탄이 나올 정도네.

"주위 사람들도 손바닥을 뒤집듯이 나를 냉대해. 나는……."

"그게 뭐 어쨌다는 거지?"

나는 지극히 단호하게 대답했다.

"사랑하는 사람이 타인처럼 굴어서? 모든 사람이 손바닥을 뒤집듯이 냉대해서? 네가 그런 상황에 빠져도 난 아무렇지도 않아. 너도 내가 학원에서 쫓겨났을 때 아무렇지도 않았잖아?"

내 빈정거림에 그는 얼굴을 일그러뜨렸다.

"……그래, 네 말대로야. 맞아, 나는 너를 쫓아낸 사람이지. 그런 내가 여길 찾아오다니, 스스로 생각해도 바보 같아."

"어머, 알면 됐어. 그럼 빨리 돌아가시지."

"그래도 나는 포기할 수 없었어. 날 버린 놈들에게 복수하고 싶어. 아무것도 못 한 채 끝내고 싶지 않아!"

"어머나……."

그의 외침에 나는 웃었다.

그토록 부드럽고 온화한 분위기를 지녔던 그가 이렇게 변하다니.

얼굴을 일그러뜨리며 필사적으로 외치고, 가능성이 없다는 걸 알면서도 매달리는 지금의 그에게서 학원에 다닐 적의 모습은 조금도 찾아볼 수 없었다.

"그래, 솔직히 말하면 나는 나라 따윈 어떻게 되든 상관없어. 나는 나를 버린 사람들에게 복수하고 싶어서 널 찾아온 거야……!"

"복수해서 어쩔 셈이지? 사랑을 구걸하려고? 측근으로 삼아 달라고 부탁하려고?"

"……나를 버린 그 인간들 따윈 아무래도 상관없어. 난 그저 나를 위해서 그렇게 하고 싶은 거야……!"

……어쩌면 이렇게 이기적일 수가.

하지만 어이없어할 수 없는 것은 나도 그 마음을 알기 때문이다.

그들에게 되갚아 주고 싶은 마음은 분명 지금도 내 마음속에 자리 잡고 있다.

동시에…… 그의 모습은 너무나 위태로워 보이기도 했다.

나와 그의 결정적인 차이는 내 경우, 그게 목적이 되지는 않았다는 사실이다.

그 감정에 사로잡히지 않았던 것은 영지민들 덕분이다.

하지만 지금의 그를 보아하니…… 그는 그것만이 목적이자 그것만을 원하고 있다.

그 때문에 무슨 일이 일어나도 포기하지 않겠다는 위험한 분위기조차 풍겼다.

나는 다시 한번 그의 맞은편에 앉았다.

"그래서 나와 손을 잡고 싶단 말이지……?"

내 말에 그는 고개를 끄덕였다.

그렇군……. 나도 그들에게 복수하고 싶어 할 거라고 짐작해서 찾아왔단 말인가.

……하지만 안됐네.

"내가 후견자가 되어 줘 봤자 넌 교황이 될 수 없어. 조직 개혁은 이미 진행되고 있으니까."

라프시몬즈 사제와는 지금도 연락을 하고 있다. 그의 보고에 의하면 반이 교황이 되는 것은 불가능하다.

애초에 이번에 교회 상층부 인사들은 거의 파면당하거나 체포되었다.

교황 세습제를 폐지하자는 의견도 나오고 있으며 거의 가결될 전망이다.

대신 추기경들이 다수결로 교황을 선출하는 방법이 채용될 예정이다.

"나도 너를 밀어 주기보다는 현재 수완을 발휘하고 있는 라프시몬즈 사제를 지원하고 싶어. 너에게는 교회의 기반도 없을뿐더러 경험이고 뭐고 아무것도 없는걸. 이대로 가면 넌 다릴교에 남는 것조차 힘들어."

현재 반은 매우 어중간한 입장이다.

이번 일이 없었더라면 차기 교황이 되기 위해 다릴교 본부에 들어가서 경험을 쌓았겠지만…… 지금은 애초에 세습제조차 부정당하고 있다.

게다가 구체제에서 탈피하는 것을 목표로 삼고 있는 다릴교 입장에서 그의 존재는 그저 방해물에 불과하다.

이대로는 다릴교에 남을 수 있을지 없을지, 그조차 위태롭다.

"……다만 아는 사람에게 널 교회에 거둬들여 달라고 손을 써 줄 수는 있어. 물론 성직자로서."

그 정도라면 라프시몬즈 사제에게 부탁할 수 있다.

개인적인 연줄도 있거니와 그의 수완은 신뢰할 수 있다.

물론 라프시몬즈 사제에게 연락해 봐야 알겠지만.

"물론 일개 성직자로 지내야 돼. 교황은커녕 본부에 들어갈 수 있을지 어떨지도 몰라. 하지만 그는 주위의 평판보다 자신의 눈으로 본 것을 믿는 사람. 네가 스스로 실력을 쌓고 보여 주면 중요한 자리를 맡길 가능성도 있을지 몰라."

……자아, 어떻게 할래?

그 물음에 그는 망설임을 보이지 않았다.

그 후에 서약서를 나눈 후 그는 돌아갔다.

"왜 그런 온정을 베푸신 겁니까?"

라일이 불만스럽게 중얼거렸다.

타냐가 아닌 라일이 그런 말을 한 게 신기했지만 그건 먼저 입을 연게 라일이라는 차이만 있을 뿐, 타냐도 같은 심정이라는 것쯤은 그녀의 표정만 봐도 알 수 있었다.

"……온정일까?"

나는 쿡쿡 웃으며 중얼거렸다.

그 반응에 라일은 의아한 표정을 지었다.

"당장 라피엘 사제와 라프시몬즈 사제에게 연락할 준비를 해 줘."

"알겠습니다."

타냐가 내 지시에 반응했다.

"……아까 반에게도 말했다시피 지금 다릴교는 한창 개혁을 추진하는 중이야. 하지만 모든 사람이 그 개혁에 찬성하는 건 아니지. 다들 상상이 가지?"

단물을 빨고 있었던 것은 다릴교 상층부뿐만 아니라 다릴교와 손을 잡고 있던 귀족들도 마찬가지.

그런 그들…… 또는 그들과 연결 고리가 있는 자들이 이번 개혁안을 손가락만 빨며 지켜볼 리는 없다.

반드시 방해해 올 것이다.

반의 혈통과 그의 위태로운 위치를 이용해서 그들의 수장으로 세우는 것도 충분히 있을 수 있는 일이다.

그렇기 때문에 그를 이쪽에 숨겨 두고 싶었다.

……그자들의 꼬임에 넘어가기 전에.

"……그가 지금의 원통함을 양식 삼아 성장했을 때, 내 원조는 효과를 발휘하게 될 거야. 라프시몬즈 사제에게 미리 반의 동향을 전해 주면 그것마저 잘 이용해 주겠지. 애초에 그에게 했던 말은 거짓말이 아니야. 라피엘 사제는 의학을 수련하고, 영지민들에게 봉사할 것을 권하는 분. 그 사상은 라프시몬즈 사제의 사상과도 통하니까 거기서 힘을 기르면 본부로 가는 길이 열릴 가능성도 있어. 그에게 은혜를 베풀어서 빚을 지울 수도 있지."

이건 라프시몬즈 사제의 역량을 믿기 때문에 써먹을 수 있는 방법이다.

"반대로 그가 지금의 원통함을 잊는다 해도 그걸로 괜찮아. 나는 그의 동향을 파악하고, 그와 접촉하려고 드는 자들을 사전에 차단할 수 있으니까. 그가 쓸데없는 짓을 하려고 들면 곧바로 눈치챌 수도 있고. 그러면 라프시몬즈 사제에게도 빚을 지워 둘 수 있지."

"그렇군요. 그럼 전 그에게 제 수하를 붙여서 감시하겠습니다."

"나도 그걸 부탁할 생각이었어. ……어쨌든 내게 메리트는 있어. 그렇잖아? 과연 이건 그를 향한 온정일까?"

내게는 그가 '부탁' 하러 온 시점에서 어떻게 굴러가도 이득이다.

웃음이 멈추지 않는다는 건 이럴 때 쓰는 말 아닐까.

뭐, 상관없잖아?

……어차피 반 스스로 나를 악역 영애라고 철석같이 믿고 찾아온

셈이니까.

† † †

"후우……."

타냐는 풀어 내린 머리에 빗질을 마친 후 한숨을 쉬었다.

이제 곧 날짜가 바뀔 시간.

그녀는 취침 전에 아이리스의 자잘한 시중을 마친 후 자신도 잠자리에 들 준비를 하고 있었다.

종종 타냐는 '정말 잠은 자는 거야?' 라는 반쯤 농담 섞인 질문을 듣곤 하지만 그녀도 인간이다.

당연히 수면은 필요하다.

게다가 그녀는 자신보다 세바스야말로 더욱 그 의문에 잘 맞아떨어진다고 생각했다.

그는 피곤한 기색 따윈 보이지 않고, 언제나 온화한 표정을 짓고 있다. 정말 굉장하다.

……그래서 그녀는 그를 목표로 삼고 있었다.

그녀는 그런 두서없는 생각들을 하면서 문득 책상 위에 놓인 리본을 집어 들었다.

레메, 메리다, 그리고 아이리스와 세트로 산 리본.

……언제였는지는 그녀도 정확하게 기억하지 못한다.

아마도 견습 시녀가 되기 전이었을 것이다.

아르메리아 공작가에 드나드는 상인이 찾아왔을 때, 갖고 싶은 물건은 없냐는 물음에 아이리스가 고른 리본이다.

『이거면 되겠니? 이 보석이 더 좋지 않을까?』

화려하고 값비싼 물건들 가운데 굳이 이 리본을 고른 아이리스의 선택에 루이 공작가 가주는 의아한 표정을 지었고…… 메를리스 부인은 다른 물건을 권했다.

『네. 이걸로 충분해요. 그 대신 이걸 네 개 주세요.』

　그녀는 그렇게 손에 넣은 리본을 세 사람에게 나눠 줬다.

『모두 똑같은 거야.』

　그렇게 미소를 지으며.

　타냐와 레메와 메리다에게는 무척 비싼…… 하지만 공작 영애인 아이리스가 하고 다니기에는 너무 값싼 그 리본.

　하지만 아이리스는 그 리본을 보물이라고 말했다.

『마음에 들지 않는다면 미안해. 그치만 모두 똑같은 걸 가지고 싶었어. 받아 준다면 기쁠 거 같아.』

　그 리본이 타냐와 레메, 그리고 메리다에게도 보물이 되었다는 건 말할 것까지도 없다.

　아이리스의 마음이 담긴 물건이니까.

　……타냐는 정말 행복하다고 생각했다.

　그날 그곳에서 아이리스가 자신을 주웠다.

　그녀를 만나지 않았더라면 틀림없이 어디선가 길거리에 쓰러져서 죽었을 것이다.

　언제부터 그곳에 있었는지는 그녀 자신도 모른다.

　아마도 부모에게 버림받았을 것이다.

　정신을 차리고 보니 그녀는 영도에서도 특히 가난한 자들이 모여 사는 곳에 홀로 있었다.

　어리고 요령도 없었던 그녀는 끼니를 굶는 일조차 허다했다.

　그렇게 점점 쇠약해져 갔다.

멍하니 골목에 앉아서 하늘을 바라보는 매일.

때때로 부모와 아이가 손을 잡고 걷는 모습을 보면 공연히 울고 싶어졌다.

이대로 홀로 죽게 되겠지……. 그녀가 자신의 생을 포기하는데 그리 긴 시간이 걸리지 않았다.

……오히려 빨리 사라져 버리고 싶다는 생각마저 들었다.

그러던 어느 날, 낯선 남자 둘이 타냐에게 말을 걸었다.

어떤 말인지는 이제 기억나지 않는다.

하지만 그 야비한 웃음을 본 순간 '좋지 않은' 인간이라는 것만은 본능적으로 알았다.

생을 포기했던 그녀도 눈앞에 닥쳐 온 위험에 몸이 먼저 반응했다.

그리고 도망치기 위해 달렸다.

달리고 또 달렸지만 체력이 약한 어린아이가 남자들을 따돌릴 수는 없었다. ……그녀는 곧 붙잡히게 되었다.

그때 그녀를 도와준 사람이 바로 아이리스였다.

타냐가 무아지경으로 도망친 곳은 운 좋게도 큰길. 그것도 아이리스가 탄 마차 앞으로 뛰어들었던 것이다.

『괜찮아?』

마차에서 내린 아이리스를 처음 본 순간, 자신과는 너무나도 사는 세계가 다르구나…… 라고 생각하며 타냐는 고개를 끄덕였다.

『다행이다. ……너 혹시 갈 곳은 있니?』

그 물음에 그녀는 고개를 저었다.

『그래? ……그럼 나랑 같이 갈래?』

『아니. 난 괜찮아. 도와줘서 고마워. 그걸로 충분……해. 더 이상 폐를 끼치고 싶지 않아. 도망쳐 봤자 아무 소용 없는걸.』

『포기하지 마……!』

그 후 시종이 아무리 말려도 아이리스는 고집스럽게 타냐를 데려 가겠다고 주장했고…… 결국 그녀는 위기를 벗어났다.

『쫓기는 것 같던데. 그 사람들은 내가 아버님께 말씀드려 놨어.』

훗날 알게 됐지만 타냐에게 말을 건 두 남자는 의지할 곳 없는 고아 들을 잡아서 싼 값에 팔아넘기는 일을 생업으로 삼고 있는 자들이라 고 한다.

아이리스와 시종들이 데려가는 것을 보고 그들은 타냐를 포기한 모양이었다.

그리고 아이리스의 요청과 시종들의 보고 덕분에 그자들도 체포 되었다고 한다.

『이제부터 여기서 같이 살자. 이름은?』

『……몰라.』

『그래? ……그럼 타냐라는 이름은 어때? 동화에 나오는 똑똑한 공주님의 이름이야.』

아이리스는 햇살 속에서 웃으며 타냐의 손을 잡고 그렇게 말했다.

그 손의 온기에 그녀는 뒷골목에서 보았던 아이와 엄마를 떠올렸 다.

……타냐는 방울방울 흘러내리는 눈물을 멈출 수 없었다.

『시, 싫어? 그럼 다른 이름을…….』

아이리스는 타냐의 그 모습에 어쩔 줄 몰라 했다.

그 모습이 무척 우스웠지만 그녀는 눈물을 멈출 수 없었다.

타냐는 두 가지 의미로 아이리스에게 구원받았다.

그때 위기에서 구원받은 것뿐만이 아니다. 아이리스는 삶을 포기 한 타냐에게 살아갈 목적을 줬다.

그래서 타냐는 생각했다. 아이리스의 마음을 아프게 하고 싶지 않다고.

그녀의 마음을 아프게 하는 모든 것으로부터 지키고 싶다고.

왕도에 온 후 아이리스는 한 번도 진심으로 웃지 않았다.

언제나 지친 표정.

물론 왕도에 와서 얼마간은 파문 소동을 진정시키기 위해 그럴 경황이 아니었고, 그 후에도 이것저것 사후 처리를 위해 교섭하느라 분주했기 때문에 신경을 곤두세우고 있었으니 어쩔 수 없을지도 모른다.

어쩔 수 없을지도 모르지만…… 개인적인 시간조차 표정이 그늘져 있었다.

『……아가씨께 무슨 일이라도 있습니까?』

타냐의 입장에서는 매우 짜증스럽지만 동생과 함께 마주친 딘도 헤어질 때 그렇게 물었다.

가끔씩 나타나는 딘조차 눈치챌 정도다.

물론 타냐를 비롯하여 저택에서 아이리스를 모시는 사람들은 그녀의 변화를 눈치채고 있다.

눈치채고 있지만 아무것도 할 수 없다.

타냐는 그게 답답했다.

어째서인지, 그 이유조차 알 수 없으니까.

왠지 모르겠지만…… 아이리스의 마음을 갉아먹고 있는 것은 아마 이 땅이 아닐까? 타냐는 그렇게 예상하고 있었다.

아이리스에게 다시는 떠올리고 싶지 않은 사건이 일어났던 땅.

게다가 이번에도 아이리스의 마음을 괴롭히는 사건이 일어났으니…… 그녀가 이 땅을 싫어하는 것도 어쩔 수 없는 일이다.

하지만 근본적으로…… 어째서인지 이 땅에서의 아이리스는 그녀답지 않다.

마치 자신을 나쁘게 보이려고 하는 듯한 느낌.

공작가의 영애인 아이리스는 어린 시절처럼 햇살이 잘 어울리는 여성이 아니다.

성장한 것이다. ……그건 할 수 없는 일이다.

권모술수가 판치는 상류 계급 사회에서 오히려 옛날 그대로였다면 그런 아이리스를 이용하려는 자들이 몰려들 것이다. 그쯤은 고용인인 타냐조차 알고 있다.

냉정하고 자신의 마음을 억누르며 엄격한 판단을 내리는 것 또한 아이리스에게는 필요한 일이다.

하지만 어째서인지 왕도에서는 그런 면이 특히 두드러진다.

햇살 속의 웃음은 사라지고, 차갑고 감정이 드러나지 않는 웃음을 지을 때가 많다.

타냐에게는 아이리스가 마치 일부러 위악적으로 행동하는 것처럼 느껴지기조차 했다.

그리고 아마 아이리스도 무의식적으로 그 사실을 느끼고 있는 눈치였다.

툭하면 영지로 돌아가고 싶다고 바라는 것은 아마도…… 일이 쌓여 있기 때문만은 아닐 것이다.

빨리 돌아가고 싶어. 하루라도 빨리.

그렇게 바라는 아이리스는 마치 자신의 그런 행동에 지쳐 있는 것 같아서.

그만큼 타냐도 빨리 돌아가고 싶다고 바라게 된다.

똑똑.

타냐는 문득 들려오는 노크 소리에 문을 열었다.

문을 열자 어째서인지 디더가 서 있었다.

"이 시간에 무슨 일이죠?"

"……아, 미안. 자려던 중이었어?"

"네. 오늘은 아가씨도 일찍 잠자리에 드셨고, 제 일도 빨리 끝났으니까요."

"그렇군. ……그보다 그런 차림으로 문 열지 마. 여자라면 좀 더 경계심을 가져야지."

"어머나, 공작가의 저택에서 그런 걱정은 필요 없을 것 같은데요. ……게다가 저도 조금은 실력에 자신이 있어서요. 여차하면 실력 행사를 하면 그만이죠."

그녀가 생긋 웃으며 그렇게 말하자 디더가 한순간 쓴웃음을 지었다.

하지만 이윽고 진지한 표정을 지으며 말했다.

"……그 실력 행사가 통하지 않는 상대라면 어떻게 할래? 난 쉽게 당하진 않을 텐데?"

"그렇군요……. 이 저택 안에서 따지자면 당신과 라일만큼은 어렵겠죠. 다른 침입자들 중에 나도 애를 먹을 만한 상대라면 몹쓸 짓을 하려는 게 아니라 목숨을 노리는 자들일 테고. 뭐…… 두 사람을 일단 신뢰하고 있으니까요."

물끄러미 시선이 맞부딪혔다.

늦은 밤. 서로가 입을 다물면 소음 하나 들려오지 않는 고요한 공간에서 그 침묵은 몹시 무겁게 느껴졌다.

"……졌다. 그렇게 말하면 아무것도 할 수 없잖아."

하지만 디더가 그렇게 말하며 웃은 순간, 무거운 분위기는 눈 깜짝

할 사이에 날아갔다.

"그런데 용건은 뭐죠?"

"아. 라일이랑 술이라도 한잔하려고 했는데 라일이 잠들어 버려서 말이야. 그래서 너랑 마시려고."

"기가 막혀서……. 당신이야말로 이런 시간에 술을 마시자고 하다니. 나도 일단 여자인데 이상한 소문이 나도 난 몰라요."

"상관없어."

디더는 그렇게 말하며 웃었다. 타냐는 한숨을 쉬었다. ……눈앞에 있는 남자의 진의를 도무지 파악할 수 없었다.

"하긴…… 시간이 너무 늦었나. 내일도 일찍 일어나야 되지? 미안해."

"잠깐만요."

발걸음을 돌리려고 하는 그에게 타냐가 말을 걸었다.

"나도 이미 잠이 달아난 것 같은데……. 기왕 이렇게 된 거 마시죠. 옷을 갈아입고 올 테니까 잠깐만 기다려요."

"응."

타냐는 옷을 갈아입고 또다시 방을 나섰다.

지금부터 가게로 마시러 가기에는 미묘한 시간이었기 때문에 결국 두 사람은 고용인용 환담실에서 술을 마시기로 했다.

이 환담실은 고용인 모두가 함께 쓰는 방으로, 이름 그대로 환담을 나누며 교류하기 위한 곳이다.

아르메리아 공작가는 가문의 품격에 걸맞게 왕도에 커다란 저택을 소유하고 있는데, 그 절반 정도는 고용인들을 위한 공간이다.

이렇게 큰 저택을 유지하고 모두가 쾌적하게 생활하기 위해서는 그만큼 많은 고용인이 필요하기도 하거니와 대대로 고용인들을 우대하는 이 가문다운 구조이기도 하다.

"뭐 마실래? 일단 이걸 가져왔는데."

"……이건 마카라마산이잖아요. 대체 어떻게 구한 거죠?"

"사부님한테 빼앗았어."

타냐는 천연덕스럽게 대답하는 디더를 바라보며 저도 모르게 한숨을 쉬었다.

"하여간 당신이란 사람은……."

"뭐, 어때? ……사부님도 이번 일은 나랑 라일한테 미안하게 생각하시는 것 같던데. 이걸로 빚을 갚은 거라며 쓴웃음을 지으시던걸."

그렇게 말하는 디더도 쓴웃음을 짓고 있었다.

남자다운 배려로군……. 타냐는 그렇게 생각하며 말없이 디더가 내민 병을 받아들었다.

"……당신들이 노동의 대가로 받은 걸 나까지 마셔도 되나요?"

"라일은 필요 없다고 했고, 무엇보다 노동이라고 할 것까진 없어."

말은 잘하는군……. 타냐는 내심 그렇게 중얼거리며 유리잔 두 개를 꺼내서 술을 따르기 시작했다.

두 사람이 매일처럼 가젤 장군에게 불려 다니는 것은 물론 알고 있다.

그곳에서 교관처럼 가젤 장군의 보좌로서 훈련을 봐 주고 있다는 것도.

그리고 틈틈이 아이리스의 호위로 근무하고, 빈 시간에는 영지에서 함께 온 자들을 평소대로 훈련시켰다는 것도.

최근 그들을 보지 못했던 것은 그만큼 그들도 여러모로 바빴기 때문이다.

아이리스와 아르메리아 공작가의 가주가 가문의 업무는 하지 않아도 된다고 했지만 라일은 그 말을 완강하게 사양했고, 디더는 표표하게 "사부님께는 그냥 놀러 가는 겁니다."라며 시치미를 뗐다.

두 사람은 각각 술이 담긴 유리잔을 들었다.

"건배."

챙. 유리가 맞부딪치는 맑은 소리.

달콤하고 깊이 있는 맛이 입 안 가득 퍼졌다.

"아……. 역시 맛있군. 마카라마산."

"……정말이네요. 아주 좋은 술을 받았군요."

"사부님이 갖고 있는 술은 전부 좋은 거야. 그렇게 많이 마시면서 술에는 꽤 까다로운 분이니까. 아니, 술고래라 더 까다로운 건가……."

디더는 웃으며 그렇게 말한 후 남은 술을 단숨에 들이켰다.

"겨우 돌아갈 수 있겠군."

그가 문득 중얼거렸다.

"그러게요……. 사부님께 불려 다니는 것도 이걸로 끝이겠군요."

"뭐, 그렇지. 준비도 해야 되고."

"……당신도 빨리 영지로 돌아가고 싶나요?"

"당신 '도'?"

"아, 깊은 뜻은 없어요. 그래서, 대답은?"

"음……. 내가 돌아갈 곳이랄까, 내가 있어야 할 곳은 결국 공주님의 곁이잖아. 그러니까 영지로 돌아간다는 건 이상한 표현이지."

"그건 그렇군요."

디더도 타냐처럼 아이리스에게 몸을 바친 사람 중 하나.

평소 너무나 가벼워 보여서 자꾸 충성심을 의심할 때가 많지만.

"하지만 뭐…… 영지로 돌아가고 싶긴 해. 빨리, 공주님과 함께. 여긴 속박이 너무 많아. 영지처럼 계속 공주님의 곁에 있을 수도 없고……. 무엇보다도 우리 힘으로는 당해 낼 수 없는 힘을 가진 자가 많으니까."

"당신들보다 강한 사람은 별로 많지 않을 것 같은데요?"

타냐가 시치미를 떼며 그렇게 말했다.

그러자 디더는 '알면서 왜 그래?' 라고 말하는 듯한 눈빛으로 웃었다.

"농담이에요. ……그래요, 왕도에 있으면 내 힘이 얼마나 보잘것없는지 실감하게 돼요. 우리는 갖지 못한 힘……. 권력이라는 이름의 거대한 힘 앞에서는 아무리 수행을 쌓아도 대적할 수 없으니까요."

"맞아. 그러니까 빨리 돌아가고 싶어. 공주님을 지키는 입장에서."

"그래요……."

"너야말로 얼굴이 어두워 보이는데? 뭐야, 어느 귀족 나리한테 안 좋은 소리라도 들었어? 아니면 오랜만에 시녀장한테 혹사당하기라도 했어?"

"그 말, 에를르 씨 앞에서도 할 수 있나요?"

"절대 못하지."

타냐는 낄낄 웃는 디더의 옆에서 한숨을 쉬었다.

"아뇨, 그런 게 아니에요. 그냥…… 조금 고민하고 있는 것뿐이에요."

"네가 고민이라니……. 어차피 공주님과 관계된 거겠지?"

"어차피는 또 뭐죠?"

노려보는 그녀에게 디더는 "아차, 실례."라며 웃었다.

그의 반응에 자신이 화풀이 비슷하게 굴었다는 사실을 깨달은 그녀는 또다시 한숨을 쉬었다.

"……하지만 뭐, 맞아요. 당신 말대로 난 아가씨 때문에 고민하고 있어요."

"……공주님께 무슨 일이라도 있어?"

갑자기 그의 목소리가 진지하게 변했다.

이런 모습을 보면 디더에게도 역시 아이리스의 존재는 큰 모양이다.

타냐는 그 사실에 안심했다.

"당신도 눈치채고 있잖아요? 아가씨께서 왕도에 오래 머물면 머물수록 안색이 나빠진다는 걸."

"그야 뭐."

디더는 쓴웃음을 지으며 동의했다.

"늘 신경을 곤두세우고 있어야 하니까 안색이 나빠지는 것도 어쩔 수 없을지 모르죠. 하지만 그런 아가씨의 상태를 눈치채고 있으면서 아무것도 할 수 없는 내가 답답해요. 당신이 말한, 내 힘으로는 당해 낼 수 없는 거대한 힘이라는 게 뼈저리게 느껴져서……. 아무래도 난 내 힘을 너무 과신하고 있었던 모양이에요."

말을 하면 할수록 마음속에 괴로움이 퍼져서 그만 자조 섞인 미소를 짓고 말았다.

"아……. 그 뭐냐, 사람에겐 영역이라는 게 있는 법이야."

"알아요. 그러니까 난 어쩔 수 없다는 것도."

침범할 수 없는 영역. 그녀는 어찌할 수 없는 벽.

그걸 알고 있기에 그녀는 이토록 괴로운 것이다.

"아니, 모르는 것 같은데. 예를 들어 내 영역은 공주님을 호위하는 것. 내 몸을 방패로 삼아서라도 공주님을 지키는 게 내 역할이자 영역이야. ……그 영역만큼은 난 누구에게도 지지 않아. 누구에게도 양보할 수 없어. 설령 너라고 해도."

모른다고……? 디더에게 그렇게 부정당한 순간, 어찌할 수 없는 분노가 그녀의 마음을 점령했다. 타냐는 디더를 노려보았다.

하지만 뒤이어 흘러나온 말에 반박하려 했던 입을 다물었다.

"그럼 너의 영역은 뭐지? 너의 역할은 늘 공주님의 곁에 있으면서 여러 가지 일을 도와주는 거잖아? 그건 나는 할 수 없는 일이야. 나는 너처럼 맛있는 차를 끓이거나 치장을 도와줄 수도 없고, 공주님의 일정을 파악하고 관리할 수도, 일을 도와줄 수도 없어."

"그건…… 그렇지만."

"네가 노력하고 있다는 건 알아. 사부님께 호신술을 배운 것도, 세바스 씨한테 공주님이 맡고 있는 업무의 기초를 배우고 있는 것도……. 네가 자신의 영역을 넓히려고 노력하는 것도. 거기까진 좋아. 공주님께 도움이 되니까. 하지만 혼자 할 수 있는 영역에는 한계가 있어. 뭐, 어때? 공주님은 공주님께 필요한 걸 너한테 맡기고 있는 거야. 너는 그 요구에 응할 수 있도록 주어진 영역 안에서 네가 할 수 있는 일을 더욱 잘하면 돼."

꿀꺽. 디더는 유리잔에 남아 있는 술을 단숨에 들이마셨다.

"내 말이 틀려?"

"……아뇨. 아니에요……."

타냐는 머리를 둔기로 얻어맞은 듯한 기분이었다.

자신은 과신하고 있었던 것이 아니다. ……우쭐하고 있었던 것이다.

모든 걸 자신이 해내지 않으면 안 된다고.

라일과 디더가 호위 실력을 높이기 위해 노력하는 것처럼 메리다는 요리 실력을 연마하고 있고, 레메는 지식의 폭을 넓히거나 또는 깊이 있게 만들려고 노력하고 있다.

세이도, 모네다도 주어진 역할을 다하기 위해 애쓰고 있다.

모두 각각 주어진 역할이 있고, 그 분야에서 열심히 노력하고 있다.

그 역할을 요구받은 것 이상으로 잘 해내기 위해서.

"뭐, 한마디로 할 수 없다면서 멈춰 서는 것보다는 내가 할 수 있는 일과 할 수 있는 방법으로 공주님께 힘이 되어 드릴 방법을 생각하는 게 좋지 않을까?"

타냐도 유리잔에 남아 있는 술을 모두 마셨다.

"……그래요. 나는 아가씨의 마음이 편해지도록 내가 할 수 있는 방법으로 곁에 있을 거예요."

그것은 조금 전의 못마땅한 마음에서 나온 말이 아니었다.

그녀에게도 긍지가 있다.

디더가 아이리스의 호위 역할만큼은 양보하지 않겠다고 말한 것처럼 타냐에게도 그녀의 영역이 있으니까.

"바로 그 얼굴이야. 그래야 너답지."

디더는 그렇게 말하며 또다시 여느 때처럼 낄낄 웃었다.

13장
공작 영애, 귀환하다

"겨우 돌아왔다……."

나는 만감이 교차하는 심정으로 그렇게 중얼거렸다.

……정말 길었다.

사교 시즌에 비하면 이번에 내가 왕도에 머문 기간은 그다지 길지 않다.

그래도 그렇게 느껴지는 것은…… 분명 너무나도 많은 일이 일어났기 때문일 것이다.

지난번에 돌아왔을 때에도 마음이 놓였지만 이번에는 그 이상이다.

저택에 도착하자 고용인이 모두 나와서 나를 맞이해 줬다.

"어서 오십시오."

그렇게 말하는 모두의 표정이 울면서 웃는 것처럼 보여서 나도 모르게 눈에 눈물이 살짝 맺혔다.

정말 모두에게 걱정을 끼쳤구나.

"무사히 돌아오셔서…… 이 세바스는 너무나 기쁩니다. 오늘은 푹 쉬도록 하십시오."

"고마워, 세바스."

평소 같으면 서재로 직행했겠지만 오늘은 내 방으로 향했다.

모두의 권유대로 오늘은 편히 쉬기로 했으니까.

타냐가 끓여 준 차를 느긋하게 마셨다.

문득 바람이 불어와 커튼을 흔들었다.

나는 그 바람에 이끌려 일어서서 창가로 다가갔다.

그리고 창문 너머로 영지를 바라보았다.

아름다운 영지.

온통 가득한 녹음, 조금 멀리 보이는 거리. 나는…… 이 풍경이 좋다.

역대 가주들이 지키고 키워 온 그 거리를 바라보고 있노라니 내 몸에 흐르는 피에 긍지마저 느껴졌다.

멍하니 그 풍경을 바라보며 한숨을 내쉬었다.

이번 소동을 어떻게든 수습할 수 있어서 정말 다행이라고…….

나는 '아직' 이 땅을 책임질 수 있다.

"아…… 그렇지. 타냐, 라일이나 디더를 불러 줘."

"알겠습니다. 어딜 가시려는 건가요……?"

"응. 그렇지만 부지 안이니까 걱정 마."

"그러신가요. 잠시 기다리세요."

타냐는 방에서 나갔다가 곧 다시 돌아왔다.

"마침 디더가 있어서 데려왔습니다."

"고마워, 타냐. ……디더, 잠깐 나랑 같이 산책하지 않을래?"

"좋아. 그런데 어디까지?"

"할아버님이 계신 곳까지."

"아…… 거기? 알았어. 공주님이 가는 길을 따르는 게 내 역할이 니까."

"고마워. 타냐, 꽃다발을 준비해 줘. ……같이 갈 거지?"

"물론입니다. 곧 준비할 테니 기다려 주세요."

그리하여 타냐, 디더와 함께 걸어서 15분 정도 떨어진 나무들이 울창한 곳까지 걸었다.

이곳에는 역대 가주들이 잠들어 있다.

어째서인지 묘지가 아닌 이곳에.

그 이유는 나도 모른다.

하지만 아르메리아 공작령의…… 그것도 수많은 추억이 담긴 저 택을 바라보며 잠드는 것은 부러운 일이다.

나는 그중에서도 제일 새로운 비석 앞에 섰다.

"……할아버님."

나는 타냐에게서 꽃다발을 받아 들고 그곳에 놓았다.

내가 학원에 입학하기 전에 돌아가신 할아버님.

마왕 같은 얼굴의 아버님과는 전혀 닮지 않은 상냥한 얼굴을 지닌 분이셨다.

할머님도 온화한 분이셨는데, 아버님은 대체 누굴 닮은 걸까? 아 직도 의문이다.

그건 그렇고.

영주 대행이 된 후 묘하게 할아버님이 떠올라서 때때로 이곳을 찾 아오곤 했다.

누구보다도 영지를 사랑하셨던 분.

내가 창가에서 우리 영지를 바라보는 것처럼, 어린 나와 베른을 데 리고 자랑스럽게 영지 이야기를 하셨던 분.

너구리들이 득실거리는 왕궁에서 잘도 재상으로 일하셨다는 생각이 들 만큼 온화한 분이셨다고…… 막 영주 대행이 됐을 무렵의 나는 그렇게 생각했다.

하지만 지금은 다르다.

영지를 운영하며 할아버님의 흔적을 발견할 때마다 감탄하고…… 또 나 자신을 비웃었다.

한 가지 면만 보고 그 사람은 '이런 사람이다'라고 판단했던 어리석은 나 자신을.

곰곰이 생각해 보면 알 수 있지 않은가?

할아버님이 내게 보여 준 얼굴과 일할 때의 얼굴이 다르다는 것을.

게다가 내 기억 속의 할아버님은 어릴 적 내가 본 할아버님뿐이다.

그때 느꼈던 인상을 가지고 할아버님은 이런 분이라고 단정 짓다니.

내가 영지 정책을 개혁할 수 있는 것은 할아버님께서 그 기반을 만들어 주셨기 때문이다.

그 사실을 깨달은 것은 인프라 정비에 착수한 후부터였다.

곳곳에 할아버님의 흔적이 있었다.

그 지시는 매우 정확했고, 특히 재해 대책은 몇 년, 몇십 년 앞을 내다보고 있어서 혀를 내두를 정도였다.

……내가 앞만 내다보며 발전만을 생각하느라 발밑을 등한시했던 것은 부정할 수 없지만.

그 일들을 재상의 일을 하면서 해내셨으니……. 정말로 이 영지를 사랑하셨구나, 하는 생각에 감동마저 느껴졌다.

"지금 돌아왔습니다."

나는 그렇게 중얼거리며 두 손을 모았다.

영지를 소란스럽게 만든 사죄.

가문에 폐를 끼친 사죄.

그리고 앞으로도 지켜봐 주세요, 라는 부탁.

대답이 돌아오지 않을 것을 알면서도 마음속으로 오랫동안 이야기를 건넸다.

"······좋았어."

나는 자리에서 일어서서 뒤를 돌아보았다.

타냐와 디더가 미소를 지으며 서 있었다.

"돌아가자."

나는 어느 정도 마음이 후련해지는 것을 느끼며 그 자리를 떠났다.

† † †

"이 보고서에 적혀 있는 거, 좀 더 자세한 내용을 알고 싶어. 담당자를 불러 줘."

나는 서류의 산을 가리키며 말했다.

"이쪽 결재는 끝났어. 각 부서에 돌려줘."

다음은 그 옆의 작은 산을.

······이것밖에 끝내지 못했다고 생각하니 조금 눈물이 났다.

"그쪽은 다시 고쳐야 할 것들이야. 쓸데없는 지출이 너무 많아. 그 금액이 필요하다면 근거를 제출하라고 해."

다음은 그 옆의 서류. 서류를 제출한 부서의 사람들이 어깨를 떨어뜨리는 모습이 눈에 선하지만····· 보르사(재무부) 사람들도 같은 의견이었다.

"그쪽 다리는 분명히 노후화가 진행되고 있었지······. 그쪽 정비보다 먼저 다리 수복 작업을 진행해 줘."

……그리고 다음 날.

나는 아침부터 서재에 있었다.

산더미 같은 서류에 둘러싸여 조금씩 그 서류들을 처리해 나갔다.

내 분신이 있었으면 좋겠다고 진심으로 기도하는 한편, 그런 쓸데 없는 생각을 할 틈이 있으면 '일해!'라고 자신을 질책하고 격려했다.

서류가 조금 줄어들어도 세바스가 계속 서류를 갖고 오는 바람에 결국 제자리걸음.

처음부터 처리가 필요한 서류를 이곳에 전부 놓아뒀다면 분명히 발 디딜 틈도 없었겠지.

그 광경을 보면 아무리 나라도 일할 의욕과 기력이 뚝 떨어질 것 같으니까 계속 갖다 주는 걸 차라리 고맙게 생각해야 하는 걸……까?

세바스는 서류를 갖고 올 때마다 미안한 표정을 지었지만 오랫동안 자리를 비웠으니 어쩔 수 없다.

게다가 이번 소동 때문에 원래 계획하고 진행하던 일도 대폭 늦어졌으니 더더욱 그렇다.

영지 관리 중에도 내 파문 소동으로 일을 그만둔 자들이 있다.

하지만 그들은 청문회가 열리고 내가 무죄로 확정된 후에도 돌아오지 않았다.

즉, 무슨 말을 하고 싶은가 하면…… 한마디로 일손 부족이다.

이건 심각한 문제다.

이 상황이 오래 이어지면 관리들에게도 미안하고, 무엇보다도 기껏 남아 제1선에서 일해 주고 있는 그들을 과로로 잃고 싶진 않다.

"그러고 보니 슬슬 각지에서 세금 보고가 올라오겠지. 그 전에 처리할 수 있는 안건은 처리해 둬야 되는데……."

작게 중얼거린 순간 보기 드물게 세바스의 안색이 변했다.

물론 좋은 의미가 아니라 나쁜 의미로.

……알고 있다.

이 이상 이 인원으로 일을 처리하는 건 무리라는 것쯤은.

하지만 세금 보고는 중요하다.

각지의 수익과 수입을 알 수 있으니까.

그 숫자는 앞으로 영지의 경제가 어떻게 흘러갈지 알 수 있는 일종의 지표다.

들어오는 돈이 많으면 그만큼 소비를 기대할 수 있다.

개인의 경우 수입이 많으면 각각 지갑을 열기 쉬워지고 소비가 활성화되며, 상회의 경우 그 자금을 자본 삼아 또 다른 사업을 펼치거나…… 뭐, 그런 것들을 기대할 수 있다.

그만큼 세수 보고는 꼼꼼하게 읽고 앞으로 잘 활용해야 한다.

……하지만 이대로는 그것도 어려울 것 같으니까 빨리 어떻게든 해야 될 텐데.

사각사각사각……. 펜을 움직이는 소리만이 실내에 울려 퍼졌다.

"……아가씨, 그만 쉬시지요."

타냐가 조심스럽게 말을 건넸다.

……어라. 어느새 시간이 이렇게 흘렀지.

창문으로 시선을 던지자 정말로 태양이 기울기 시작하고 있었다.

"……타냐, 한 가지 부탁이 있는데."

"무슨 부탁이신가요?"

"이번 소동으로 직장을 그만둔 사람들의 리스트를 만들어 줘. 그리고 그들에 대한 주위의 평판과 교우 관계도 함께 보고해 줘."

"알겠습니다."

"그럼 난 타냐의 말대로 조금만 쉴게. 세바스한테 잠시 후에 여기로 와 달라고 전해 줄래?"

타냐는 머리를 숙인 후 방에서 나갔다.

나는 타냐가 방에서 나가기 전에 끓여 준 차와 함께 달콤한 과자를 먹으며 한숨을 쉬었다.

그와 동시에 앤더슨 후작가의 가주 부부가 보낸 편지를 읽었다.

앤더슨 후작가 현 가주 부부……. 즉 내 백부님 부부.

아르메리아 공작가와 앤더슨 후작가는 옛날부터…… 그러니까 할아버님들끼리 의기투합하신 후부터 친분이 있다.

백부님 가족은 내게 무척 잘해 주신다. 내가 학원에서 퇴학당할 때에도, 파문 소동이 벌어졌을 때에도 나를 무척 걱정해 주셨다.

앤더슨 후작가의 영지는 아르메리아 공작가의 서쪽에 인접해 있는데, 높은 산들이 두 영지 사이를 가로막고 있어서 만나러 가려면 빙 돌아가거나 해로를 이용해야 하고, 무엇보다도 피차 바빠서 만날 수 없기 때문에 이렇게 계속 편지를 주고받고 있다.

……편지를 다 읽고 나서 '자아, 이제 그만 일하자.' 라고 생각했을 때 세바스가 들어왔다.

"슬슬 아가씨께서 일을 다시 시작하실 것 같아서……."

"마침 잘 왔어, 세바스. 물어보고 싶은 게 있는데."

"무엇입니까?"

"세바스라면 이미 상업 길드에서 임시로 일할 사람들을 모집하고 있겠지?"

딘이 여기서 일하게 된 계기.

큰일은 아니지만 자잘한 계산을 도와주거나 서류를 정리하거나.

많은 사람의 손을 필요로 하는 그런 일에 종사하기 위한 인원.

"네."

"모집 상황은 어때?"

"……별로 좋지 않습니다. 한창 바쁜 시기라 일손을 모집하는 곳이 많으니까요. 우리보다 대우가 좋은 곳도 있고, 게다가 우리 쪽은 아무나 받아들일 수 없다 보니 아무래도……."

"역시……."

휴우 한숨을 내쉬었다.

"……세바스, 그 문제로 한 가지 제안이 있는데."

"무엇입니까?"

"학원 영지 관리과에 다니는 학생들 중에서 모집하는 건 어떨까?"

내 제안에 세바스는 눈을 크게 떴다.

"업무 내용은 잡무 전반. 학생이면서 그곳의 커리큘럼을 익혔다면 나름대로 잘할 수 있지 않을까? 일손이 절실한 우리는 일을 해 주면 고맙고, 학생들도 현장의 분위기를 파악할 수 있고."

"흠……. 묘안이로군요. 당장 학원 측에 타진해 보겠습니다."

"그렇다면 이걸 가져가."

나는 세바스에게 학원장 앞으로 쓴 편지를 건넸다.

내 직함을 써먹을 수 있는 곳은 충분히 써먹어야지.

뭐, 루카 학원장이라면 재미있을 것 같다며 당장 허락해 줄 것 같지만.

"혹시 학원장이 승낙하면 그 후의 교섭은 맡겨도 될까?"

"물론입니다."

"그럼 이 일은 세바스한테 맡길게. 잘 부탁해."

"알겠습니다."

어슴푸레한 램프 불빛 아래에 펜을 사각사각 놀렸다.

요 며칠 동안 계속 똑같은 소리를 듣고 있는 것 같은 기분이다.

"……우웅……."

작성을 마친 후 펜을 내려놓고, 팔을 들어 올렸다.

뚜둑뚜둑하는 귀여운 소리가 아니라 우두둑거리는 소리가 몸 안에 울려 퍼졌다.

기지개를 켠 후, 다음 순간 힘을 뺐다.

주르륵 의자에 몸을 기대고 팔을 힘없이 팔걸이 너머로 늘어뜨렸다.

별로 보기 좋은 자세는 아니지만 지금은 혼자니까 괜찮겠지, 뭐.

시야가 낮아진 자세로 아까 작성한 서류를 들고 멍하니 바라보았다.

……음, 오늘은 이걸로 업무 끝.

그러고 보니…… 이 방에 들어온 후 밖으로 한 발짝도 나가지 않았다는 사실을 떠올리고 쓴웃음을 지었다.

타냐가 말해 주지 않았더라면 식사도 거를 뻔했다.

집중하면 주위가 보이지 않는 버릇은 좀처럼 고쳐지질 않는다.

전생의 나도, 기억을 떠올리기 전의 나도 그랬으니까 거의 영혼에 새겨진 천성이라 해도 과언은 아닐 것이다.

"……실례합니다."

노크 소리와 함께 타냐가 방으로 들어왔다.

"불이 켜져 있어서 혹시나 했더니……. 역시 아직도 일을 하고 계셨나요?"

타냐가 어이없다는 듯이 한숨을 쉬었다.

그 반응에 나는 웃었다.

왕도에서 영지로 돌아올 무렵부터 타냐는 어딘가 변했다.

물론 좋은 의미로.

모난 부분이 사라졌다고 해야 하나, 팽팽하게 곤두섰던 공기가 누그러든 것 같은…… 그런 부드러움이 느껴진다.

"주제넘은 말씀이지만 이제 그만 쉬시지요. 아가씨께서 하시는 일이 얼마나 중요한 일인지 저는 완전히 이해할 수 없지만…… 이것만은 알 것 같네요. 이대로는 다시 쓰러지셔서 결국 진척이 늦어지고 말 거예요."

물론 말투는 별로 달라지지 않았지만.

"……후후후. 그래, 타냐의 말이 맞아. 나도 슬슬 끝내려던 참이었어."

"다행이군요."

"하지만 그전에 타냐의 보고를 듣고 싶어. 슬슬 끝났을 것 같아서 여기서 기다리고 있었던 거야."

"그건…… 기다리게 해서 죄송합니다."

"내가 멋대로 기다린 거니까 신경 쓰지 마. 그보다 보고를 부탁해."

나는 타냐가 건네준 서류를 읽으며 그곳에 적혀 있지 않은 그녀의 사견에 귀를 기울였다.

"……그렇군."

나는 다 읽은 서류를 촛불에 태웠다.

난로가 있으면 그곳에서 태웠겠지만 아쉽게도 사철 내내 봄 날씨인 이 영지에는 난로가 없다.

하지만 다른 이들에게 보여 줄 수 없는 서류라는 게 있는 법.

집무하는 이 서재에는 특히 그렇다.

나는 책상 옆에 놓인 입구가 좁고 안에 모래가 깔린 커다란 꽃병 같은 병 안에 불꽃이 일렁이는 서류를 던졌다.

"역시 그쪽으로 기운 자들이 있군……."

영지 관리들 중에 다른 영지로 기울어서 스파이 노릇을 하는 자가 나온 것은 참으로 유감이다.

"……안타깝지만 인간이란 변심하기 쉬운 동물. 확고한 뭔가를 갖고 있지 않은 자들은 더더욱 그렇죠. 그렇기 때문에 아무리 청렴한 조직이라도 흔들리는 자가 있는 건 어쩔 수 없는 일이지요."

"그래, 맞아. 인간이란 변심하기 쉬운 법이지……. 아주 잘 알고 있어. 이미 나도 경험해 봤으니까. 하지만 타냐, 그뿐만은 아닐 텐데? 말해도 괜찮아. 나 같은 어린 여자가 윗자리에 앉아 있기 때문에 얕잡아보기 쉽다는 걸."

"그건……."

"뭐, 상관없어. 그렇다고 내가 어쩔 수 있는 일도 아닌데, 뭐. 그럼 타냐, 이자들을 모두 모아 줘. 장소는……. 그래, 새로 지은 교회가 어떨까?"

"알겠습니다. 그런데 모두 말입니까?"

"응. 솔직히 타냐의 보고를 들은 순간부터 이자들의 앞길은 이미 정해져 있지만…… 한번 만나 보고 싶어서. 모두 불러 줘. 뭐 이자들은 어차피 오지 않을 테지만."

"알겠습니다."

"그건 그렇고…… 타냐, 정말 굉장하다. 이렇게까지 자세히 조사하다니. 실력이 더 좋아졌는걸?"

"아가씨를 위해서니까요. 그리고 정보는 어디까지나 정보일 뿐. 제가 가져온 정보들을 아가씨께서 믿어 주시기 때문에 활약할 수 있는 거랍니다."

정보에는 형태가 없다.

잘못된 점이 있으면 그 정보는 단순한 뜬소문, 또는 망상으로 전락한다.

마구잡이로 뒤섞인 정보들 속에서 옥석을 가려내고 끝까지 믿기란 어려운 일이다.

"……타냐, 타냐에게 나는 뭐지?"

"저의 '확고한 무언가'. ……지주입니다."

"그렇구나. 타냐, 넌 흔들리지 않아. 그게 느껴지기 때문에 나한테 너는 또 하나의 눈이자 또 하나의 귀가 될 수 있는 거야. 그러니까 네가 갖고 오는 정보는 믿고 이용할 수 있어."

"분에 넘치는 영광입니다."

"……자, 오늘은 이만 자자. 타냐, 조정을 부탁해."

"알겠습니다."

† † †

새롭게 건설된 교회는 매우 훌륭했다.

영지의 힘을 과시하는 듯한 호화로운 장식……과는 거리가 멀지만. 남자는 내심 독설을 퍼부으며 웃었다.

그가 이곳을 찾아오는 것은 처음이었다.

그것은 이 교회가 건설된 연유에 기인한다.

교회를 파괴했다는 아이리스의 행동에 항의하기 위해서 그는 일을 포기하고 스스로 칩거했다.

뜻을 같이하는 자들과 함께.

그때 그들의 심정을 표현하자면 불의를 향한 분노.

아이리스는 교회라는 올바른 길을 알려 주는 장소에 등을 돌리는 짓을 저질렀다. 그러니 정의는 자신들에게 있다…… 그런 믿음에서 저지른 행동이었다.

아이리스가 그 대신 이 새로운 교회를 지었다는 사실을 알면서도 그녀 자신의 잘못을 덮기 위한 행동으로 치부하고 이 교회를 찾아오지 않았다.

……그것은 아이리스가 무죄라고 발표된 후에도 마찬가지였다.

아니, 발표된 후 더더욱 그는 이곳을 방문하는 것에 저항감을 느꼈다.

이제 와서 뭐 하러?

그때 영주 대행이라는 지위를 지닌 아이리스를 비난한 사실은 변하지 않는다.

설령 교회의…… 아이리스를 규탄한 자들처럼 직접적인 가해자는 아니라도, 그들 또한 그녀를 비난한 자들 중 하나다.

아니……. 아이리스 밑에서 일하면서도 그녀를 저버렸으니 더욱 최악이라고, 그는 스스로 그렇게 생각했다.

파문 소동이 벌어졌을 때, 아이리스를 규탄하려면 칩거가 아니라 간언했었어야 한다고…….

설령 분노를 사더라도 말이 통하지 않을 거라고 처음부터 아예 포기하는 것보다는 그녀에게 자신의 의견을 말했어야 한다고…….

하지만 이젠 모두 늦었다.

그래서 그는 여전히 칩거하고 있었다.

조만간 퇴직 신청서를 내지 않으면 안 되겠지. 아니, 그러지 않아도 이미 퇴직할 거라고 생각하고 있겠지……. 그는 그렇게 생각하고 있었다.

그러던 어느 날 도착한 초대장.

초대장이라기보다는 소집장이겠지만. 처음 그 초대장을 봤을 때 그는 씁쓸하게 생각하면서도 웃었다.

분명 자신의 거취와 관련된 일이라는 것쯤은 적혀 있지 않아도 쉽게 예상할 수 있었다.

한 가지 의문을 꼽자면 왜 장소를 교회로 지정했는가, 그 정도였다.

『끝내지 않으면 안 돼.』

그는 그렇게 스스로 용기를 불어넣으며 오늘 이곳에 왔다.

예배당에는 그와 마찬가지로 직무를 팽개친 자들이 드문드문 서 있었다.

피차 무거운 분위기를 풍기고 있어서 아무도 말을 걸어오지는 않았다.

그게 더더욱 무거운 공기가 되어 주위를 감쌌다.

"……오늘 와 줘서 고마워요."

그 공기를 가르듯 그녀…… 아이리스가 나타났다.

그녀는 부드럽게 미소 지으며 주위를 둘러보았다.

"오지 않은 사람도 있지만 그건 예상했던 바. 약속 시간이 됐으니 시작하도록 하죠."

그녀의 말은 예배당의 벽과 천장에 반사되어 몸 안에 울려 퍼졌다.

"여기 있는 여러분은 내 파문 소동 때 영지 관리 일을 그만둔 사람들. 오늘 나는 이야기를 하고 싶어서 당신들을 불렀답니다……. 혹시 내게 하고 싶은 말은 없나요?"

아무도 입을 열지 않았다.

"그럼 내가 당신들에게 묻겠어요. 영지 관리란 뭐죠?"

그녀의 표정은 변함이 없었다. 여전히 웃는 얼굴이었다.

하지만 오히려 그것이 그들에게 압박감을 안겨 줬다.

"거기 당신."

아무도 입을 열지 않는 사람들에게 화가 난 걸까? 그녀가 먼저 지명했다.

"네. 영지 관리란 영주의 손과 발이 되어 일하는 자들입니다."

그 인물은 기다렸다는 듯이 웃는 얼굴로 모범적인 답을 말했다.

"그래요……. 그럼 당신은?"

그녀는 그 말에 눈썹을 찡그리며 그 옆의 인물을 가리켰다.

지명을 받은 그는 한순간 움찔 어깨를 떨었다.

"저…… 저도 그렇게 생각합니다."

"당신들의 말대로라면 이번 소동 때 당신들은 이미 관리라고 할 수 없게 됐군요."

그녀가 쿡쿡 소리를 내서 웃었다.

귀족 여성답게 부채로 입가를 가리며.

"그렇잖아요? 당신들은 영주인 나를 거역하고, 관리직을 멋대로 팽개쳤어요. 영주가 시키는 대로 하는 것이 직무라면 나를 거역한 당신들은 필요 없잖아요?"

그 말에 그들의 얼굴에서 핏기가 가셨다.

"질문을 바꿔 보죠. 어째서 당신들은 이번 소동이 벌어졌을 때 직무를 포기하고 칩거한 거죠? ……거기 당신, 대답해 볼래요?"

드디어 그녀가 나를 지명했다.

시선을 피하는 것은 허락되지 않는다……. 이성적으로는 그렇게 생각하면서도 그녀에게서 뿜어 나오는 압박감에 마음은 눈을 돌리고 싶다고 호소했다.

"……외람되지만 저도 당신께 묻고 싶습니다. 영주란 무엇인지."

간신히 용기를 쥐어짜서 대답한 순간……. 무난한 대답을 던지려던 그의 입에서 흘러나온 것은 다름 아닌 질문이었다.

자신이 이렇게 대담한 짓을 할 줄이야. 그는 내심 놀라움을 금치 못했다.

"질문에 질문으로 대답하는 건 별로 좋아하지 않는데."

"하지만 제 대답에는 그 물음에 대한 당신의 대답이 필요합니다."

이제 될 대로 되라는 생각이 강했던 걸지도 모른다.

이미 긍지도, 그 어떤 것도 그에게는 남아 있지 않았다.

그녀의 말대로 관리의 직무를 팽개친 시점에서 모두 잃어버리고 말았다.

남아 있는 것은 자포자기와도 비슷한 체념뿐.

"……영주의 일이란 긍지를 갖게 해 주는 것. 백성을 지키고, 아끼고, 그리고 풍요롭게 발전시키는 것. 백성들의 생활을 보장하여 영지에 귀속 의식을 갖게 하고, 영지민들을 통합하는 것……. 난 그것이 영주의 역할이라고 생각해요."

"그렇습니다. 바로 그것이 영주의 역할이기 때문에 저는 직무를 포기했습니다."

"설명이 부족하군요."

그녀는 불만스러운 듯이 눈썹을 찡그렸다.

"실례했습니다. 저도…… 영주는 영지민들을 지키고 이끌어야 한다고 생각합니다. 그리고 그렇기 때문에 저는 지난 소동이 일어났을 때 직무를 포기했습니다. 저희에게 교회란 마음의 안식처. 그런 교회에 죄인으로 선고받은 사람은 백성들을 이끌 수 없다고 생각했습니다. 개혁하는 건 좋습니다. 하지만 그 사건은 영지민들에게 영주에 대해서…… 나아가서는 당신이 진행하는 개혁에 대해서 불신감을 품게 하기에 충분했습니다. 꿈을 보여 줘야 할 영주가 그 꿈을 부수는 것은 있을 수 없는 일. 그래서 저는 당신께 항의하기 위해 칩거를 시작했습니다."

"말은 그럴듯하게 잘하네요."

그녀의 말에 그는 자신의 마음속에서 화르륵 불이 붙는 것을 느꼈다.

항변하려고 입을 열기 전에 그녀가 또다시 말을 이었다.

"나 같은 어린 여자가 윗자리에 앉아서 아는 척하며 지시를 내리는 게 마음에 들지 않았다, 그런 마음이 있었던 게 아니라?"

하지만 뒤이어 흘러나온 그녀의 말에 분노의 열기는 급속도로 식어 버렸다.

그 자신도 눈치채지 못했던 속마음…… 아니, 눈치채려 하지 않고 뚜껑을 덮어 버렸던 마음을 그녀가 파헤쳐 버렸다……. 그는 그런 생각이 들었다.

그녀의 말을 부정할 수 없었다.

애초에 그는 그녀가 영주 대행이라는 지위에 오르는 것조차 반대였다.

왕가의 미움을 산 그녀를, 그것도 합당한 교육도 받지 않은 여성을 왜 굳이 영주 대행이라는 자리에 앉힌 것일까……?

어차피 영주님의 변덕이다, 영주 대행이란 그저 장식에 불과하다. 그렇게 생각했지만.

아이리스는 차례차례 영지 정책에 참견하기 시작했다.

처음에는 그것을 불쾌하게 생각했지만 이윽고 영지에 활기가 돌고 그녀가 태후라는 뒷배를 얻었다는 사실을 알았을 때, 그녀의 존재를 불쾌하게 생각하는 마음에 뚜껑을 덮었다.

그러나 그 뚜껑은 교회의 파문 소동으로 인해 또다시 열렸고, 결국 칩거라는 행동을 하게 만든 것이다.

……하지만.

"물론 그런 생각이 있었던 것은 부정할 수 없습니다. 하지만 방금 말씀드린 것도 틀림없는 저의 진심입니다."

"그래요……? 그렇다면 당신에게 영지의 관리란?"

"영지민들의 생활을 지키고, 영지를 풍요롭게 발전시키기 위해 영주의 손과 발이 되어 일하는 자입니다."

흐음. 그녀는 한숨을 쉬었다.

그 반응에 어깨가 움찔 떨렸다.

그는 머뭇머뭇 그녀의 표정을 살폈다.

아무 감정도 드러나지 않은 무표정.

하지만 다음 순간, 그녀는 가장 멋진 미소를 지었다.

단정한 이목구비를 지닌 그녀의 미소는 본래대로라면 그 아름다움에 넋을 잃었을 것이다.

하지만 그때 그는 아름다움보다는 그 선열함에…… 그저 전율할 수밖에 없었다.

"흐음, 그렇군요. 그렇다면 당신은 그 처형을 기다리는 사람 같은 두려운 표정을 짓고 있을 필요가 없잖아요?"

그녀의 지적에 그는 처음으로 자신이 그런 표정을 짓고 있다는 사실을 깨달았다.

"영지의 관리란 수족이나 마찬가지. 수족이 머리인 영주에게 거역하는 것은 용서받을 수 없는 일. 하지만 그 이상으로 백성들을 돌아보지 않는 것이야말로 무거운 죄랍니다. 그렇다면 당신은 내게 항의한 것에 긍지를 가졌으면 가졌지, 부끄러워할 필요는 없어요. 오히려 지금 당신들의 소동이 수습된 지금까지 일을 포기하고, 그 결과 영지 경영에 지장이 생기는 거야말로 백성들을 위하는 길이 아니죠. 영지의 관리가 백성들을 위해 일하는 자라면 그거야말로 죄 아닌가요?"

"하지만…… 저는 무고한 당신을……."

"이제 와서 나를 비난했던 걸 후회하며 쓸데없는 감상에 빠지지 말아요. 이렇게 된 이상 새삼 그런 감정을 가져 봤자 귀찮기만 하니까. 나는 처음부터 당신들이 내 편이 되어 주길 바란 적은 단 한 번도 없어요."

"그건……."

그는 그녀의 말에 충격을 받았다.

"나는 당신에게 충성도, 의리도 바라지 않아요. 내가 원하는 건 당신들의 업무 성과뿐."

그녀가 노래하듯 속삭였다.

"영지민들을 위해 일하세요. 난 신경 쓰지 말고 백성들을 섬기세요. 당신들은 이미 보호받기만 하는 입장이 아니라 보호하는 입장에 서 있으니까요. 그걸 자랑스럽게 생각하도록 하세요."

그녀의 말이 차츰 힘 있게 바뀌었다.

마치 약동하기 바로 전처럼.

마음이 뜨겁다……. 그는 그렇게 생각했다.

흥분이, 열광이…… 조금 전과는 다른 열기가 타올랐다.

아니, 그녀의 등 뒤에서도 그 열기가 보이는 듯한 기분이 들었다.

마치 꿈을 꾸는 것처럼.

불면 날아갈 것 같은 가냘픈 그녀가 어디에 그런 뜨거움을 숨기고 있었던 것일까……? 무심코 그런 생각이 들었다.

"나는 충의 따윈 바라지 않아요. 그러니까 이번 일도 불문에 붙이 겠어요. 빨리 돌아와서 일하도록 하세요."

"……그러니까 저희를 용서해 주시겠다는 말씀입니까?"

그가 아닌 다른 사람이 물었다. 그 물음이 무의미하다는 걸 어째서 모르는 걸까? 그는 그것이 오히려 의문이었다.

"용서고 뭐고……. 난 당신들에게 충의를 바라지 않으니까요. 그 러니까 그 물음은 무의미하죠. 내게 분노를 느끼고 행동했던 사람, 그저 분위기에 휩쓸려서 행동했던 사람……. 어떤 생각으로 행동 했더라도 상관없어요. 다만 한 가지, 영지와 그리고 영지민들을 배 신하지 않았다면 그걸로 됐어요. 지금 여기 있는 당신들은 전자였 죠……. 그러니까 나는 당신들에게 돌아오라고 권하는 거예요. 그 렇지 않다면……."

"……그렇지 않다면?"

그 물음에 그녀는 더욱 짙은 미소를 지었다.

"당신들은 알 필요 없어요. 아니면 그렇게 될 예정이라도 있나 요?"

모두가 지체 없이 고개를 저었다.

"그래요? 다행이군요. 그럼 빨리 가서 일하세요. 시간은 유한하 니까요."

† † †

그들이 떠난 후에도 나는 멍하니 교회를 바라보고 있었다.

"……무척 혹독한 말씀이시네요. 아가씨답지 않으세요."

타냐의 말에 나는 미소를 지었다.

"나 '답다' 라는 건 뭘까……?"

내 물음에 타냐는 아무 대답도 하지 못했다.

"아가씨, 주제넘은 말씀이지만 왕도에 계실 때부터 아가씨께서 많이 달라지셨다고 생각했답니다. 억지로 자신을 나쁘게 보이려고 하는 것 같은…… 자꾸만 그런 기분이 들어요."

타냐의 말에 나는 깜짝 놀라며 눈을 깜빡거렸다.

"확실히 왕도에서 공방을 벌이면서 나는 많이 변했을지도 몰라. ……아니, 정확하게는 디더가 내게 각오를 물었던 그때부터일지도 모르지."

그 물음은 내 안일한 생각을 산산조각 냈다.

……앞만 바라보고 있었다.

이상을 좇아 그저 앞으로, 앞으로 전진하면서.

평화로운 세계에서 일개 직원으로 일했던 '나' 의 감각이 내 행동의 지침이었다.

그걸 부정할 생각은 없다.

하지만 어딘가 꿈속에 있었던 듯한 기분도 든다.

전생이라는 비현실 앞에서 꿈을 꾸고 있는 듯한 자신의 감각.

그 간극을 보려고 하지 않았다.

하지만 그 물음은 바로 그 마음을 부숴 버렸다.

이곳은 확실한 현실이라는 것을.

영주 대행이라는 지위는 좋은 의미로 영지민들의 생명과 책임을 짊어지는 동시에 나쁜 의미로도 그것을 짊어지고 있다는 것을.

그 사실을 이해한 순간, '나' 는 아름다운 것에만 둘러싸였던 소녀

시절에 작별을 고했다. '나'는 일본이라는 평화로운 나라와 진정한 의미로 이별했다.

이제 타인이 파고들 만한 빈틈을 보여서는 안 된다.

단죄의 자리와 파문 소동 같은 사건은 이제 사양이다.

"……걱정 마. 내가 잘못된 길을 가려고 하면 내 곁에 있는 사람들이 붙잡아 주겠지. 난 그렇게 믿어."

"지난번 디더처럼 말인가요?"

"응, 그래."

모두 내 뜻을 이뤄 주기 위해 일하고 있다.

하지만 정말로 잘못됐을 때에는 의견을 말해 줄 것이다……. 그렇게 믿을 수 있다.

지금의 나라면.

세바스, 디더, 라일, 레메, 세이와 메리다…… 그리고 딘도.

타냐만은 왠지 전부 잘했다고 할 것 같은 기분이 들지만.

뭐, 그것도 나름대로 괜찮다.

"하나만 더 여쭤 봐도 될까요?"

그녀의 물음에 나는 말없이 고개를 끄덕였다.

"새삼스럽지만 왜 그들을 이 교회로 모이게 한 건가요?"

"아, 그건……."

나는 작게 소리를 내며 웃었다.

"그들에게 어울릴 것 같아서."

그 대답에 타냐는 고개를 갸웃거렸다.

"이 교회는 파문 소동의 상징. 그리고 다릴교의 미래의 상징이라고 해도 과언이 아니잖아."

실제로 라프시몬즈 사제도 그렇게 말했다.

이 교회는 라피엘 사제의 뜻에 따라 가난한 백성들을 무상으로 진료해 주고 있다.

게다가 부모가 없는 아이들을 위한 고아원도 병설되어 있다.

그 뜻에 따르기 위해 적극적으로 돕는 영도의 백성들도 차츰 늘고 있다.

그리고 그것은 라프시몬즈 사제가 말했던, 과거의 바람직한 교회의 모습 그 자체였다.

"나는 교회와 적극적으로 대립할 생각은 없어. 수지가 안 맞거든."

슬쩍 제단으로 시선을 향했다.

이 자리에서 연설했던 것이 지금은 먼 옛날처럼 느껴졌다.

"……신께서 정말 존재하는지, 그건 알 수 없어. 알 수 없지만 나는 신을 믿어. 하지만 내가 믿는 것은 신의 존재지 다릴교가 아니야."

"……아가씨, 그건…….'

나의 과격한 발언에 타냐의 얼굴에서 한순간 핏기가 가셨다.

"신의 대리인을 자처하는 자들이 무슨 짓을 했는지, 타냐, 넌 잊었어? ……있지도 않는 사실을 날조해서 날 비난했어. 그것도 권력 투쟁을 도우면서."

조소하며 던진 그 말은 내 머릿속에서 생각했던 말보다 더욱 과격하고 가시가 돋쳐 있었다.

"아무리 신의 대리인이라고 주장해도 그 조직을 운영하는 것이 인간인 이상, 결국 인간의 의사나 사상이 섞여서 본래의 형태가 일그러지고 변형되기 마련이야. 그건 할 수 없는 일이지. 하지만 그렇기 때문에 나는 교회를 믿지 않아. ……아니, 믿을 수 없어.'

내가 해야 할 일은 신께 기도드리는 것이 아니다.

신을 방패 삼아 자신의 사상을 밀어붙이려고 하는 자들이 있다면 더더욱 그렇다.

"전에도 말했잖아? 여기는 내 각오를 나타내는 곳이라고. 난 다릴교의 모든 걸 부정할 생각은 없어. 백성들을 통합하기에는 종교가 효과적이라는 걸 알고 있으니까. 하지만 이번 일로 증명되었다시피 다릴교는 깨끗하기만 한 조직이 아니야. 왕국의 권력 투쟁에도 발을 들여놓는 지극히 속물적인 조직이지. 그러니까 그들이 백성들의 편에 설 거라고는 믿을 수 없어. 그게 백성들을 위한 길이 아니라고 판단될 경우, 나는 싸우지 않으면 안 돼. 다릴교에 아첨하지 않고, 따르지도 않고, 어디까지나 대등하게……. 그게 내가 내린 결론이야. 그리고 그들도 그런 긍지를 갖기를 바랐어. 신께 맡기는 것이 아니라, 조직에 아첨하는 것이 아니라, 자신의 손으로 백성들을 지키겠노라고."

타냐 쪽으로 향한 시선을 다시 제단으로 돌렸다.

"……나는 그 낡은 교회를 철거했던 걸 후회하지 않아. 그 소동이 일어난 원인이고, 주위에서 교회를 파괴했다고 비난받아도. 내가 후회한 건 좀 더 다른 것…… 그런 소동이 일어날 거라고 예측하지 못한 나의 미흡함뿐이야."

"……그걸 예측하기란 어려운 일입니다. 가주님께서도 그렇게 말씀하시지 않았습니까?"

"그럴지도 모르지."

나는 작게 웃었다.

그 순간, 옆쪽의 문이 열렸다.

……그곳에서 나타난 것은 이 교회에 병설된 고아원에 살고 있는

아이들.

"앗, 앨리스 누나다!"

"진짜다―! 왜 여기 있어?"

"선생님한테 같이 가자!"

씩씩한 목소리가 성당 안에 울려 퍼졌다.

우다다다 달려온 아이들이 내 주위를 둘러쌌다.

"좋아. 하지만 내가 갑자기 나타나면 미나 선생님이 놀랄 거야. 그러니까 먼저 가서 미나 선생님께 내가 왔다고 전해 주지 않을래?"

나는 허리를 굽혀서 아이들과 눈높이를 맞추며 말했다.

"……정말 올 거야?"

"물론이지. 약속."

그렇게 말하며 미소 짓자 아이들도 알았다며 다시 문 쪽으로 뛰어갔다.

"……저 아이들의 미래를 지켰으니까. 절대 후회할 수 없지."

"아가씨……."

"타냐, 저 아이들은 작은 너야."

내 말에 타냐는 고개를 갸웃거렸다.

"어릴 적의 너랑 똑같아. 아니, 네가 훨씬 힘든 처지였는지도 모르지만. ……그때 나는 내 눈에 띈 너밖에 도와줄 수 없었어. 너 같은 아이들을 지켜주고 싶다…… 그렇게 생각하며 일했는걸. 그러니까 후회할 수 없지."

"……저 아이들은 행복하겠네요."

"어머, 타냐는 지금 행복하지 않아?"

"물론 행복합니다. 제가 행복하기 때문에…… 저 아이들도 행복해지겠구나, 그렇게 생각하는 거랍니다. 저 아이들은 작은 저라면

서요?"

그 말에 나는 웃음을 터뜨렸다.

설마 타냐가 그런 말을 할 줄이야.

"자, 아이들이 목을 길게 빼고 기다리고 있을 겁니다. 가시죠, 아가씨."

"응, 그래."

그리하여 나는 타냐와 함께 문으로 향했다.

† † †

"미나 선생님——."

미나가 저녁 식사 준비를 하고 있을 때, 네 아이가 부엌으로 달려왔다.

"얘들아, 여긴 위험하니까 들어오기 전에 선생님한테 허락받기로 약속했잖니."

미나가 그런 아이들을 꾸짖었다.

"죄송해요—."

추욱. 시무룩해하는 아이들의 모습에 미나는 쓴웃음을 지었다.

그녀는 작업을 중단하고 아이들과 눈높이를 맞추며 쪼그려 앉았다.

"그런데 무슨 일이니?"

"있잖아, 앨리스 언니가 왔어!"

"어머나!"

그 말에 미나는 무심코 큰소리를 내고 말았다.

그 반응에 아이들도 각각 깜짝 놀라는 표정을 지었다.

"영……이 아니라, 앨리스 님이?! 큰일 났네!"

"흐음, 너희……. 오늘은 예배당에 가면 안 된다고 했잖습니까?"

소란스러운 분위기에 휴식을 하고 있던 라피엘 사제가 나타났다.

"라피엘 사제님……. 지, 지금…… 아이……가 아니라, 앨리스 님이 오셨다고……."

"알고 있습니다. 예배당을 빌려 달라고 부탁하셨으니까요. 제가 말씀드리지 않았던가요?"

"안 했어요!"

미나는 태평하게 미소 짓는 라피엘 사제를 노려보았다.

"차, 차를 준비해야 되는데……. 아아, 그보다 맞이하러 나가야……."

"진정하세요, 미나."

"실례합니다."

라피엘 사제의 말이 끝나기도 전에 타냐의 목소리가 들려왔다.

그러자 라피엘 사제의 말은 귀에 들리지 않았는지 미나는 허둥지둥 현관으로 달려갔다.

라피엘 사제는 쓴웃음을 지으며 그 뒤를 따랐다.

"어, 어서 오세요……. 아이…… 아니, 앨리스 님. 타냐 님."

달려온 거리는 얼마 되지 않았지만 그녀는 전력 질주와 긴장 때문에 가쁜 숨을 몰아쉬고 있었다.

문득…… 그녀는 아이리스의 모습을 보고 한순간 고개를 갸웃거렸다.

"너무 딱딱하게 그러지 말아요, 미나 씨. 라피엘 사제님, 오늘은 무리한 부탁을 해서 미안해요."

하지만 아이리스의 말에 퍼뜩 정신을 차린 모양이었다.

"아닙니다. 도움이 됐다면 다행입니다."

라피엘 사제가 미나의 옆에서 미소를 지었다.

"……그런데 앨리스 님. 실례지만…… 몸이 안 좋으십니까?"

라피엘 사제의 물음에 미나는 고개를 끄덕였다.

방금 그녀가 고개를 끄덕거렸던 것은 바로 그 이유 때문이었다.

지금의 아이리스는 그녀의 기억 속에 있는 모습보다 더 여위고, 피부도 하얀 것을 넘어 투명해 보이기조차 했다.

아이리스는 걱정이 담긴 두 사람의 시선에 난처한 듯이 미소를 지었다.

"일이 너무 많아서요. 하지만 덕분에 그것도 이제 끝이에요."

"다행이군요……. 그런데 그 밖에 저희한테 무슨 볼일이라도?"

"아뇨……. 두 분께 인사도 하고, 그리고 친구들과 만나러 왔어요."

"……친구요?"

"어머나……. 안 그러니, 얘들아?"

미나의 의문에 아이리스가 미소를 지으며 두 사람의 뒤를 바라보자 그곳에서 아이들이 우르르 나타났다.

"앗──! 앨리스 누나다! 오늘은 웬일이야?"

"있지, 있지, 나 이제 책 읽을 수 있어!"

"오늘은 나랑 놀아 줘. 약속했잖아!"

그리고 미나가 말릴 틈도 없이 아이들이 그녀에게 모여들어서 재잘재잘 말을 걸기 시작했다.

아이리스는 그걸 귀찮게 여기기는커녕 기쁜 듯이 미소 지었다.

"후후후……. 그러고 보니 전에 약속했었지. 저어, 라피엘 사제님, 미나 씨. 미리 연락도 안 하고 찾아와서 미안하지만 아이들과 놀아도 될까요?"

"저야말로 앨리스 님께 폐가 되지 않는다면. ……어서 들어오시지요."

"고맙습니다. 그럼 오늘은 새로운 놀이를 한 다음에 서로 책 읽어 주기를 해 볼까?"

와아―! 아이들은 환성을 지르며 그녀의 손을 잡고 걸어갔다.

미나는 앨리스라고 말하는 그녀의 정체를 알기 때문에 당황했지만, 마찬가지로 그 사실을 알고 있는 라피엘 사제는 그저 미소만 지을 뿐이었다.

"미나, 당신의 반응은 그분을 존경하고 있기 때문에 할 수 없지만 아이들의 앞에서는 될 수 있는 대로 티가 나지 않도록 조심하세요. 아이들은 영리하니까요."

"아, 네에……."

무리예요, 라고 말하고 싶은 듯한 성의 없는 미나의 대답에 라피엘 사제는 쓴웃음을 지으며 걸어갔다.

그들이 안으로 돌아왔을 때에는 이미 아이들이 아이리스와 놀고 있었다.

"지금 무슨 놀이를 하는 겁니까?"

라피엘 사제가 아이들의 놀이를 흥미롭게 바라보며 타냐에게 물었다.

"'경찰과 도둑' 이라는 게임이라고 하더군요."

타냐가 게임의 룰을 설명해 주자 라피엘 사제는 점점 더 감탄하는 눈치였다.

"재미있군요. 처음 듣는 놀이입니다. 저분이 생각해 내신 겁니까?"

"글쎄요? 저도 모릅니다."

타냐는 그렇게 말하면서도 라피엘 사제와 시선을 마주치지 않았다.

흐뭇한 듯이 아이리스와 아이들의 모습을 바라볼 뿐.

그건 라피엘 사제도 마찬가지였지만.

"……아이리스 님은 어째서……."

미나가 작게 중얼거렸다.

"앨리스 님이 뭘 말인가요?"

타냐가 그 중얼거림에 반응하여 싸늘한 목소리로 질문했다.

"죄송해요. 앨리스 님은 왜 저렇게 상냥하신 걸까요?

그 말에 타냐는 눈을 동그랗게 떴다.

그녀의 반응에 미나는 한순간 웃었다. 하지만 그 웃음은…… 곧 슬픈 표정으로 바뀌었다.

"우리 때문에 그런 일을 당했는데. 그런데 우릴 한마디도 비난하지 않고, 이렇게 다시 찾아와 주시다니."

"미나……."

라피엘 사제가 걱정스러운 듯이 미나를 살폈다.

"그렇지만…… 앨리스 님이 그렇게 고생하신 파문 소동은 애초에 우리가 원인인걸요. 우리가…… 아니, 제가 좀 더 똑바로 행동했더라면 앨리스 님의 도움을 받지 않아도 됐을 텐데. 괜히 우리 때문에 힘든 일에 휘말리고, 무거운 책임을 떠맡고……. 그런데도 앨리스 님은 어째서 이렇게 변함이 없으신 걸까요? 아무것도 하지 못하고, 보호받기만 하는 게 너무 답답하고 슬퍼요……."

그녀의 목소리는 점차 떨리기 시작했다.

"미나, 당신 때문이 아닙니다. 제가 이상한 고집을 부리지 않고 순순히 여러분께 돌아왔어야 했습니다. 그러면 뭔가 달라졌을지도 모르는데."

라피엘 사제는 그렇게 말했지만 미나의 표정은 여전히 어두웠다.

"앨리스 님은 그런 분이랍니다."

그 분위기를 깨뜨린 것은 다름 아닌 타냐였다.

단 한마디였다.

하지만 그 단 한마디로 충분하다고 말하는 것처럼 그녀의 표정은 긍지로 가득 차 있었다.

"아, 재미있다. 잠깐 쉬어도 될까?"

라파엘과 미나가 타냐의 표정에 넋을 잃고 있는 사이에 아이리스가 다가와서 말했다. 그 말에 타냐가 놀랄 만큼 빠르게, 그리고 자연스럽게 아이리스의 옆에 섰다.

어느새 준비한 걸까. 타냐는 손에 수건을 들고 있었다.

"……앨리스 님."

"왜 그래요, 미나 씨? 얼굴이 어두운데. 무슨 문제라도 있나요?"

아이리스가 그렇게 말하며 살피듯이 라피엘 사제에게 시선을 향했다.

그는 난처한 듯이 미소 지으며 고개를 저었다.

그리고 미나도 아이리스의 말을 부정하기 위해 입을 열었다.

"아뇨, 그럴 리가요. 다들 무척 잘해 주신답니다."

"그래요? 다행이다. 무슨 일 있으면 괜히 숨기지 말고 꼭 말해 줘요."

'……정말로 이분은 어째서 이러실까?'

미나는 울고 싶은 기분이었다.

슬픔일까, 아니면 연민일까?

양쪽 다 아닌 것 같은 기분이 들었다.

정체불명의 감정이 그녀의 가슴속 깊은 곳에서 솟구쳤다.

"마음 써 주셔서 고맙습니다. ……저어, 앨리스 님. 하나만 여쭤 봐도 될까요?"

"……무슨 일이죠?"

"요즘 왜 거리에 나오시지 않는 거죠?"

"아……. 왜 그런 의문을?"

"다들 앨리스 님이 얼굴을 보이지 않아서 무척 걱정하고 있으니까요."

그녀의 물음에 아이리스는 쓴웃음을 지었다.

"……그렇게 대대적으로 무대에 올라서 정체를 드러냈으니까요. 경호 문제도 있고, 예전처럼 거리를 돌아다닐 수는 없죠."

미나는 아이리스의 대답에 낙담한 듯이 어깨를 떨어뜨렸다.

아이리스는 그 반응에 더욱 난처한 표정을 지었다.

"사실 그건 표면적인 이유예요. 아니, 물론 그 이유도 크긴 하지만……. 사실은…… 단순히 무서운 걸지도 몰라요."

"무서워요?"

"그래요. 마을 사람들의 반응을 직접 보는 게. 앨리스라는 가명을 쓰는 사람의 진짜 이름과 신분을 알고 태도가 달라지는 건 할 수 없는 일이죠. 그건 나도 이해해요. 하지만 이번에…… 내가 사람들에게 큰 피해를 입혔잖아요? 폭동은 일어나지 않았지만…… 내가 눈앞에 나타나면 하고 싶은 말 한두 마디쯤은 있겠죠. 어떤 욕이 날아올지…… 그걸 듣는 게 무서워서 차마 돌아다니지 못하겠어요. 영주 대행 실격이죠? 잊어 줘요."

그녀가 마지막으로 장난을 치듯 가볍게 웃으며 말했다.

하지만 물론 미나는 웃을 수 없었다.

그뿐인가, 그녀의 눈동자에서는 빛이 사라져 있었다.

그리고 동시에 깨달았다.

조금 전부터 가슴속에 도사리고 있던 뭐라 말할 수 없는 감정……. 그것은 자신의 무력함에 대한 절망감이라는 것을.

그 감정이 가슴속을 무겁게 짓누르는 것처럼 괴로워서, 그것을 어딘가에 터뜨리고 싶은 충동이 그녀의 뱃속에서 뜨겁게 끓어올랐다.

"……앨리스 님……. 무례라는 건 알지만 그래도 말씀드릴게요."

그렇게 말하는 미나의 목소리는 떨리고 있었다.

……큰 소리로 외치고 싶은 마음을 억누르는 것만으로도 벅차서.

"저를, 우리를 바보 취급하지 마세요……!"

그러나 감정의 격류는 그만 이성이라는 둑을 무너뜨리고 흘러넘쳤다.

미나의 옆에 있던 라피엘 사제가 한순간 놀란 표정을 지었지만, 곧 가만히 상황을 지켜보기로 했는지 굳이 입을 열지는 않았다.

"물론 우리는 당신이 보기에는 약한 존재예요. 좁은 세상에 살고 있고, 위에서 무슨 일을 하는지도 모르고, 먹고살기도 벅차서 알려고 하지도 않아요."

매일 일하고, 밥을 먹고.

그 되풀이.

내일도 오늘처럼 평온한 날을 보낼 수 있기를 기도하며 잠드는 생활.

그것이 미나가 알고 있는 마을 사람들의 모습.

왜냐하면 다들 알고 있으니까.

평온한 나날이 얼마나 고마운 것인지.

내일의 식사를 걱정하지 않고, 일해서 돈을 벌 수 있다는 것이 얼마나 소중한 일인지.

하지만 나라의 윗분들이 어떤 정책을 펼치면 백성들의 생활에 어떤 영향을 끼치는지.

백성들은 그런 것 따위 모른다.

'어차피 구름 위의 세상에서 벌어지는 일이니까.', '우리가 그걸 알아봤자 뭐가 달라지는 것도 아니잖아.' 라고 포기하기 이전에 그게 당연하다고 생각하기 때문이다.

그래서 어딘가 다른 세상의 일이라고 생각하며 우습고 재미있는 소문들을 떠들어 댈 뿐.

백성들이 정치를 가깝게 느끼는 것은 언제나 '뭔가 나쁜 방향으로 흘러가고 있다.' 라고 느낄 때뿐이다.

일자리가 사라졌거나, 돈이 없거나, 가게에서 파는 음식이 비싸졌거나……. 그럴 때면 거리의 공기가 탁해지고, 모두가 음울한 표정을 지으며 고개를 숙인다.

미나는 알고 있었다. 그 모습을.

수녀님이 거둬 주기 전, 다른 영지에 살았으니까.

그리고 그때만은 윗분들에게 불평을 말하는 주민들의 모습도 볼 수 있었다.

그 사실에 분노하여 그들을 진압하려고 하는 윗사람들과 그에 저항하는 마을 사람들로 인해 거리의 공기가 한층 험악해졌던 적도 있었다.

아이리스의 사건도 한때 거리에는 큰 소동이 벌어졌고, 여기저기에서 그녀를 비난하는 말이 쏟아졌다.

하지만…….

"하지만 우리도 바보는 아니에요. 사실은 앨리스 님이 마을을 위해서 얼마나 많은 것을 해 주셨는지, 우리도 잘 알고 있어요……!"

오히려 아이리스를 비호하는 말이 나왔던 것도 사실이다.

『요즘 다들 살기 좋아졌다고 했잖아?』라고.

『우릴 생각해 주는 영주님이셨어.』라고.

『뭔가 잘못된 거야.』라고.

아이리스가 어떤 일을 했는지 미나는 모른다.

하지만 그녀는 아이리스 덕분에 살기 좋아졌다고, 모두가 웃고 있다는 것을 알고 있었다.

의사가 늘어서 병을 고쳐 주기도 하고.

글을 읽고 쓸 수 있게 되면서 다른 곳에서 온 상인들에게 속거나 무시당하는 일도 없어졌다.

장래의 꿈이 생겼다며 웃던 아이들.

작물이 자라지 않았던 땅에서 작물이 아닌 다른 것으로 수익을 얻어서 생활할 수 있게 된 사람들.

많은 사람이 아이리스의 이야기를 했던 것도.

모두가 자신이 겪은 일이 아닌 단순한 소문일지라도 웃으며 이야기꽃을 피웠던 것도.

"우린 약해요."

미나와 아이리스는 같은 여성이다.

나이는 미나가 위지만 비슷한 또래. 하지만 서 있는 위치가 전혀 다르다.

그리고 그 때문에 갖고 있는 것도 당연히 다르다.

권력. 그에 따르는 무력. 그리고 재력.

……하지만.

"하지만 약하다는 걸 방패 삼아 앨리스 님을 비난하고 싶진 않아요……!"

아이리스도 한 사람의 '인간'이라는 사실을 그녀는 알고 있었다.

그것은 그녀가 아이리스와 정기적으로 접촉해 왔기 때문이다.

구름 위의 존재가 아니라 살아 있는 인간이라는 사실을 알고 있다.

그녀가 이토록 야위고 안색이 안 좋아질 만큼 궁지에 몰렸던 것도 알고 있다.

그러니까 용서할 수 없다.

이렇게 될 때까지 일한 그녀를 나쁘게 말하는 사람이 있다면 절대 용서할 수 없다.

"그러니까 부탁이에요. 앨리스 님. 자신을 더 이상 책망하지 마세요. 당신을 책망하는 사람은 설령 앨리스 님 자신이라도 전 용서할 수 없어요."

미나의 그 말에 아이리스는 놀란 듯이 눈을 크게 떴다. ……그리고 그 눈에서 방울방울 눈물이 흘러내렸다.

그녀의 반응에 미나는 오히려 놀란 듯이 눈을 크게 떴다.

"앗! 선생님이 언니를 울렸다!"

"선생님 나빠―."

아이리스의 눈물을 발견한 아이들이 재빨리 미나를 책망했다.

하지만 곧 미나도 울고 있다는 사실을 깨닫고 난처한 듯이 고개를 갸웃거렸다.

"……아니야, 애들아. 나는 너무 기뻐서 그래."

"기뻐서 우는 거야?"

"그래, 너무 기뻐도 눈물이 나오는 법이란다. 선생님이 아주 좋은 얘기를 해 주셨거든. 그래서 너무너무 기뻐서 눈물이 나온 거야."

아이리스의 말에 아이들뿐만 아니라 미나도 안심한 듯이 안도의
숨을 내쉬었다.

"앨리스 씨, 미나. 두 사람 다 일단 눈을 따뜻하게 했다가 차갑게
식히는 편이 좋을 것 같군요."

"아, 그러게요……. 타냐 씨, 이쪽으로 오세요."

그리고 미나와 타냐는 부엌으로 사라졌다.

† † †

뜨거운 물에 적신 수건으로 눈을 따뜻하게 하고 나서 다시 차갑게
식힌 후, 라피엘 사제와 아이리스는 서로 마주 앉았다.

미나는 낮잠을 재우기 위해 아이들과 함께 있었다.

평소에는 체력이 남아도는 아이들도 오늘은 아이리스와 뛰어다니
며 노느라 이미 조금 졸려 보였다.

"오늘은 여러 가지로 죄송했습니다. 아이들과 놀아 주신 것도 죄
송한데 미나까지 그런 말을……."

"아뇨. 아이들은 제가 좋아서 같이 논 거니까 인사는 필요 없어요.
미나 씨와 얘기할 때도 오히려 제가 흐트러진 모습을 보여서……
죄송해요. 하지만 그녀의 말은 정말 기뻤어요. 거리에 나갈 때 입을
옷을 새로 준비해야겠네요."

"……당신은 정말로 타인에게 상냥하고 자신에게 엄격하군요."

"어머……. 정말로 그렇게 생각하세요? 라피엘 사제님, 당신
은…… 아까 예배당에서 있었던 일을 보셨잖아요?"

그는 아이리스의 물음에 난처한 듯이 웃었다.

아이리스는 그 웃음을 긍정으로 받아들였다. 하지만 그것을 책망

하지 않았다.

오히려 예상했던 대로라는 듯이 웃을 뿐이다.

"상냥한 것과 만만하게 구는 건 다르죠."

"후후후……. 그건 그래요. 그런데 그는 어떻게 지내고 있나요?"

"오늘은 다른 사람들과 봉사 활동을 하고 있습니다. 역시 학원을 졸업한 사람은 다르더군요. 마무리는 여러모로 허술하지만."

라피엘 사제가 싱긋 웃으며 대답했다. 아이리스도 미소를 지었다.

"사제님이 지켜봐 주신다면 안심할 수 있죠. 폐를 끼쳐서 죄송하지만."

"아닙니다. 저야말로 당신께 많은 은혜를 입었는걸요."

"그래요? ……그건 그렇고 노류와 만나셨다면서요?"

그녀의 말에 라피엘 사제는 놀란 듯이 눈을 동그랗게 떴다.

"잘 알고 계시는군요. 역시 대단합니다. 정보망이 무척 뛰어나신 가 보군요."

지난번 파문 소동 때 교황 측에 붙어서 움직였던 노류 사제.

그는 교회에 소속된 자로서, 또 소동과 관련된 자로서 왕국의 재판을 기다리는 몸이다.

현재는 형이 확정될 때까지 왕도에 구금되어 있다.

"……너 때문이다, 라고 하더군요."

라피엘 사제가 아무것도 아닌 것처럼 웃으며 말했다.

"하긴 저는 본부의 세력 다툼에서 물러난 사람이니까요……. 제 밑에 있어 봤자 출세하긴 아무래도 어렵죠. 그 울분이 폭발했던 모양입니다."

"성직자의 입에서 출세라는 말이 나오니까 위화감이 느껴지네요."

"후후후······. 확실히 그렇지요."

그가 그녀의 감상에 웃었다.

"인간이란 참 어려운 존재입니다. 절대로 모두 똑같이 생각할 수는 없죠. 십인십색, 사람이 모이면 모일수록 의견이 갈립니다. 현재 같은 신을 믿는 자들조차 교의의 해석은 다르니까요. 시간이 있을 때 꼭 설교를 듣고 비교해 보십시오. 아주 재미있습니다."

"생각해 볼게요."

"네. 다시 이야기를 돌리자면······ 의견이 다르다는 것은 즉 가치관이 다르다는 것. 저와 그의 가치관은 전혀 다른데도 대화를 나누거나 의견을 부딪혀 보지도 않았고, 그렇게 갈 곳을 잃어버린 그의 감정이 폭발해서 행동에 옮긴 거겠지요. 전부 제 잘못입니다. 당신께 큰 폐를 끼쳐서 정말 죄송합니다."

"아뇨······. 실제로 행동에 옮긴 건 다른 누구도 아닌 노류니까요. 하지만 사제님의 얘기는 무척 도움이 되네요. 영지를 다스리는 자로서 영지민들의 말에 귀를 기울여야 한다는 생각이 더욱 강해졌어요."

"이미 충분히 잘 기울이고 있는 것 같습니다만? 애초에 당신과 저는 입장이 다르니까요. 제 말이 도움이 될 줄은······."

"아뇨. 제 입장이기 때문에 결코 영지민들의 목소리를 가볍게 여겨서는 안 돼요. 의견을 구하도록 의식하지 않으면 입장 상 제 의견만 밀어붙이게 될 테니까요. 급하게 움직여야 할 때는 그것도 유용하지만······ 도가 지나치면 모두 불만이 쌓이고 말 거예요. 그렇게 되지 않도록 영지민들의 의견을 들어야겠다고 뼈저리게 실감했답니다."

"······당신은 너무나 귀족답지 않으면서도, 동시에 누구보다도 귀족답군요."

아이리스는 라피엘 사제의 말에 웃었다.

"모순이네요. 결국 나는 어느 쪽일까요?"

"저는 이권 다툼에 눈이 먼 귀족들만 보아 왔습니다. 하지만 당신은 그렇지 않습니다. 진정으로 백성들을 사랑하고, 백성들에게 사랑받는 분이죠. 의견에 귀를 기울이는 것은 확실히 중요하지만…… 당신이라면 생각을 전했을 때 분명 영지민들도 믿고 따를 겁니다."

"생각이라……."

아이리스는 생각에 잠기는 표정을 지었다.

"주제넘는 말을 해서 죄송합니다."

"괜찮아요. 사제님의 의견을 들을 수 있어서 전 만족하니까요. ……이제 그만 실례해야겠군요."

"네. 꼭 다시 놀러 오십시오."

"네."

라피엘 사제는 그녀를 출입구까지 배웅했다.

도중에 미나도 밖으로 나와서 그와 함께 아이리스를 배웅했다.

아이리스 일행의 모습이 보이지 않게 됐을 때, 미나가 작은 목소리로 입을 열었다.

"귀족님이잖아요? 그것도 나 같은 서민은 황송해서 차마 말도 걸 수 없는 공작가의 영애…… 구름 위의 분이잖아요?"

그것은 라피엘 사제에게 묻는다기보다는 스스로에게 묻는 말 같았다.

"왜 보잘것없는 우리에게 이렇게까지 친절하게 대해 주는 걸까요? 마음을 써 주는 걸까요?"

작게 중얼거리는 그녀의 눈에서 또다시 눈물이 또르륵 흘러내렸다.

"아이리스 님이 가끔 들렀다는 꽃집 아주머니도, 길모퉁이에 가게가 있는 식당 아저씨도. 그리고 길을 가는 사람들도, 마을 곳곳에서 아이리스 님의 이름이 들려요. 그만큼 그분이 '앨리스'라는 이름으로 이 거리에 스며들어 있었다는 뜻이겠죠."

"……그렇군요."

"아까 그분이 거리에 나오지 못하는 이유를 들었을 때…… 자신의 무력함을 저주했어요. 뭔가 내가 할 수 있는 일은 없을까, 하고요. 하지만 아무것도 할 수 없어요. 자신의 무력함이 저주스럽지만 절대로 그 약함을 방패로 삼을 수는 없어요. 그건 아이리스 님을 아는 사람 모두 똑같을 거예요. ……아니, 그 사람들뿐만이 아니에요. 나와 아이들의 처지를 알면서 아무것도 해 주지 못하여 미안하다고 말해 준 사람들도 분명히 마찬가지일 거예요. 내가 모르는 것뿐, 아이리스 님께 도움을 받은 사람과 앨리스라는 이름으로 아이리스 님을 접한 사람들 중에서 그렇게 생각하는 사람은 나 말고도 많을 거예요."

"……그분은 분명 또다시 사람들 앞에 모습을 나타낼 겁니다. 거리에 나올 때 입을 옷을 새로 준비하겠다고 했으니까요."

"다행이다……."

미나는 라피엘 사제의 말에 또다시 눈물을 흘렸다. ……진심으로 기쁜 듯이 미소를 지으며.

"분명히 다들 기뻐할 거예요."

"네, 물론이죠."

라피엘 사제도 미소를 짓고 있었다.

† † †

그곳은 아무 특징 없는 상점이었다.

그 2층에 그녀…… 유리가 있었다. 평소의 귀엽고 청초한 드레스 차림이 아니라 마을 여인들과 별 차이 없는 복장이었다.

"디반, ……왜 일부러 발소리를 지우고 다가오는 거지?"

불쾌한 감정이 그대로 배어 있는 목소리였지만 등 뒤로 다가온 남자는 웃으며 대답했다.

"저런, 죄송합니다. 이것도 성격이라서요. 부디 용서해 주시기를."

연극배우 같은 과장된 사죄에 그녀는 미간을 찡그렸다.

"당신이 그렇게 정중한 말투로 말하다니, 위화감만 느껴지네……."

"당신의 입장을 생각하면 당연한 일이지요. ……정말 훌륭한 수완이군요. 이 나라의 왕세자비라니. 정말 믿음직합니다."

"……당신한테는 감사하고 있어. 나를 보호해 주고 이것저것 가르쳐 준 건 다름 아닌 당신이니까. 그러니까 나를 치켜세워 주지 않아도 얘기는 들어 줄게. 그 증거로 오늘도 여기까지 찾아왔잖아. 그래서 이번에는 무슨 일이야?"

"뭐, 가끔은 세상 돌아가는 이야기라도 해 볼까 해서요."

"세상 돌아가는 이야기?"

"네. 그렇습니다. 당신이 예전에 마음에 들어 했던, 아르메리아산 비단이라는 직물로 만든 드레스. 그 드레스를 드디어 적은 수량이지만 판매할 수 있게 됐다고 합니다."

"어머나…… 그 아름다운 드레스를? 꼭 갖고 싶어."

"그렇게 말씀하실 줄 알았습니다. 왕자님께 졸라 보세요. 당신을 위해서라면 분명히 구해 주실 겁니다."

"후후후……. 디반도 그렇게 생각해? 나도 그렇게 생각해."

그녀의 얼굴에서 조금 전까지의 불쾌한 표정은 씻은 듯이 사라지고 기쁜 미소가 자리했다.

"그런데 위험하군요. 안 그래도 부가 집중되어 있는 그 땅이 또 다른 자금줄을 손에 넣은 셈이니까요."

"……그렇긴 해. 하지만 디반, 그건 당신 때문이잖아?"

"무슨 말씀이신지……?"

"이것도 전부 당신이 꾸민 사건이 실패하는 바람에 그녀가 귀족 사회에 남게 돼서 그런 거잖아. 기껏 교황님을 소개해 줬는데. 당신이 실패하는 바람에 그녀는 더욱 강해지고 말았어."

"네, 제가 부족한 탓입니다. 조력해 주셨는데 그런 결과로 끝나다니…… 정말 죄송합니다."

"하여간…… 다음엔 실패하지 않도록 해."

"알겠습니다. ……그런데 당신은 정말로 그녀가 싫으신가 보군요."

"응, 싫어. 처음부터 모든 걸 갖고 있는 것도, 그걸 당연하게 누리는 것도 정말 짜증 나. 학원에서 퇴학당했을 땐 좀 더 비참한 모습을 볼 수 있을 줄 알았는데……."

그녀는 유리창을 들여다보았다.

그곳에 비친 자신의 모습을 보는 것처럼.

"계속, 계속, 평민들의 마을에서 살 때부터 생각했어. 내가 있을 세계는 여기가 아니라고. 이렇게 예쁜 내가 이런 곳에서 썩고 있다니, 말도 안 된다고. 그래서 난 이만큼 열심히 노력할 수 있었던 거야. 그리고 앞으로도 노력할 거야."

"정말 믿음직하군요."

"나는 언젠가 이 나라를 손에 넣을 거야. 아아, 기대된다⋯⋯!"

감정이 고조된 것일까. 그녀의 목소리가 높아졌다.

디반이 그런 그녀에게 박수를 보냈다.

"그러고 보니 디반, 당신 말대로 반을 밀어냈더니 모습을 감춰 버렸는데⋯⋯ 이래도 정말 괜찮은 거야?"

"네, 괜찮습니다. 그가 이대로 당신의 옆에 있어 봤자 도움이 되지 못합니다. 당신이 밀어내야만 비로소 도움이 될 수 있죠."

"흐응⋯⋯. 기대할게."

"네. ⋯⋯그런데 왕자님과는 어떻습니까?"

"잘 지내고 있어. 꺄아⋯⋯ 부끄러워. 그이는 너무 귀여워."

"저런⋯⋯. 어머님처럼 되지 않을까 걱정스럽군요."

디반의 말에 그때까지 밝았던 그녀의 분위기가 순식간에 싸늘해졌다.

감정이라는 감정이 모조리 사라진 표정. 하지만 눈동자만은 이글이글 날카롭게 빛났다.

"난 어머님과는 달라. 어머님처럼 되진 않을 거야."

하지만 그 눈빛에도 디반은 상황에 어울리지 않는 미소를 짓고 있었다.

"다행이군요. 그럼 언젠가 다시 만나 뵙지요."

"그래, 언젠가."

† † †

"······루디, 끝났어."

알프레드 왕자가 깃털 펜을 팽개치며 선언하자 루디우스가 부드럽게 웃었다.

"수고하셨습니다. 이것들은 각 처에 돌리도록 하겠습니다."

"응, 고마워."

그렇게 말하며 참았던 숨을 내뱉었다. 처리해야 하는 안건은 모두 처리했다. 이제 아르메리아 공작령에 가도 문제없겠지······.

마음속으로 그렇게 생각하며.

"이제 당분간 그쪽에 가 있어도 되겠군요."

그 생각을 입 밖으로 내지도 않았는데, 자신의 속마음을 멋지게 맞힌 루디우스를 향해 알프레드 왕자는 저도 모르게 쓴웃음을 지었다.

"뭐, 괜찮습니다. 해야 하는 일 이상으로 일하고 계시니까요. 대체 이 일들이 왜 이쪽으로 넘어오는지, 그것부터가 의문입니다. 정무를 맡은 자들은 대체 뭘 하고 있는 걸까요?"

"······왕궁도 심각한 인재 부족이군."

밀정들을 타국이나 각 영지뿐 아니라 왕궁에도 배치해 놓고 감시의 눈을 빛내지 않으면 안 되는 지금 이 상황.

위쪽은 세력 다툼에 여념이 없고, 아래쪽은 아래쪽대로 출세하기 위해 아귀 다툼 중이다.

정공법으로 싸운다면 문제없지만 애석하게도 이런 다툼은 보통 인맥과 뇌물 싸움.

성실하게 일하는 사람이 손해를 보는······ 그런 구도가 되어 버렸다.

그 결과로 우수한 사람은 출세할 수 없게 됐고, 일찌감치 단념하여 왕궁을 떠나는 자들도 적지 않다.

알프레드 왕자가 그런 인재들을 최대한 끌어와서 일을 맡기고 있긴 하지만.

"똑같은 인재 부족이라도 아르메리아 공작령은 좋겠군. 순수하게 일손이 부족한 거니까. 제일 최악은 일하는 사람은 있는데 생산성이 전혀 없는 거야."

서로의 발목을 잡아서 일을 할 수 없는 상황.

이런 상황에서…… 공무원이 되려는 자들이 얼마나 남아 있을까?

"잠시 쉬어야겠군. 한 시간 후에 깨워 줘."

알프레드 왕자가 무거운 한숨과 함께 루디우스에게 말했다.

"주무시려면 침소에 가서……."

"아니, 됐어."

"……알겠습니다."

루디우스가 나간 후 알프레드 왕자는 또다시 한숨을 쉬며 눈을 감았다.

피곤하기 때문일까.

그는 평소에는 그다지 돌아보지 않는 자신의 과거를 떠올렸다.

어린 날의 기억.

……그것은 그다지 좋은 기억이 아니다.

가장 오래된 기억은 어른들에게 둘러싸인 나날이다.

제1 왕자로 태어난 그는 태어나자마자 부모님과 떨어져서 양육 담당의 손에 자랐다.

그는 차가운 아이였다.

동시에 총명한 아이였다.

겨우 세 살 때 자신에게 다가오는 사람들의 속셈을 헤아릴 만큼.

주위의 어른들은 그의 관찰 대상.

말 뒤에 숨어 있는 진의와 악의를 파악하기 위한, 또는 사람을 보는 눈을 키우기 위한.

질투, 욕심, 가식, 오만, 나태……. 어떤 식으로 자극하면 어떤 식으로 그런 마이너스 감정이 나타나고 어떤 반응이 돌아오는가.

루디우스가 알프레드 왕자로부터 그 얘기를 들었을 때에는 '세 살 어린애가 그런 생각을 할 거라곤 아무도 생각 못 할 겁니다.'라며 어이없다는 듯이 웃었다.

그런 그의 환경은 에드워드 왕자가 태어나면서 더욱 복잡해졌다.

왕궁 안에서는 엘리아 왕비가 지금까지보다 더욱 대두되었고, 주위에 있는 자들도 몇 퍼센트쯤 그쪽으로 기울었다.

알프레드 왕자의 생모 샬리아 왕비는 본래 입지가 좁았지만 이제는 아예 설 자리가 없는 것이나 다름없게 되었다.

알프레드 왕자의 기억 속에서 어머니 샬리아 왕비의 기억은 몹시 흐릿했다.

별로 접할 기회가 없었던 것이 그 이유 중 하나.

하지만 무엇보다도 일찍 세상을 떠난 것이 가장 큰 이유다.

샬리아 왕비를 잘 아는 인물에게서 들은 그녀의 인상은 몸이 약하고, 싸움을 좋아하지 않는 온화한 사람이었다.

왕궁이라는 욕망이 소용돌이치는 장소에는 그다지 어울리지 않는 사람이었다.

그런데도 그녀는 계속 왕궁에 머물렀다.

건강이 좋지 않다는 이유로 태후처럼 별궁에 은거하는 방법도 있었을 텐데.

아니, 그럴 수 없었다는 것이 정확한 표현일지도 모른다.

그만큼 왕은 어머니에게 집착하고 있었다.

알프레드 왕자는 어린 시절 그녀에게 직접 물어본 적이 있었다.

『어머님은 왜 여기에 있는 건가요?』라고.

『여긴 어머님께 어울리지 않아요.』라고.

그것은 걱정해서 한 말이었다.

어딘가 다른 곳에서 마음 편히 지냈으면 좋겠다고 생각했다.

그만큼 그녀에게 매일같이 악의가 쏟아지고 있었기 때문이다.

하지만 그녀는 부드럽게 웃으며 말했다.

『그이를 사랑하기 때문이란다.』라고.

이해할 수 없어요, 그렇게 말하며 웃고 싶었다.

하지만 그는 그럴 수 없었다.

오히려 일종의 존경심을 품고 말았으니까.

그녀에게는 그것밖에 없었다.

왕궁에서 매달릴 곳은 왕의 사랑…… 그저 그뿐.

눈에 보이지 않는 그 사랑을 믿으며 도망치지 않고 그곳에 머무는 것.

어린 시절의 그는 그것을 순수하게 굉장하다고 생각했다.

올바르다거나, 현명하다거나, 그런 건 제쳐 두고.

그렇게 할 수 있는 그녀에게서 일종의 강함을 느꼈다.

하지만 동시에 그의 마음속에서는 왕을 책망하는 마음이 커졌다.

왕은 한 사람의 인간인 동시에 하나의 장치다.

국가라는 거대한 조직을 움직이기 위해 필요한 상징적인 장치.

그렇기 때문에 뜻대로 할 수 없는 일이 있다.

엘리아 왕비를 측실로 들인 것도, 정무에 쫓겨 사랑하는 샬리아 왕비를 충분히 보호하지 못한 것도.

하지만 그렇다면 처음부터 철저하게 장치로 존재했어야 한다.

왕이 사적인 감정을 앞세워 샬리아를 왕비로 삼은 결과로 탄생한 일그러진 악의를 어째서 어머니가 감당하지 않으면 안 되는 걸까?

만약 왕이 그녀에게 첫눈에 반하지 않았더라면.

그녀가 다른 누군가를 사랑했더라면.

그녀는 평온하게 살 수 있었을 것이다.

마음의 괴로움도 모른 채, 신변이 위험에 처할 염려도 없이.

슬픈 미소를 지을 필요도 없이 그저 평범하게 살았을 것이다.

그녀는 레티시아 왕녀를 낳은 후 점점 쇠약해졌다.

그리고 왕은 그런 그녀에게 점점 집착했다.

엘리아 왕비는 당연히 그것을 못마땅하게 여겼다. 그래서 엘리아 왕비는 행동에 옮겼다.

샬리아 왕비를 죽이기 위한 계획을.

이미 엘리아 왕비는 후궁과 그곳에 있는 자들을 장악하고 있었다.

누가 말해 주지 않아도 샬리아 왕비는 그 사실을 잘 알고 있었다.

그래서 그녀는 자신의 아들에게 '레티시아를 지켜 다오.'라고 부탁했다.

남편인 왕이 아닌 아들에게.

어떤 의미로 오히려 그녀야말로 왕이라는 장치의 존재를 이해하고 있었는지도 모른다.

육친보다 이해 관계를 먼저 생각해야 할 때가 있다는 것을.

부탁을 받아들인 그는 그 부탁을 지키기 위해 곧바로 행동에 나섰다.

루디우스를 통해 태후를 만나게 해 달라고 앤더슨 후작에게 부탁했고, 태후와의 만남을 기다리는 동안 레티시아 왕녀의 주변을 깨끗하게 정리했다.

그리고 약속의 날.

그는 왕궁을 빠져나가 처음 대면하는 것이나 다름없는 할머니를 만나서 레티시아를 보호해 달라고 부탁했다.

그 대가로 자신의 자유를 바쳐서.

태후는 진심으로 샬리아 왕비와 알프레드 왕자, 그리고 레티시아 왕녀를 걱정해 줬다.

그녀를 처음으로 대면한 알프레드 왕자가 그렇게 느낄 만큼.

하지만 동시에 태후는 과거의 통치자다운 일면을 보였다.

알프레드 왕자가 왕궁에 남으면 왕권 다툼의 불씨는 계속 타오를 것이다.

동시에 어린 그가 세력에 삼켜져서 억지로 추대되고 꼭두각시가 되는 것을 태후는 몹시 두려워했다.

설령 자신의 아래에서 보호받는다 해도 언젠가 왕위 다툼은 발발할 것이다……. 태후는 그에게 그렇게 말했다.

왕위 계승권을 포기해도 그 몸에 왕가의 피가 흐른다는 사실은, 그리고 그가 제1 왕자라는 사실은 변하지 않는다고.

그렇다면 엘리아 왕비는 언제까지나 목숨을 노릴 거라고.

그러니까 힘을 기르라고.

파고들 틈이 생기지 않도록 스스로 모든 판단을 내릴 수 있게 되라고.

그렇게 자신을 지키는 기반이라는 방패를 스스로 만들어 내라고.

『왕은 권력의 상징. 그렇기 때문에 파고들 틈을 줘서는 안 된다. 욕심 많은 귀족들에게 왕이란 존재는 달콤한 이슬. 틈을 보이면 잡아먹히고, 나라에도 상처를 남기지. ……그래서 나는 에드워드가 왕이 되기를 바라지 않는 거란다. 그가 왕이 되면 제1 왕자가 있어도 귀족들이 권세를 내세워 다음 왕을 마음대로 바꿀 수 있다고 생각할 테니까. 한 번 그것을 허락하면 왕궁의 부패가 시작될 게야.』

태후가 난처한 듯이 한숨을 쉬었다.

그녀에게도 왕위 다툼은 고뇌의 씨앗이었던 모양이다.

『그러니까 너는 힘을 기르렴. 그리고 마엘리아 후작가의 세력을 막으려무나. 그것이 내 조건이란다.』

선택의 여지가 없었다.

그에게는 그게 가장 효율적이고 안전한 방법이었기 때문이다.

그렇지 않아도 저쪽에서 자객을 보내리라는 것은 상상하기 어렵지 않다. 그런데 공공연하게 힘을 키우고자 하면 위험은 한층 높아진다.

그렇다고 그가 멍청이로 가장한다면 그걸 이유 삼아 왕궁에서 쫓아내려 들 것이다.

그런 외줄타기를 하지 않아도 태후의 아래 있으면 적도 몇 년간은 신변의 안전을 확보하며 힘을 키울 수 있다.

그렇게 결론을 내린 그가 고개를 끄덕이자 태후가 기쁜 듯이 미소 지었다.

『나는 엄격하단다.』라고 말하면서.

『열심히 노력하겠습니다. ……할머님을 실망시키지 않도록.』

그렇게 말한 순간, 태후는 기쁜 듯이 웃었다.

빈정거릴 생각으로 던진 말이었지만 그녀에게는 아무렇지도 않던 모양이다.

『총명한 아이로구나. ……재미있군. 그대로 놓치기엔 아까운 존재가 되려무나.』

그뿐인가, 오히려 긍정하며 그를 부추겼다.

도망칠 길을 막는 것처럼.

『난 이제 늙어서 싸울 힘이 없으니까.』

그는 호호호 웃으며 던진 그녀의 말에 내심 울컥했다.

즉, 이런 뜻이다.

지금 이 시점에서는 제1 왕자가 왕위를 계승해야 한다…… 그렇게 말한 태후의 말에 거짓은 없다.

하지만 두 사람이 성장했을 때, 왕위 다툼의 판에 설 수조차 없다면 순순히 패배하고 물러나라는 뜻이다.

그런 상태에서 왕위에 올라 봤자 나라를 다스리는 것은 그저 꿈에 불과하니까.

그렇게 되면 태후는 스스로 강력한 권력을 발동하여 제1 왕자를 밀어내고, 제2 왕자를 왕위에 올릴 생각이다.

제1 왕자를 밀어내서 제2 왕자파에 빚을 지운 후 그대로 제2 왕자파에 접근하여 그들을 장악.

제2 왕자를 꼭두각시로 만들고 자신이 실권을 쥘 생각인 것이다.

『네, 할머님. 당신께서 이대로 조용히 은거하실 수 있도록 열심히 노력하겠습니다.』

그리하여 레티시아 왕녀는 은밀히 별궁으로 거처를 옮겼다.

그리고 그 또한.

두 사람이 왕궁을 떠난 후, 샬리아 왕비는 살해당했다.

그녀의 주치의가 엘리아 왕비의 입김이 닿은 자였던 것이다.

결국 샬리아 왕비는 독살을 당하고 말았다.

그는 무력했다.

설령 그 시점에서 주치의가 엘리아 왕비의 지시를 받은 자라는 사실을 알았더라도 그가 할 수 있는 일은 아무것도 없었다.

상황을 뒤집을 만한 발언력도 없고, 운 좋게 그럴 수 있다 해도 엘리아 왕비의 입김이 닿지 않은 자를 찾기란 불가능했을 것이다.

레티시아 왕녀를 지키겠다는 약속을 지키는 것만으로도 벅찼다.

그는 그때 자신의 무력함에 처음으로 좌절을 맛보았다.

샬리아 왕비의 장례식은 조용히 치러졌다.

장례식 후, 왕은 눈에 띄게 초췌해졌다.

그는 그 모습을 봐도 아무런 감정도 느끼지 못했다.

하지만 엘리아 왕비의 사나워진 모습에는 흥미가 생겼다.

엘리아 왕비는 샬리아 왕비가 죽으면 왕의 마음이 자신을 향할 거라고 진심으로 믿고 있었던 모양이다.

그 믿음을 부정당하고 꿈이 산산조각 난 순간…… 엘리아 왕비도 망가졌다.

그녀 또한 그저 얻을 수 없는 사랑에 미친 가엾은 여자였던 것이다.

그는 결코 그녀를 동정하지 않았다.

그녀가 왜 그런 짓을 했는지, 그 이유가 이제라도 판명돼서 다행이다, 라는 그 정도의 기분이었다.

『……그러고 보니 나의 가장 사랑하는 왕비가 딸을 낳았었지.』

그러던 어느 날, 왕이 알프레드 왕자를 불러서 다짜고짜 그렇게 물었다.

이제 와서 무슨 소릴 하는 거야? 분노와도 같은 초조함이 그의 마음을 지배했다.

샬리아 왕비가 살아 있을 때에는 자식 따윈 아무 관심도 없었으면서.

『분명히 왕비를 닮은 아름다운 아이겠지. 꼭 만나고 싶구나.』

하지만 그 말을 들은 순간, 초조함은 어디론가 사라지고 대신 오싹한 한기가 그를 덮쳤다.

위험하다.

왕이 샬리아와 꼭 닮은 레티시아를 만나면 끝장이다. 왕은 동생을 맹목적으로 사랑할 것이다.

가장 사랑하는 여성을 잃어서 뚫린 구멍을 메우듯이.

그러면 엘리아 왕비가 이번에는 레티시아를 노리게 될 것이다.

왕의 피를 이어받은 딸이라는 사실은 알고 있지만, 가엾은 엘리아 왕비는 샬리아 왕비와 꼭 닮은 레티시아가 왕에게 사랑받는 것을 보고도 아무렇지 않을 리가 없다.

『레티시아는 태후께서 보살펴 주고 계십니다. 태후께서 부왕과 꼭 닮았다고, 그립다는 듯이 말씀하시더군요.』

다행히 샬리아 왕비와 닮지 않았다는 그의 말을 들은 흥미를 잃은 왕은 그 후 결코 레티시아와 만나고 싶다는 말을 하지 않았다.

왕궁 안이 표면적이나마 평온함을 되찾은 후에도 엘리아 왕비는 질리지도 않고 알프레드 왕자의 목숨을 노리며 자객을 보냈다.

실전보다 좋은 훈련은 없는 법.

덕분에 알프레드 왕자는 앤더슨 후작이 혀를 내두를 만큼 빠른 성장 속도로 무술을 연마할 수 있었다.

너무 끈질겨서 두목을 쳤더니 그들과 인연을 맺게 되는 부산물까지 얻게 되었다.

그것은 앤더슨 후작의 지옥 훈련…… 아니, 애정이 담긴 훈련 덕분이라고 그는 순순히 감사했다.

한편으로는 탐욕스럽게 지식을 습득했다.

그렇게 상자 정원 안에서 시간을 보냈다.

이윽고 세상 사람들이 그의 존재를 잊어버렸을 무렵, 적극적으로 밖을 돌아다니게 되었다.

왕궁에 숨어들어 정무관(政務官) 흉내를 내기도 하고, 군에 잠입하여 병사와 함께 훈련을 받기도 했다.

각지를 돌아다니며 시찰하거나 우수한 자를 영입했다.

이름을 바꿔서 학원에 다니기도 하고, 상업 길드에 가입하기도 했다.

그 무렵에는 태후도 그가 밖으로 나가는 것을 나무라지 않게 되었다.

오히려 마음대로 하라고 말하는 듯했다.

그리고 어느 날.

그는 별궁에서 아이리스를 만났다.

그녀는 기억하고 있을까……? 아니, 기억 못 하겠지. 그는 내심 웃었다.

어린 시절, 어머니인 메를리스 부인을 따라 별궁을 찾아왔던 아이리스. 그는 정원 별채에서 우연히 그녀를 만났다.

"넌 누구?"

그녀가 호기심 덩어리 같은 눈동자를 반짝반짝 빛내며 물었다.

그것이 시작.

아이리스가 그를 이곳에 살면서 일하는 견습 시종으로 착각한 모양이었다.

몇 번인가 만나서 시답잖은 얘기를 나눴다.

대부분 그녀가 반짝반짝 눈동자를 빛내고 그가 맞장구를 치며 들어 주는 식이었다.

"나…… 이제 여기 자주 오지 못할 것 같아."

그러던 어느 날, 그녀가 그렇게 말했다.

"어째서?"

"왕족이 되기 위해서 공부해야 되니까 저택에서 자꾸 나가면 안 된대."

"왕족이 되기 위해서 공부를……? 약혼? 설마 제2 왕자랑?"

"아! 할머님과 똑같은 반응이네. 에드 님은 멋진 분이야."

"흐응……. 참고 삼아 묻겠는데 왜 그렇게 생각해?"

"에드 님의 생일파티 때…… 다들 항상 날 귀엽다고 해 줬거든. 그렇지만 그렇게 말하는 사람들 눈에는 모두 내가 아니라 어머님의 얼굴이 비치고 있었어. 다들 내게 이렇게 말하곤 해. 너도 어머님 같은 사람이 될 수 있을 거라고. 그렇지 않은 사람은 아버님의 얼굴, 공작가의 힘이 내 진짜 얼굴보다 훨씬 예뻐 보이게 해 주는 거겠지. …… 하지만 에드 님은 웃으며 이렇게 말했어. '귀엽다는 말에 하나도 기뻐 보이지 않네. 가족들 중 누군가와 비교당하고 있나 보군.' 이라고. 그 후에 '비굴해지지지 마. 비교하는 녀석들의 코를 납작하게 해 줘. 너는 너야. 자신을 가져.' 라고. 정말 멋진 분이지?"

"그렇군……."

"그분 곁에 있고 싶다고 생각했어. 그랬더니 아버님도, 어머님도, 할머님까지 엄청 반대하시지 뭐야? 꼭 곁에 있고 싶다고 부탁했더니 겨우 허락해 주셨지만 그 대신 어머님이랑 영지 저택으로 돌아가서 공부하지 않으면 안 된대. 많이, 아주 많이. 나쁜 어른들에게서 에드 님을 지킬 수 있도록."

"그렇구나……."

"에드 님의 곁에 서기 위해서라면 열심히 공부할 수 있어. 그치만…… 그럼 할머님도 못 만나고, 아버님도 자주 만날 수 없겠지. 너하고도. ……쓸쓸해."

그는 그렇게 말하며 방울방울 눈물을 흘리는 그녀를 향해 웃었다.

울고 싶은 건 자신이라고 생각하면서.

그녀와 제2 왕자의 약혼은 자신에게 위험 그 자체였다.

"죽는 것도 아닌데 뭐. 보고 싶으면 만나면 되잖아. 시간은 만들려고 하면 얼마든지 만들 수 있어."

그는 그녀의 눈물을 닦아 주며 중얼거렸다.

"제2 왕자가 나쁜 어른들에게 이용당하지 않도록 열심히 공부해. 가족보다 널 선택해 줄 만큼 사랑받도록 해. ……그러면 너의 노력은 보상받을 거야."

그녀가 제2 왕자를 억눌러 주고, 또한 마엘리아 후작가와 떼어 놓아 준다면 그에게는 최고의 결과가 될 것이다.

하지만 그것은 너무나도 불리한 도박이었다.

본래는 그녀와 제2 왕자의 약혼을 온 힘을 다해 막고 싶었다.

하지만 그럴 수 없었다.

태후와 재상이 결정한 일을 막을 힘이 없다는 게 첫 번째 이유.

그리고 또 하나의 이유는 레티시아와 비슷한 또래인 그녀가 뺨을 발그레 붉히며 결의에 찬 눈동자를 하고 있었기 때문이다. ……그 열의에 마음이 이끌렸다고도 할 수 있다.

"괜찮아. 걱정하지 마. 너라면 할 수 있어."

그는 그렇게 말하며 그녀의 이마에 자신의 이마를 맞댔다.

"동생이 가르쳐 줬어. 이건 주술이래."

……그리고 그 이후로 그녀와는 학원에서 마주칠 때까지 단 한 번도 만나지 못했다.

열심히 노력하고 있을 거라고 생각했다.

하지만 학원에서 그녀의 모습을 보고 솔직히 실망했다.

실망할 만큼 기대를 갖고 있지도 않았는데.

그러나 영주 대행으로서 일하는 그녀와 다시 만난 후, 그건 잘못된 생각이라는 사실을 깨달았다.

오히려 어린 시절 자신의 직감을 스스로 칭찬하고 싶을 정도였다.

아마도 아이리스의 소문에 초조해하고 있었을 태후도 건국 기념 파티에서 처음으로 그녀의 성장한 모습을 보고 안도했을 것이다.

그녀로 인해 그의 세계는 색채를 지니게 되었다.

살벌하고, 얄팍하고, 가식적인 미소를 짓는 자들만 가득한 가운데, 그녀는 소녀처럼 웃고, 이 세상의 부조리에 분노하며 자신의 힘이 부족하다고 눈물을 흘린다.

어릴 적처럼 풍부한 감정을 보이는가 싶으면, 이를 악물고 온갖 감정을 억누르며 정무에 몰두한다.

새로운 생각을 피로하고, 이상을 좇아 그저 앞만 보며 질주한다.

그 모든 것이 그를 매료시켰다.

어리광을 마구마구 받아 주고 싶고, 다른 곳에 마음을 빼앗기지 않도록 품 안에 가둬 두고 싶었다.

그는 그때마다 자신을 질책했다.

잊지 마.

내게는 그 왕과 똑같은 피가 흐르고 있다는 걸.

분명 아이리스는 샬리아 왕비처럼 되지는 않을 것이다.

그녀의 생가는 나라 안에서 손꼽히는 아르메리아 공작가.

게다가 그녀는 그에 상응하는 교육을 받았다.

아이리스가 결혼을 원할 경우, 선택지는 다른 나라로 시집가거나 제1 왕자와 결혼하거나 둘 중 하나.

루디우스가 진언한 대로 아르메리아 공작가에도, 물론 알프레드 자신에게도 피차 이익이 되는 혼약일 것이다.

하지만 누가 사랑하는 사람에게 수라의 길을 함께 걸어 달라고 말할 수 있을까?

만약 엘리아 왕비와 결판을 내기 전에 아이리스를 억지로 맞아들인다면 그녀는 분명 표적이 될 것이다.

태후의 초대로 건국 기념 파티에 참석하여 명성을 회복한 것만으로도 방해꾼 취급해서 실제로 자객을 보냈을 정도니까.

……무엇보다 정쟁을 매듭짓는다 해도 그녀를 한 번 손에 넣으면 끝장이다. 어쩌면 자신은 왕과 똑같아질지도 모른다. 그는 그런 자신이 두려웠다.

그녀의 날개를 꺾고 왕궁이라는 새장에 가둬서.

나만을 바라보도록.

옭아매고, 구속하고.

그녀가 너무나도 사랑하는 영지민들과 그녀를 떼어 놓고.

하지만 그러면 그가 사랑하는 자유로운 그녀는 사라진다.

……모순적이긴 하지만.

언젠가 그는 왕족으로서 사람들 앞에 나설 것이다.

그리고 그때는 머지않았다.

그는 그때가 마지막이라고 생각하고 있었다.

왕족으로 맞이할 수 없다면 지금처럼 가깝게 지낼 수는 없다.

……그러니까 조금만 더.

그는 조금만 더 나 자신으로 있게 해 달라고 기도했다.

인간다운 감정을 가르쳐 준 그녀를 떠나야 하는 그 순간까지.

14장
공작 영애, 불길한 예감이 들다

"자, 그럼 이걸로 끝⋯⋯."

사각사각사각⋯⋯. 펜을 놀려 사인을 했다.

오늘 업무는 이걸로 끝이다.

"역시 칩거하던 사람들이 돌아와 줘서 다행이야─. 일이 꽤나 줄었는걸."

숙녀답지 못한 행동이지만 책상 위에 털썩 엎드렸다. ⋯⋯머리 아파.

"수고하셨습니다, 아가씨."

타냐가 쿡쿡 웃으며 차를 끓여서 책상 위에 놓았다.

"실례합니다."

노크 소리와 함께 나타난 것은 다름 아닌 딘이었다.

"딘!"

허둥지둥 손으로 머리카락을 정돈했다.

왜 항상 이렇게 불쑥 찾아오는 거야⋯⋯!

"오랜만입니다, 아가씨."

"그, 그래, 정말 오랜만이네."

레티와 함께 있는 그를 만났을 때 이후로 처음⋯⋯이로군.

그때는 레티가 딘의 여동생이라는 걸 몰라서 내 마음도 몰라준다고 짜증이 났지만⋯⋯ 곰곰이 생각해 보면 엉뚱한 화풀이였다.

왜냐하면 내게는 그를 구속할 권리는 없으니까.

계약하지 않은 동안에는 전혀 상관없는 타인⋯⋯까지는 아니지만 그저 아는 사람.

'난 이렇게 힘든데 왜 그렇게 즐거워 보이는 거야⋯⋯?' 라는 말은 절대 할 수 없다.

아니야, 더 이상 생각하는 건 그만두자.

너무 깊이 생각하면 그때 레티를 보고 느꼈던 어른스럽지 못한 반응이 떠올라서 쥐구멍에라도 들어가고 싶어지니까.

"죄송합니다. 제일 바쁠 때 찾아오지 못해서."

"괜찮아. 당신도 여러 가지 사정이 있을 텐데."

나는 그렇게 말하며 딘에게 자리를 권했다.

타냐가 이미 그가 마실 차를 준비하고 있었다.

나는 요 근래 영지에서 일어난 일들을 그에게 이야기했다.

불평을 늘어놓기도 했지만 딘은 조금도 싫은 기색을 보이지 않고 맞장구를 치며 귀를 기울여 줬다.

"그런데 그 후로 거리에 나가 보신 적은 있습니까?"

"아⋯⋯. 아니. 나가 보고 싶긴 하지만."

마음을 먹기가 아무래도 어렵다.

미나는 그렇게 말해 줬지만⋯⋯ 솔직히 그렇잖아?

막상 나가려고 하면 자꾸만 망설여진다.

뭐 현실적으로 말하면 일이 너무 쌓여 있기도 했지만.

"가 보고 싶으신 겁니까?"

나는 확인하듯 묻는 그의 말에 고개를 끄덕였다.

"그럼 저도 전력을 다하겠습니다. 당신 성격상 조금이라도 일이 남아 있으면 그걸 핑계로 나가지 않을 것 같으니까요."

"윽……."

생글생글 웃으며 던진 그의 말이 멋지게 내 심장에 꽂혔다.

정곡이었다.

"그러니까 일이 일단락되면 가 보십시오. 가 보지 않으면 분명히 당신도 계속 신경 쓰일 겁니다."

"……응. 그건 그래."

계속 미루기만 하면 그만큼 점점 발걸음을 떼기 어려워지고 마음만 부풀어서…….

……점점 더 질질 끌게 될 것이다.

"다음 일이 대충 끝나면 가 볼게. ……딘, 협력해 줄래?"

"물론입니다."

딘이 싱긋 웃으며 고개를 끄덕였다.

자아, 힘내자.

† † †

"타냐 씨, 잠시 실례해도 될까요?"

딘이 그녀를 부른 것은 티냐가 일단 티 세트를 치우기 위해 복도를 걷고 있을 때였다.

"무슨 일이시죠?"

딘이 슬쩍 주위의 기색을 살폈다.

그리고 타냐 외에 아무도 없는 것을 확인한 후 입을 열었다.

"도르센 카타벨리아를 알고 계시지요?"

그 말에 그녀의 눈매는 자연스레 날카로워졌다.

"네, 물론이지요. 그가 무슨 짓이라도 했나요?"

"영지와 아가씨의 주변을 어슬렁거리고 있는 모양입니다. 뭘 찾고 있는지, 거기까지는 확실하지 않지만."

"그 얘기를 어디서 들으셨죠?"

"왕도에서 얼핏 들었습니다. 이미 알고 계시겠지만 저는 앤더슨 후작가와 관련이 있어서요."

"그렇군요."

가젤 장군이 알려 준 거라면 신빙성이 있군. 타냐는 그렇게 생각했다.

누가 뭐래도 가젤 장군은 군부와 기사단 양쪽에 존경을 받으며 깊이 관련되어 있기 때문이다.

"알겠습니다. 그런데 왜 그 정보를 저에게 말씀하시는 거죠?"

그게 타냐에게는 가장 중요하고 큰 의문이었다.

왜냐하면 그녀는 표면적으로는 평범한 시녀에 불과하기 때문이다.

그녀가 아이리스의 눈과 귀라는 사실을 아는 것은 한정된 몇몇 사람들 뿐.

"이번 정보는 즉각 확인해 주셨으면 해서요. 그래서 당신에게 제일 먼저 알려야 한다고 생각했습니다만, 아닙니까?"

"그러니까 왜 저에게?"

또다시 묻자 딘은 난처한 듯이 웃었다.

"당신의 움직임을 보면 알 수 있습니다. 당신의 움직임은 무술을 수련한 자의 움직임입니다."

"그건……."

"저도 앤더슨 후작님께 가르침을 받았으니 그 정도는 압니다. 게다가 당신의 성격을 고려하면 아가씨를 위해 그 힘을 충분히 사용하고 있을 것 같아서요."

"……그렇다면 호위가 더 어울리지 않을까요?"

"어라. 호위 아니었습니까? 저는 당신의 움직임이 어떤 종류인지까지는 말하지 않았습니다만."

당했다……. 그녀는 한순간 분한 듯이 얼굴을 일그러뜨렸다.

확실히 그는 자신이 무슨 일을 하고 있는지, 거기까지는 언급하지 않았다. 그런데 스스로 사실의 일부를 털어놓은 것이다.

제 무덤을 판다는 건 바로 이럴 때 쓰는 말이다.

그녀의 마음이 전해진 걸까. 딘이 웃음을 거둬들였다.

"제가 말이 지나쳤군요. ……거듭 말씀드리지만 당신의 움직임을 보면 당신이 어떤 종류의 무술을 수련했는지도 짐작이 갑니다. 순간적인 시선의 움직임, 발놀림…… 그런 걸 보면 말이죠. 그걸 생각해 보면 호위보다는 아가씨의 눈과 귀가 되어 움직이고 있다고 생각하는 편이 납득이 가죠. 그래서 예상한 것뿐입니다."

"……그렇군요."

자신의 실력이 부족한 것일까, 아니면 그가 지나치게 예민한 것일까?

"당신은 대체 어떤 길을 걸어온 건가요?"

어쨌든 평범한 자는 아니다.

자신의 실력이 부족하다 해도 그것은 그저 무술을 배운 남자가 일상적인 움직임만 보고 파악할 수 있는 수준이 아니다.

그야말로 가젤 장군처럼 천성의 재능을 지니고 몇십 년에 걸쳐 무술을 수련해 온 자이거나, 아니면 그녀 같은 부류와 대치해 본 적이 있거나.

그렇다면 움직임을 보기만 해도 간파할 수 있을지도 모른다.

보편적으로 생각해 보면 그는 후자.

타냐도 그렇게 생각했기에 던진 물음이었다.

대체…… 상업 길드에 소속된 상인 가문의 아들이 뭘 어떻게 해야 그런 자들과 싸우게 하는 상황에 처할 수 있는 걸까?

타냐의 물음에 그는 웃었다.

그 눈동자에 그늘을 드리운 채.

"……뭐, 좋아요. 당신이 아가씨께 알려드리도록 하세요."

그에게 더 이상 물어봤자 소용없다고 판단한 타냐는 곧 대화를 중단했다.

그는 그녀의 말에 조금 의외라는 듯이 눈을 동그랗게 떴다.

"당연히 당신이 직접 확인한 후 전해 드릴 줄 알았습니다만."

"물론 확인도 할 거예요. 그저 빨리 그 정보를 아가씨께 알려드리는 게 좋을 것 같다고 판단한 것뿐입니다. ……그렇게 의외인가요?"

"네. 당신이라면 정확하지 않은 정보로 아가씨의 마음을 어지럽혀선 안 된다고 말할 줄 알았습니다."

"……부정은 할 수 없네요."

이전의 그녀라면 확실히 그의 지적대로 말했을지도 모른다.

……하지만.

"아가씨는 자신의 두 발로 서서 힘차게 앞으로 나아가고 있습니다. 아가씨를 섬기는 몸으로서 별다른 이유도 없이 그 앞을 가로막을 수는 없지요."

그녀 또한 변했다.

아이리스가 각오한 것처럼.

타냐는 아이리스와 교회에서 대화를 나눴던 그때.

소름이 돋았다.

동시에 디더와 나눴던 대화를 떠올렸다. 그 한밤중의 밀회에서 나눴던 대화를.

그녀의 역할은 아이리스를 무조건 감싸고 보호하는 것이 아니다.

……아이리스를 따르며 손과 발이 되고 때로는 눈과 귀가 되는 것.

그녀의 몸을 지키기 위해 길을 막을 수는 있어도, 실수로 눈이나 귀를 막아서는 안 된다.

그건 주제넘는 행동이다.

"당신은 아가씨를 함정에 빠뜨리려는 자가 아니잖아요?"

딘이 그녀의 물음에 한순간 멍한 표정을 지은 후…… 곧 웃었다.

"타냐 씨가 그렇게 말씀해 주시다니, 영광입니다."

그렇게 말하면서.

"알겠습니다. 타냐 씨, 빨리 확인하고 새로운 정보를 입수해 주십시오."

"말하지 않아도 그럴 거예요."

그는 곧 발걸음을 돌렸다. 그녀도 그녀의 일을 하기 위해서 걸음을 옮겼다.

† † †

……뭐랄까, 역시라고 해야 하나.

딘이 오면 정말로 일이 순조롭게 풀린다. 그도 그럴 것이 마치 내가 두 명 있는 것 같으니까.

그동안 쌓였던 일도 차례차례 처리되었다.

내 일이 쌓이게 되는 이유는 두 가지.

하나는 동시 진행으로 상회 일을 하고 있기 때문에.

또 하나는 영지 정책을 이것저것 수정하고 있기 때문에.

평소 업무에 이 두 가지가 플러스되고.

게다가 왕궁에 불려가기도 했고, 파문 소동이 벌어지기도 했고.

최근에는 관리들의 파업 소동도 있었고.

그런 이유로 일이 밀리곤 하지만 보통은 이렇게까지 쌓이지 않는다.

영지 정책 체제도 구축되어 가고 있고, 그건 상회도 마찬가지다.

그러니까 기껏해야 책상 위에 서류의 산이 두세 개쯤 생기는 정도?

그건 그렇고 딘 덕분에 밀렸던 일도 차츰 처리되어 갔다.

그의 수완은 굉장하다고 감탄할 수밖에 없었다.

일부 관리들은 딘을 본 순간 "마왕이 또다시 강림하셨다……."라며 가위에 눌린 것처럼 중얼거리거나, "휴가를 받아 놓을걸……." 이라며 돌아오지 않는 과거를 한탄했다.

오직 보르사(재무부) 멤버들만이 "이번에야말로 딘 씨를 이기고 말겠어."라며 조용히 투지를 불태우는 중이다.

……딘, 대체 무슨 짓을 한 거야?

무심코 물어보자 그가 "여긴 우수한 인재가 많아서 그만 일에 열을 올리고 말았지 뭡니까."라고 대답하며 상큼하게 미소 지었다.

뭐 확실히 일 처리도 빠르고, 관리들도 초췌한 얼굴로 필사적으로 딘을 따라잡는 것 같아서 더 이상 아무 말도 하지 않았지만.

그리하여 급한 일을 모두 처리한 오늘, 드디어 거리에 나가기로 했다.

아침부터 타냐가 정성껏 화장해 준 결과, '이건 누구?'라는 얼굴이 완성되었다.

이건 화장의 경지를 넘어 거의 특수 분장이다.

거기에 안경을 쓰고, 아즈타 상회의 상품으로 머리카락 색도 바꿨다.

마지막으로 무명 원피스로 갈아입은 후 변신 완성.

아마 나를 아는 사람도 말을 걸지 않으면 눈치 못 채지 않을까? 그런 생각이 들 만큼 완벽한 변장이다.

"그럼 딘, 가자."

"알겠습니다."

"다녀오세요."

의외로 이번에는 타냐가 따라오지 않았다.

아무래도 조사해야 할 일이 있는 모양이다.

라일과 디더도 현재 영도에는 없다.

디더는 동부, 라일은 북부에 가 있다.

그래서 호위를 몇 명 데려갈까, 하고 생각했지만 그걸 반대한 사람은 다름 아닌 타냐였다.

호위를 주렁주렁 달고 다니면 아무리 변장해도 내가 아르메리아 공작 영애라는 사실을 눈치챌지 모른다고.

그리고 이전에 미나가 마을 사람들은 바보가 아니라며 나의 노력을 알고 있는 사람들도 있다고 했지만, 만약의 경우를 생각하면 눈에 띄지 않는 게 좋을 거라고 하면서.

그렇지만 호위병들 중에서 나를 맡기기는 불안하다…… 라는 이유로 선택된 것이 바로 딘.

라일이나 디더와 대등하게 승부를 겨룰 수 있을 만한 실력에 그러면서도 거리에 얼굴이 알려져 있지 않은 사람.

……이번 호위로 안성맞춤이다.

타냐도 반대하지 않았다.

그뿐인가, 최근 그를 인정하는 것 같은 말을 할 때조차 있었다.

정말로 타냐에게 어떤 심경의 변화가 있었던 걸까?

전에도 분위기가 달라졌다고 느꼈지만 이것도 그 변화의 결과일까?

어쨌든 나는 딘과 함께 거리로 나갔다.

변함없이 활기 넘치는 거리.

시장에는 상품이 진열되어 있고, 그 상품을 사기 위해 많은 사람이 길을 걷고 있었다.

"아…….."

요 근래 사람들이 붐비는 곳을 걸어 본 적이 없는 나는 정통으로 다른 사람과 부딪혀서 비틀거렸다.

하긴 거의 집 안에만 틀어박혀 있었으니까…….

"괜찮으십니까?"

비틀거리는 나를 붙잡아 준 것은 함께 걷고 있던 딘이었다.

"미안해. ……고마워."

부끄러워하며 바라보자 그가 생각보다 가까이 있었다.

그게 왠지 간질간질하기도 하고, 부끄럽기도 하고.

그런 몽글몽글한 기분에 또다시 얼굴에 열이 몰리는 것 같아서 고개를 숙였다.

"사람이 굉장히 많군요."

"으, 으응. ……기뻐."

내가 작게 중얼거린 말의 정확한 의미를 이해한 것일까. 고개를 들자 딘이 부드럽게 미소 짓고 있었다.

거리에 사람이 많은 것은 그만큼 풍요롭기 때문이다.

그리고 가볍게 쇼핑할 수 있는 것은 치안이 좋으니까.

전생에 평화로운 일본에 살았기 때문에 당연하게 느껴지는 광경이지만, 사실은 당연하지 않다는 것을 이제 나는 알고 있다.

이 광경이 내가 한 일의 성과 중 하나라고 느껴져서 솔직히 기뻤다.

"……여기서 우두커니 서 있으면 방해가 됩니다. 가시죠."

잠시 그 광경에 넋을 잃고 있었다.

하지만 생각해 보면 딘의 말대로 여기는 길 한복판이다.

"응, 그러네."

걸음을 옮기려는 내게 딘이 손을 내밀었다.

한순간 깜짝 놀라며 멍하니 그를 바라보았다.

"이렇게 사람이 많으면 서로 잃어버릴지도 모르니까요."

그는 그렇게 말하며 미소를 지었다.

그건 그렇다는 생각에 손을 내밀려고 했지만 묘하게 긴장돼서 결국 얌전을 떠는 것처럼 머뭇거리고 말았다.

손을 겹치자 딘이 곧 걷기 시작했다.

마주 잡은 그의 손은 내 손보다 크고, 조금 거칠고…… 따뜻했다.

입꼬리가 자연스레 올라갔다.

그 온기가 내 마음속까지 따뜻하게 해 주는 것 같아서…… 무척 행복한 기분이 들었다.

언제까지나 이 시간이 계속됐으면……. 그런 생각이 들었다.

"……앨리스 님, 오늘은 조금 시간이 있으시지요?"

"응. 당신 덕분에."

"그럼…… 잠시 어디 들러도 되겠습니까?"

그는 그렇게 말하며 내 손을 끌어당겼다.

조금 놀랐지만 그 이상으로 가슴속에서 밀려오는 기쁨에 자연스레 미소가 떠올랐다.

"……이쪽에는 별로 와 본 적이 없는데."

커다란 상점이 늘어서 있는 거리를 걸었다.

"앨리스 님이 거리를 돌아다닐 땐 시장이나 교회 근처를 돌아볼 때가 많으니까요."

"그건 그럴지도 몰라. 그런데 어디 가는 거야?"

"가끔은 가게를 둘러보는 것도 좋을 것 같아서요. 먼저 요즘 유명한 디저트 가게에 함께 가고 싶습니다."

"유명한……? 보르사(재무부)에서 들은 얘기야?"

"그럴 리가요. 라일 씨에게 들었습니다."

"그럼 안심이네. 기대된다."

딘과 손을 잡고 가게를 구경하며 길을 걸었다.

"아, 저 가게도 가 보자."

"아, 네에."

딘이 어째서인지 한순간 못마땅한 표정을 지은 것 같았지만 나는 그를 끌어당겼다.

그곳은 보석상이었다.

물끄러미 진열되어 있는 다양한 보석들을 바라보았다. 반짝반짝 빛나고 아름다웠다.

그때, 카운터 너머의 안쪽에서 두 명의 남자가 나왔다.

"어서 오십시오. 어라, 당신은……."

"……아는 사이야?"

"네. 전에 상업 길드에서 일할 때 신세를 졌습니다. 마침 할 얘기가 있는데 잠시 시간 좀 내주시겠습니까?"

"네. 이쪽으로 오시죠."

"아가씨, 꼭 가게 안에 계십시오. 곧 끝납니다."

"응."

딘은 가게 주인과 안쪽으로 들어갔다.

뭐…… 같은 공간에 있고 이 가게는 보석류를 다루는 만큼 경비도 있으니까 괜찮겠지.

나는 상품들을 둘러보았다.

"어머나! 시계?"

어째서인지 회중시계가 액세서리에 섞여서 놓여 있었다.

왜 이 가게에 시계가? 그렇게 생각했지만 자세히 살펴보니 보석이 박혀 있었다.

"호오……."

내가 관심을 가지자 점원이 다가와 시계에 대해 설명했다.

"아까 아가씨의 일행과 안쪽으로 들어간 사람이 우리 형인데, 시계방을 운영하고 있습니다. 형과 제 공동 작품이죠. 성능은 보증합니다."

하나하나 손에 들고 살펴보았다.

그중 하나에 시선이 못 박혔다.

"이거 멋지네요."

"고맙습니다. 나뭇잎 무늬 릴리프에 물방울 모양의 사파이어를 박았답니다. 아가씨의 눈동자 색과 똑같은 보석이지요."

"……이거, 하나 주세요."

"고맙습니다. 포장하기 전에 시계가 잘 작동되는지 형이 확인해 봐야 하니까 조금만 기다려 주시겠습니까?"

알겠다고 대답하자 점원이 시계를 들고 안쪽으로 사라졌다.

확인하려면 조금 시간이 걸린다는 말에 돌아온 점원과 잡담을 나누며 다른 상품을 둘러보았다.

"어라, 이렇게 싸게 팔아도 되나요?"

계산할 때, 나는 생각보다 싼 가격에 놀라고 말았다.

"네. 우리 가게는 귀족님들을 위한 가게가 아니라 아가씨처럼 상가의 따님들이 구입해 주시는 경우가 많으니까요. 이 시계도 사파이어를 사용하긴 했지만 단품으로는 보석으로 팔 수 없는 작은 걸 이용해서 가격을 낮췄지요."

"상가의 따님?"

"아닙니까? 일행분을 보고 당연히 상가의 따님인 줄 알았는데."

"아, 아뇨. 갑자기 맞혀서 깜짝 놀란 것뿐이에요. ……그렇군요. 아, 고마워요."

상품을 받아 들었을 때, 마침 딘이 돌아왔다.

순간적으로 물건을 가방 안에 숨겼다.

"오래 기다리셨지요?"

"아니야, 나도 즐거운 시간이었어. ……그만 갈까?"

우리는 그 후에도 계속 거리를 돌아다녔다.

그리고 마지막으로 목적지인 길가의 카페에 도착했다.

소문난 디저트란 바로 아이스크림이었다.

아이스크림을 맛있게 먹고 나서 거리를 떠났다.

느긋하게 돌아다니다 보니 생각보다 집을 출발한 지 꽤 시간이 지나 있었다.

즐거운 시간은 눈 깜짝할 사이에 지나간다는 말…… 사실이었구나.

나는 문득 눈에 들어온 골목 앞에서 발걸음을 멈췄다.

"왜 그러십니까?"

염려하는 듯한 딘의 목소리에 괜찮다는 의미를 담아서 미소 지었다.

"이 골목…… 비슷한 것 같아서."

"비슷하다뇨?"

"응. ……영주 대행이 되고 나서 곧 몇 명을 데리고 영지를 둘러본 적이 있어."

"디더에게 들었습니다."

"그래……? 사실은 동부에서 저곳보다 어두컴컴한 골목을 보고 들어가려고 했어. 왠지 흥미가 느껴져서."

"그건…… 다들 말렸겠군요."

"응, 맞아. 특히 디더가. 나한테는 아직 이르다면서."

이제는 디더가 무슨 말을 하려고 했는지 알 것 같다.

아무리 치안이 좋은 곳이라도 길을 한걸음 벗어나면 그곳에는 다른 얼굴이 도사리고 있다.

그것은 어둠의 세계.

슬럼이나 빈부의 격차로 인해 탄생한 어둠이 아닌, 또 다른 어둠.

분위기도 질서도 바깥세상과는 다른 곳.

전생에서도 그런 세상을 본 적이 있다.

관광지니까 괜찮겠지, 라는 안일한 마음과 여행이라는 사실에 마음이 설레서 주의를 기울이지 않고 돌아다니다가.

정신을 차려보니 거리의 중심부였다.

하지만 골목으로 한 걸음만 들어가면 분위기는 물론 모든 것이 달라졌다.

길을 걷는 사람들의 눈에는 번뜩거리는 날카로운 빛이 깃들어 있었다.

거리는 변함이 없는데도 어째서인지 압박감에 괴로움을 느낄 만큼 묵직한 분위기가 풍겼다.

본능적으로 여긴 위험하다고 감지할 만큼.

그때 엄청난 공포를 느꼈으면서…… 이번 생에서도 똑같은 짓을 저지를 뻔했다. 정말 발전이 없다고 해야 하나.

어쨌든 그런 거리의 어둠이 모인 곳은 이 영지에도 존재한다.

그런 거리를 다스리는 조직도.

필요악이라고까지는 말할 수 없지만 그런 조직이 있기에 바깥세상의 질서가 지켜지는 것 또한 사실이다.

그때 아무 생각 없이 그곳에 발을 들여놓지 않아서 다행이라고 진심으로 생각했다.

전생과는 달리 지금은 주어진 지위도, 그에 따른 책임도 전혀 다르니까.

아마 그런 조직과 접촉하더라도 상대도 해 주지 않았을 것이다.

아니면 잡아먹혔거나.

그런 조직을 처리하려면 처리한 후 어떻게 질서를 구축할지 생각하지 않으면 안 된다. 그리고 이쪽을 따를 만한 힘도 길러야 한다.

"지금의 나라면 디더는 뭐라고 할까……? 그런 생각이 들었어."

"글쎄요. 만약 당신이 인정받을 수 있는 수준이라 해도 디더는 같은 대답을 할 겁니다. ……자신이 옛날 그 세계에 있었던 만큼 당신이 관련되지 않았으면 할 테니까요."

"당신…… 알고 있었어?"

"네. 앤더슨 후작님 밑에서 함께 훈련할 때 조금."

"……그렇구나. 당신은 그 얘길 듣고 어떻게 생각했지?"

"별로 아무 생각도 안 했습니다. 그렇게 드문 일은 아니니까요."

"당신에게 드문 일이란 어떤 걸까? 굉장히 궁금하네."

그 말에 딘은 웃었다.

"뭐…… 그래서 디더의 위기 탐지 능력이 뛰어난 거구나, 하고 납득했습니다. 분명히 어린 시절에 길러진 걸 거라고. ……아가씨야말로 어떻게 생각하셨습니까?"

"나도 아무 생각 없었어. ……과거야 어쨌든 그는 내게 한 번도 그런 면을 보여 준 적이 없으니까. 본 적도 없는 과거보다 함께 지내 온 과거가 더 중요해. 무엇보다도 내게는 소중한 가족이니까."

"아가씨의 감상도 상당하군요."

"그런가? ……이상한 곳에서 시간을 빼앗겼네. 그만 갈까?"

"네."

그리고 또다시 걷기 시작했다.

제일 먼저 들른 곳은 아저씨네 식당.

긴장하며 들어갔지만 아저씨는 처음에 나라는 걸 눈치채지 못했다.

타냐의 무시무시한 화장 기술에 전율하며 이름을 밝히자 처음에는 멍한 표정을 짓다가…… 곧 찾아온 걸 무척 기뻐해 줬다.

너무 기뻐서 가게 안의 모든 손님에게 술을 한 잔씩 서비스하겠다고 소리 높여 선언하는 바람에 주인 아주머니에게 야단을 맞을 정도였다.

하지만 주인 아주머니도 눈물을 흘리며 환영해 줬다.

결국 주인 아주머니도 식사를 서비스해 줬다.

시끌벅적하고 즐거운 한때를 보냈다. 꽃집에서도, 생선 가게에서도.

앨리스를 아는 사람들에게 인사하며 돌아다녔다.

욕설은커녕 모두 눈물을 흘리며 사과와 감사의 말을 건넸다.

나도 모르게 덩달아 눈물을 흘리고 말았다.

"사랑받고 있군요."

돌아가는 길, 딘이 그렇게 말하며 미소 지었다.

……행복하다고, 진심으로 그렇게 생각했다.

나는 전생에서도 매일 일에 거의 모든 시간을 바쳤다.

하지만 그걸로 얻은 건 뭐였을까?

시간에 쫓겨서 인간 관계도 얄팍해지고.

사용할 시간이 없다 보니 돈은 쌓이고.

어느샌가 게임이라는 가상 속에서밖에 마음이 움직이지 않게 되었다.

고독 속의 자유였다.

혼자만의 세계는 무척 편했다. 하지만 공허했다.

지금도 매일 거의 모든 시간을 일에 바치는 것은 마찬가지.

그런데…… 이토록 행복하다니.

누군가의 웃는 얼굴이, 누군가의 말이, 마음을 떨리게 한다.

그것은 입장이 달라졌으니까…… 라는 이유 때문이 아니다.

내가 변했기 때문이다.

뭐, 자아가 융합해서 그렇기도 하지만.

하지만 가장 큰 이유는 여러 가지 경험을 했기 때문이다.

무아지경이었다.

그렇게 걸어온 결과가 이거라면…… 나는 다시 태어나 기회를 얻은 것을 신께 감사드리고 싶다.

문득 딘을 올려다보았다.

딘은 내 시선을 눈치채고 미소 지었다.

나도 자연스레 웃음을 머금었다.

"오늘은 고마워."

"아뇨……. 저야말로 고맙습니다."

"마지막으로 들르고 싶은 곳이 있어. 조금만 더 함께해 줄래?"

고개를 끄덕이는 딘의 손을 이번에는 내가 먼저 잡고 걷기 시작했다.

저택의 부지 안에는 호수가 있다.

숲 앞의 커다란 호수뿐만 아니라 숲속에도 작은 샘이 있다.

나와 딘은 그 샘의 옆에 섰다.

이미 해는 저물고, 달과 별이 함께 하늘에서 빛나고 있었다.

"멋지다……. 평소 살고 있는 집인데 이런 풍경을 볼 수 있을 줄은 몰랐어."

"저택에서 조금 떨어져 있으니까요."

"응. 전에 낮에 산책했을 때 발견했는데 밤에는 밤대로 무척 아름답네."

나무들에 둘러싸이고 정적에 감싸인 가운데, 무수한 별이 박힌 하늘이 수면에 비쳐서 신비로울 만큼 아름다웠다.

"……저어, 딘. 지난번에는 고마웠어."

"아뇨, 아가씨께 그런 인사를 들을 만한 일은 아닙니다."

"아니, 말하게 해 줘. 당신이 라프시몬즈 사제와 연줄을 만들어 준 덕분에 나는 무죄를 인정받을 수 있었어. 그러니까 고맙다는 말을 하고 싶었어."

"저는 아가씨의 사람으로서 당연한 일을 한 것뿐입니다. ……하지만 그 말씀은 감사히 받아들이죠."

"말뿐만 아니라 이것도 받아 줘."

그리고 나는 아까 보석상에서 산 회중시계를 건넸다.

선물용으로 포장해서 딘에게는 뭐가 들었는지 보이지 않겠지만.

"아가씨…… 이건 받을 수 없습니다."

그렇게 말하며 난처한 듯이 웃는 그의 손을 잡고 선물을 꼬옥 쥐여 줬다.

"아니. 당신에게 정말 많은 도움을 받았는걸. 행동뿐만 아니라 마음도."

"마음말입니까?"

"응, 마음. ……나, 누군가에게 약한 소리를 하는 걸 마음속 어딘가에서 두려워하고 있었어. 나 때문에 폐를 끼치고 있는 것 같아서."

솔직히 지금도 누군가에게 내 약한 모습을 보이기가 두렵다.

더 이상 상처받고 싶지 않으니까.

누군가를 원하지 않도록, 누군가에게 희망을 갖지 않도록, 약한 자신을 문 안쪽에 깊숙이 감췄다.

하지만 혼자는 쓸쓸하니까…… 다른 사람들이 의지할 수 있도록 강한 나 자신을 앞에 내세웠다.

"하지만 그땐 한계였어. 그러니까 당신이 내 불안을 끄집어내 줬을 때…… 안심했어. 의지해도 좋다고 말해 줬을 때에는 기쁘고, 마음이 가벼워졌어. 나는 그때 분명히 구원받은 거야. 그러니까 이건 그 답례야."

"……열어 봐도 됩니까?"

"응, 물론이지."

딘이 그 작은 상자를 열고 놀란 듯이 눈을 동그랗게 떴다.

"오늘 본 거야. 그거라면 일할 때도 쓸 수 있을 것 같아서."

"이런……."

나는 그렇게 말하며 쓴웃음을 짓는 그를 보고 당황했다.

"……아가씨, 실은 저도 선물이 있습니다."

곧 결심한 듯이 표정을 바꾼 그는 그렇게 말하며 내게 상자를 내밀었다.

"앗!"

놀랍게도 그가 내민 상자는 내가 건넨 것과 똑같았다.

"열어 보십시오."

망설이다 상자를 받아 들고 뚜껑을 열어 보았다.

"와아……!"

그 회중시계에는 아름다운 장미가 새겨져 있었다.

그리고 가장자리에는 잎사귀 모양을 한, 딘의 눈동자와 똑같은 에메랄드그린색의 보석이 달려 있었다.

"축하와 사과의 뜻으로 드리는 겁니다."

"사과?"

"네. 당신은 고맙다고 말씀하셨지만 저는 그때 당신께 심한 말을 했습니다. 그래서 사과의 뜻으로 드리는 겁니다. 그리고 무사히 해결된 것을 축하하는 뜻에서."

"……하지만……."

"받아 주십시오. 그곳 형제와는 아는 사이입니다. 이걸 받을 때 '서비스입니다.' 라고 해서 무슨 소린가 했더니……. 여길 보십시오."

시키는 대로 두 개의 회중시계를 나란히 놓고 보자 선이 이어져 있었다.

내가 갖고 있는 회중시계는 장미, 딘에게 선물한 회중시계는 잎사귀.

그리고 그것을 연결하는 선이 마치 덩굴 같아서 두 개가 하나로 이어진 것처럼 보였다.

그가 못 말리는 형제라고 말하며 미소 지었다.

"멋진 디자인이지요? 주제넘는 부탁이지만…… 제 시계의 다른 한쪽은 당신이 갖고 있어 주십시오."

그의 말에 가슴이 세차게 뛰었다.

고동이 너무 빨라서 심장이 파열되지는 않을까 걱정될 만큼.

"고마워. 정말 기뻐……."

나는 자연스럽게 입꼬리가 올라가는 것을 느끼며 그 시계를 받아 들었다.

† † †

『너는 장래에 왕족들을 지켜야 한다.』

어디부터 잘못된 걸까……? 그는 그렇게 자문할 때마다 그 말을 떠올렸다.

그…… 도르센 카타벨리아는 자신의 아버지에게 그런 말을 들으며 자랐다.

그의 아버지이자 기사단장 도르나 카타벨리아는 그에게 옛날부터 무예를 가르쳤다.

그 또한 그 말에 긍지를 느꼈기 때문에 열심히 훈련에 임했다.

그런 환경에서 자랐기 때문일까. 그는 학원에 들어가는 것이 귀찮다고 느껴지기조차 했다.

학원에 다니는 것보다는 집 안에서 현역 기사단들에게 가르침을 받는 편이 훨씬 도움이 될 거라고 생각했다. 하지만 학원에 들어가는 것은 귀족 가문의 적자인 이상 선택의 여지가 없는 일이었다.

입학 후……. 본래 과묵했던 그는 역시 학원에 좀처럼 적응하지 못했다.

……그러던 어느 날, 그는 한 여학생…… 유리 노이어를 만났다.

처음 만난 곳은 훈련소.

그곳은 거의 사용하지 않는 장소로, 학생이 신청하면 마음대로 사용할 수 있다.

그래서 그는 거의 매일 그곳에서 훈련을 하고 있었다.

"굉장하네요──."

그것이 그녀의 첫마디였다.

"……뭐야?"

"아, 미안해요. 나…… 매일 이 뒤쪽을 찾아오는데…… 당신도 매일 여길 찾아오죠? 그래서 뭘 하는지 궁금해서……."

"……뒤쪽?"

훈련소 뒤에는 화단이 있을 뿐. 그것도 지나다니는 사람이 없어서 거의 잡초투성이인 곳이었다.

"네. 모처럼 커다란 화단이 있는데 아까워서요. 거기서 좋아하는 꽃을 키우고 있어요. 아, 물론 학원에는 허락을 받았어요."

"그렇게 당황하지 않아도 학원에 보고할 생각은 없어."

"아, 아니……. 그것도 그렇지만…… 별로 칭찬받을 만한 일은 아니잖아요? 귀족 영애가 흙을 만지다니. 그러니까 소문내지 말아 줬으면 해서요."

"아……. 뭐 남에게 피해를 주는 것도 아니잖아? 난 이러쿵저러쿵 참견할 생각 없어."

"다행이다. 그런데 당신은 매일 뭘 하는 건가요?"

그녀가 꽃이 피는 것처럼 웃었다.

그는 그 웃음에 어째서인지 마음이 따뜻해지는 기분을 느꼈다.

"……보면 모르나?"

"훈련하고 있다는 건 알겠지만…… 대체 어째서일까, 하고 궁금해서요. 도르센 님은 항상 무술 과목 수석이잖아요."

무술은 선택 과목이며 도르센 같은 기사단 소속의 자녀들이 수업을 받고 있다.

나머지는 단순히 호신을 위해서거나 귀족 가문의 차남, 삼남 중에 장래 기사 단원이 되고 싶은 남학생들.

"나는 수업을 위해서 훈련하는 게 아니야."

"그래요?"

"그래. 나는 이 나라와 왕가의 분들에게 검을 바치기 위해 훈련하고 있다."

그녀가 눈을 동그랗게 뜬 채로 더욱 짙은 미소를 지었다.

"훌륭해요. 당신처럼 노력하는 사람이 지켜 준다면 얼마나 든든할까요?"

그 말과 웃는 얼굴이 언제까지나 그의 마음속에 남았다.

······그 후로 그녀는 그가 훈련하고 있을 때, 때때로 훈련소를 찾아오게 되었다.

보통은 아주 잠깐 대화를 나누고 가 버렸다.

처음에는 그도 딱히 아무것도 느끼지 못했지만, 어느샌가 그는 그녀가 찾아오는 것을 무엇보다도 즐겁게 여기게 되었다.

그가 당연하다고 생각했던 것을 그녀는 굉장하다고······ 그리고 훌륭하다고 몇 번이나 칭찬했다.

그 말들이 그에게 격려가 되어 점점 더 열심히 훈련하게 되었다.

그녀에게 검을 바치고 싶다고 몇 번이나 생각했던가.

그는 그때마다 자신의 검은 왕가에 바쳐야 한다고 스스로를 꾸짖었다.

그 마음이 사랑임을 깨달은 것은 그녀가 에드워드 왕자와 맺어졌을 때였다.

처음에는 낙담했지만 그녀를 지키고 싶은 마음과 자신이 키워 온 신념이 이제는 더 이상 모순되지 않는다는 사실을 깨닫자 비뚤어졌던 마음이 조금은 가라앉았다.

오히려 희미한 기쁨마저 느꼈다.

자신의 힘으로 그녀를 마음껏 지킬 수 있다는 기쁨이.

그래서 에드워드 왕자가 유리 영애를 괴롭히는 아이리스와 대치하게 됐을 때, 그도 유리의 편에 가세했다.

그리하여 그는 무사히 아이리스를 배척하는 데 성공하고, 그녀를 지킬 수 있었다. ······그렇게 생각했건만.

"너 대체 무슨 짓을 한 게냐?"

그의 아버지 도르나가 입을 열자마자 엄한 목소리로 그렇게 말했다.

그가 무슨 일인지 영문을 몰라서 고개를 갸웃거리자 도르나는 요란하게 한숨을 쉬었다.

"아르메리아 공작 영애 말이다!"

"……왜 그렇게 화를 내시는지 모르겠습니다."

"진심으로 하는 말이냐?"

"네."

"공작 영애에게 손을 올렸다는 사실도 용서하기 힘들지만, 기사를 꿈꾸는 자가 여성에게 손을 올려놓고 잘도 그리 당당하구나? 너는 기사의 가르침을 긍지로 여기고 있지 않았느냐?"

"하지만 아르메리아 공작 영애는 유리 남작 영애를 괴롭혔습니다."

"괴롭히는 걸 봤느냐?"

"아, 아뇨……. 하지만 그렇다는 소문이……."

"그 증거를 네가 직접 확인했느냐? 아니면 그 현장을 네가 직접 봤느냐?"

"아, 아뇨……."

"기가 막혀서 말도 안 나오는구나! 확실한 증거도 없이 여성에게 손을 올리다니. 그것도 제2 왕자의 약혼녀에게. 너는 기사가 될 자격이 없다! 너는 우리 가문은 물론 기사라는 존재에도 먹칠을 한 게야."

"하지만 저는……!"

"변명은 듣고 싶지 않다! 당분간 집에서 근신하며 머리를 식히거라!"

매달릴 여지조차 없는 차가운 선고였다. 그는 곧 집사에게 이끌려 방에 연금되었다.

그 후로 한동안 그는 학원을 쉬며 자택에서 근신했다.

훈련하는 것도 허락받지 못한 채 그렇다고 달리 할 일도 없이, 그저 멍하니 방 안에 틀어박혀 있었다.

그는 왜 자신이 이런 꼴을 당해야 하는지…… 이해할 수 없었다.

그저 그녀를 지키고 싶었을 뿐인데.

근신이 끝난 후에도 그는 아버지의 명령으로 거의 하루 종일 훈련하느라 유리와 만날 수 없었다.

그의 마음속에서는 아버지에 대한 불신감만 쌓여 갈 뿐이었다.

건국 기념 파티에서 오랜만에 유리를 만났을 때에는 역시 자신은 틀리지 않았다고 스스로를 긍정했다. ……그러나.

"오랜만이구나, 도르센."

파티가 끝난 후, 이번에는 어머니가 그를 불렀다.

"……오랜만입니다."

그의 눈앞에는 티 세트와 갈색 과자가 놓여 있었다.

"이건 초콜릿이라는 거란다. 요즘 왕도에서 유행하기 시작했는데…… 먹어 보렴."

어머니가 권하는 대로 그 낯선 과자를 입에 넣었다.

"아르메리아 공작가의 상회에서 판매하는 거란다."

"……아르메리아 공작가…….."

"지난번 파티에서 태후마마께서 말씀하셨는데, 그 상회를 이끄는 사람이 바로 아르메리아 공작 영애라고 하더구나."

아이리스의 이름을 말할 때 그녀는 조금 슬퍼 보였다.

"도르센. 너는 정말 '옳은 일'을 했다고 가슴을 펴고 말할 수 있니?"

"옳은 일……?"

"그래. 솔직히 정치적으로도 가문과의 관계를 생각해도 너의 행동은 큰 문제였지만 그건 전부 제쳐 두고, 그래도 옳은 일을 했다고 말할 수 있니?"

그는 어머니의 물음에 당황하고 말았다. 그 말의 진의를 이해할 수 없었기 때문이다.

옳은 일을 했다……. 그렇다, 그는 그렇게 믿어 의심치 않았다.

근신을 명령받은 후 기사단에 먹칠했다는 아버지의 말을 곰곰이 생각해 본 결과, 결국 아버지는 카타벨리아 가문의 입장을 생각해서 화를 낸 것 아닐까……? 그런 결론에 이르렀다.

그렇다면 더더욱 자신의 행동을 부끄러워할 필요는 없다고.

그녀를 지킬 수 있었으니 가문 따윈 상관없다고.

"도르센, 이렇게 말하면 실례지만 나는 아르메리아 공작 영애를 동정하고 있단다."

"그건 어째서입니까, 어머님?"

"결과적으로 보면 유리 노이어 남작 영애는 약혼녀가 있는 남성에게 추파를 던졌다고 받아들여도 할 수 없는 짓을 했잖니……? 같은 여자로서 나는 아이리스 공작 영애가 그런 짓을 한 것도 어쩔 수 없다고 생각한단다. 사랑하는 약혼자에게 접근하는 여자. 질투와 비탄 같은 감정을 느끼는 건 당연한 거야. 그리고 그 감정을 유리 영애에게 향했다고 해서 누가 그녀를 비난할 수 있겠니?"

"그건……."

"사랑하는 사람을 빼앗기고, 너희가 많은 사람 앞에서 비난하는 바람에 사교계에서도 추방당하고."

문득 그는 아이리스가 학원에서 던진 마지막 말을 떠올렸다.

『당신은 내게서 더 이상 무엇을 빼앗으려는 거죠? 내 약혼자, 내

지위…….」

눈물을 흘리며 했던 그 말을.

"나는 이 과자가 그녀의 각오처럼 느껴지는구나. 누구와도 결혼하지 않고, 홀로 살아갈 각오. 그녀는 파혼을 당한 데다 사교계에서도 추방당한 몸. 당연히 혼약을 다시 맺기는 어렵겠지. 도르센, 그런 여성에게 손을 올리고, 인생을 망치는 데 가담하고, 여럿이 합세해서 그녀를 모욕하고……. 그런 행동을 너는 정말 기사로서 옳은 일이라고 말할 수 있니?"

"그건……."

반박할 수 없었다. 생각해 본 적도 없었다.

그녀가 괴로워하고 있을지도 모른다는…… 슬퍼하고 있을지도 모른다는 당연한 사실조차.

"좋아하는 아이를 지켜서 만족해? 너의 검은 겨우 그런 걸 위해 연마한 거니? ……나는 너와는 달리 내 눈으로 직접 확인하지 않으면 다른 사람에게 충고 따위 하지 않아. ……파티에서 에드워드 님과 유리 영애와 함께 아이리스 영애와 대화를 나누는 모습을 봤다만…… 대체 뭐니, 그건? 내게는 그저 다른 사람들과 우르르 몰려가서 아이리스 영애를 모욕하는 걸로만 보이더구나. 연약한 여성에게 그런 짓을 하는 게 기사니?"

도르센은 어머니가 입을 열 때마다 심장을 도려내는 듯한 기분이 들었다.

이젠 돌이킬 수 없는데.

"이 어미는 기사가 아니기 때문에 그 뜻도, 맹세도 알지 못한다. 하지만 그 모습을 보아하니 네가 아이리스 영애에게 저지른 짓이 그저 폭력이라는 것만은 알겠더구나."

아버지에게 질책받았을 때에는 반발심밖에 들지 않았다.

하지만 지금 그의 마음속을 채운 것은 혼란과 후회였다.

"자신의 행동을 반성하려무나."

어머니와 대면한 후, 그는 또다시 훈련에 하루 종일 시간을 쏟아부었다.

머릿속을 깨끗하게 비우고 싶었다.

어머니의 말과 아이리스의 말이 머릿속을 맴돌며 그를 괴롭혔다.

결과적으로 어느샌가 그는 유리와도, 에드워드 왕자와도 소원해지고 말았다.

졸업 후, 그는 예정대로 견습 기사가 되어 기사단에 입단했다.

현역 기사들과 부대끼며 충실한 하루하루를 보냈다.

동경하던, 그리고 자신의 모든 것이었던 기사단⋯⋯. 자신의 가치관이 흔들리고 있었기에 어쩔 수 없이 기사단에 집착할 수밖에 없었다.

어느샌가 그에게는 기사단이 세상의 전부가 되고 말았다.

그러던 어느 날, 가젤 장군의 제자라는 두 사람이 기사단과 군부 합동 훈련에 참가한다는 통보를 받았다.

살아 있는 영웅인 가젤 장군의 제자.

그는 그 사실에 질투를 느꼈다. 물론 다른 사람들도 크건 작건 그런 감정을 품고 있었지만. 그만큼 가젤 장군은 군부와 기사단에 소속된 자들에게는 선망의 대상이었다.

게다가 그는 어릴 적부터 기사단에 소속되기 위해 갈고닦은 자신의 무술에 대한 자신감과 그렇게 실력을 쌓아 왔기에 동경하던 기사단에 입단할 수 있었다는 프라이드가 다른 사람들보다 훨씬 강했다.

그래서 그는 두 사람을 완전히 인정하지 못해 도발하고 말았다.

『네가 기사라는 것에 얼마나 자부심을 갖고 있는지는 모르지만…… 넌 '기사'가 아니야.』

저항할 수조차 없을 만큼 압도적인 힘으로 패배했다.

분하게도 당해 낼 수 없다고 생각했다. ……그렇게 생각하고 말았다.

지금까지 자신이 쌓아 온 것은 대체 무엇이었을까?

디더의 말이 어머니의 말과 겹쳐졌다.

과연 자신이 목표로 삼아 온 것은 무엇일까? 그런 고민마저 들었다.

"뭐? 그 두 사람에 대해 알고 싶다고? 그건 상대에게 직접 물어보면 되잖아. '당신들에 대해 알고 싶습니다. 함께 얘기를 나눠 볼까요?' 라고."

그러던 어느 날, 그는 선배 기사에게 말했다.

도르센이 두 사람에 대해 알고 싶다고 말한 게 의외였던 건지 선배는 쓴웃음을 지었다.

"아니, 그건……."

"뭐, 그렇게 노골적으로 시비를 걸었으니…… 첫인상은 최악이었겠지만."

말꼬리를 흐리는 그에게 선배도 쓴웃음을 지었다.

"뭘 묻고 싶은 건데?"

"왜 두 사람은 왕도에 오지 않는 걸까요? 기사단에도, 군부에도, 두 사람이라면 좋은 대우를 받고 들어갈 수 있을 텐데."

"그 두 사람이 말했잖아. 자신을 구해 준 주인이 있다고. 자신의 명예보다 주인을 생각하고, 검을 바치는 것……. 우리 기사단의 기사보다 훨씬 기사답지 않아? 덧붙여 말하자면 그들의 주인은 아르메리아 공작 영애야."

"아르메리아 공작 영애……. 그녀가 그들의 주인?"

그의 의아한 표정에 선배는 얼굴을 찡그렸다.

"불만인가 보군."

"아, 아뇨……. 그 두 사람이 따르는 사람은 어떤 사람일까 궁금했는데……. 설마 아르메리아 공작 영애일 줄이야."

"너, 그분과 같은 시기에 학원에 다녔었지?"

"네, 뭐……. 선배는 그녀를 어떻게 생각하십니까?"

"나한테 묻지 마. 난 그분과 인사만 몇 번 했을 뿐 얘기를 나눠 본 적은 없으니까. 네가 더 잘 알지 않냐?"

"……별로 좋은 소문은 듣지 못했습니다."

"아, 그건 알고 있어. 그녀가 학원을 퇴학당하게 된 발단 말이지. 뭐, 나도 귀족이니까."

"알고 있지 않습니까?"

"그것뿐이잖아?"

"흠……."

그는 고개를 갸웃거렸다.

그걸로 충분하지 않냐고 말하는 것처럼.

"나는 인간이란 한 가지 면만 갖고 있는 게 아니라고 생각해. 때와 장소, 상대에 따라 보여 주는 얼굴이 다르니까."

"그건 상대에게 실례 아닙니까?"

"그럼 묻겠는데 너, 기사단에 있을 때와 사적인 시간을 가질 때, 완전히 똑같다고 할 수 있어?"

"그건……."

"난 달라. ……그러니까 나는 그 사람이 어떤 사람인지는 결국 직접 접해 보지 않으면 판단할 수 없다고 생각해. 물론 사전 정보가 전혀 무의미하다고 생각하진 않아. 하지만 지금 내가 알고 있는 정보는 이거야. 남작 영애를 악질적으로 괴롭힌 아가씨와 평민을 구해서 스스로 측근이 될 때까지 키워 준 아가씨. 나는 대체 어느 쪽을 믿으면 좋을까? 그래서 말인데, 너는 그분을 어떤 사람이라고 생각하지?"

도르센은 아무런 대답도 하지 못했다.

그녀를 잘 안다고 할 만큼 접점이 없었기 때문이다.

그가 아는 그녀는 모두 다른 사람을 통해 들은 것뿐.

그것이 그녀의 전부라고 생각했기 때문이다.

"저는……."

그는 더 이상 말을 잇지 못했다.

선배는 그런 그를 바라보며 난처한 듯이 어깨를 으쓱했다.

……그 후로 그는 생각하고 또 생각했다.

아버지가 그에게 했던 말, 어머니의 말, 그리고 선배의 말을 몇 번이나 떠올리며.

아무리 생각해도 한 남자로서 잘못된 일은 하지 않았다는 결론에 도달했다.

아직도 그녀를 용서할 수 없고, 용서할 생각도 없으니까.

하지만 동시에 기사로서 잘못을 저질렀을지도 모른다는 생각이 들었다.

많은 사람 앞에서 그녀를 모욕하듯 찍어 누른 것은 사실.

그래서 그녀에게 사죄하자고 생각했다.

하지만 아무리 만나려고 해도 밀어내기만 할 뿐.

몇 번인가 왕도의 아르메리아 공작가를 찾아갔지만 모조리 문전 박대 당했다.

"너 바보냐?"

그 일로 또다시 선배에게 상담하자 제일 먼저 그 말이 되돌아왔다.

두 사람이 있는 곳은 거리의 선술집.

귀족인 두 사람이 일상적으로 드나들 만한 곳은 아니었지만, 가젤 장군의 영향인지 두 사람 모두 기사단 사람들과 마실 때에는 종종 이곳을 찾아오곤 했다.

"한 가지 물어보고 싶은 게 있는데, 넌 아이리스 님이 '난 잘못했 다고 생각하지 않지만 공작 영애로서 바람직한 행동은 아니었을지 도 모르니까 사과하겠다.'라고 하면 어떨 것 같냐?"

"그건……. 하지만 전 매듭을 짓고 싶었습니다."

"매듭? 네가 만나고 싶다고 하면 저쪽에서는 이번엔 무슨 짓을 하 려는 걸까, 하고 경계하는 게 당연한 반응이야. 게다가 네 사과는 형 식적인 사과일 뿐이잖아. 그런 걸 들어 줄 시간이 있으면 차라리 다 른 일을 하겠다."

"형식적인 사과가 아닙니다. 기사로서 해서는 안 될 짓을 한 것은 반성하고 있습니다."

"그거야, 그거. 아까 너한테 물었잖아? 반대 입장에서 그런 말을 들으면 어떨 것 같냐고. 너, 어떤 생각이 들었냐?"

도르센은 선배의 질문에 말문이 막혔다.

『난 잘못했다고 생각하지 않지만 공작 영애로서 바람직한 행동은 아니었을지도 모르니까 사과하겠다.』라고 말하면 어떤 생각이 들 까?

유리를 생각하면 도저히 용서할 수 없다.

그저 체면을 차리기 위한 사과 따윈 공허한 법이다.

"봐, 형식적이지? 마음이 담겨 있지 않아. 그런 사과를 받아 봤자 듣는 사람 입장에서는 그냥 입 발린 말만 늘어놓고 있구나, 라는 생각밖에 들지 않을걸. 애초에 사과하는 입장에서는 사과했으니까 '이제 됐지? 끝.' 하고 마음을 정리할 수 있을지도 모르지만…… 사과받는 쪽은 그렇지 않아. 왜냐하면 사죄란 용서해 줘야 하는 입장에서는 기회를 줘야 하는 거니까. 다시 시작할 기회를."

그렇게 말하는 선배의 얼굴은 진지함 그 자체였다.

"너는 너의 이기적인 감정으로 그녀에게 이 이상의 고통을 강요할 생각이냐?"

……쉽게 씻어 버릴 수 있을 만큼 너의 잘못은 작지 않다.

선배가 하고 싶은 말은 그것일까?

그에게는 사과하겠다는 것조차 주제넘는 행위일까?

"그럼…… 저는 어떻게 하면 좋을까요?"

"나한테 묻지 마. 그보다 너는 어떻게 하고 싶은데? 아까부터 말했잖아? 너는 형식적인 사죄를 늘어놓고, 네가 저지른 잘못을 청산하고 싶은 것뿐이야. 미안하게 생각하는 게 아니라 단순히 주위에 휘둘려서. ……생각해 봐, 너 스스로. 좀 더 깊게. 좀 더 넓은 시야를 가지고. 어떻게 하고 싶은지, 뭘 할 수 있는지."

선배와는 그 뒤로 조금 더 마신 후에 헤어졌다.

도르센은 집에 도착한 후에도 선배와 나눴던 대화를 몇 번이나 떠올리며 생각에 잠겼다.

지금까지 있었던 일과 앞으로 해야 할 일을.

몇 번이나 생각했지만 아무것도 떠오르지 않았다.

……자신이 뭘 해 왔는지. 뭘 하고 싶은지.

생각하고, 생각한 끝에, 이윽고.

"……그녀가 어떤 사람인지 알아보자."

그는 그렇게 생각했다.

그는 그녀를 모른다. 그렇다면 알면 된다.

그녀가 해 온 일, 그녀가 하고 싶은 일을.

그리하여 그는 휴가를 받아 여행을 떠났다.

그녀를 알기 위한 여행을.

15장
공작 영애, 움직이다

"……아가씨, 도르센이 아르메니아 공작령에 들어왔습니다."

밤. 타냐의 보고에 한숨을 쉬었다.

딘에게 그 얘기를 들었을 때에는 당황했지만 덕분에 지금은 냉정하다.

"감시를 붙여. 이상한 행동을 하려고 하면 즉각 저지하도록 해."

"알겠습니다."

"이제 와서 대체 뭐야……?"

솔직히 말하면 당장 체포해서 강제 송환하고 싶다.

"일은 어쩌고 온 걸까?"

"휴가를 받은 모양입니다."

"저런 녀석을 멋대로 풀어놓다니……. 도르나 님은 대체 무슨 생각일까?"

"기사단에 머무르는 것도 그에게 좋지 않다고 생각해서 그런 것 아닐까요? 그는 기사단이야말로 모든 것, 정의, 지고의 단체라고 생각하는 것 같더군요. 자랑스러워하는 건 좋지만 도가 지나치면 그저 오만일 뿐. 그 가문은 아들이 한 명밖에 없기 때문에 가문에서 내치면 친척 중에서 후계자를 데려올 수밖에 없습니다. 그 전에 마지막 기회를 주고 싶었던 것 아닐까요?"

"너그럽기도 하셔라……."

무심코 실소가 흘러나왔다.

"뭐, 좋아. 멋대로 굴면 용서하지 않을 테니까."

결의를 담아 주먹을 불끈 쥐었다.

"참, 거리의 시찰은 어떠셨습니까?"

"응? 어떻긴 뭘……."

갑작스러운 화제 전환에 나도 모르게 동요하고 말았다.

"왠지 거리에 다녀오신 후로 기뻐 보이셔서요."

"아……. 응, 그래……."

괜히 이상하게 받아들이는 바람에 묘하게 과잉 반응을 하고 말았다.

뭐, 그건 그렇고.

"정말 행복했어."

그 이외의 말이 떠오르지 않았다. 그게 전부였다.

"그렇습니까."

타냐도 기쁜 듯이 미소 지었다.

"그러고 보니 말인데."

나는 문득 떠오른 것을 말했다.

거리라는 단어로 생각난 기억을 머릿속에 떠올리면서.

"예를 들면 말인데, 타냐가 아주 큰 실패를 했다고 쳐. 정말 돌이킬 수 없는 엄청난 실패. 다음에 그 실패와 똑같은 상황을 마주한다면 어떻게 할래?"

"어려운 질문이로군요."

타냐는 곤란한 듯이 눈썹을 찡그렸다.

"그 상황에 닥치면 반드시 실패하는 건가요?"

"글쎄. 그건 모르지. 하지만 아픈 경험을 한 번 한 거야."

"시험해 보겠다…… 라는 말은 못하겠군요."

타냐는 그렇게 말하며 눈을 감았다.

아무래도 진지하게 고민하는 모양이다.

"저라면…… 그럴 경우 얻을 것과 잃을 것을 생각할 겁니다."

타냐는 잠시 침묵한 후에 그렇게 입을 열었다.

"분명 아무래도 상관없는 일이라면 애초에 망설임 없이 회피하는 방법을 생각할 겁니다. 망설여진다면 그건 그 곤란한 상황 끝에 버리기 힘든 소망이 있기 때문이겠죠. 그러니까 저는 저울에 달아볼 겁니다. 실패해서 잃는 것과 얻을지도 모르는 가능성을. 회피해서 얻을지도 모르는 것과 잃는 것, 그리고 지금 갖고 있는 잃고 싶지 않은 것을."

"버릴 수 없는 소망……."

"네. 어디까지나 저에게 일어난 일이라고 가정했을 경우의 얘기입니다만. 아가씨께서 왜 이런 질문을 하셨는지 의도는 알 수 없지만……. 아가씨께서 만약 그런 상황에 놓였다면, 아가씨께서 생각하신 결과의 선택이라면 저는 끝까지 따를 겁니다. 그리고 앞장서서 싸울 겁니다. 다른 사람도 모두 마찬가지예요. 각자 다른 방식이라도, 반대하더라도, 아가씨의 힘이 되고자 하는 마음은 같답니다. 생각이 막히면 꼭 저희를 떠올려 주세요. 그리고 사용해 주세요. ……이런 대답이면 될까요?"

"응, 충분해. 고마워. ……오늘은 피곤하니까 그만 잘래."

"알겠습니다."

타냐의 시중을 받아 잠잘 준비를 마친 뒤 침대에 누웠다.

그리고 타냐가 나간 후, 나는 발코니로 나갔다.

잠옷이라 남들에게 보여 줄 수 없는 옷차림이지만 어두우니까 괜찮겠지……. 그렇게 스스로 변명하면서.

밤하늘을 바라보고, 마을을 바라보았다. 어두워서 잘 보이지 않지만.

전기가 없는 세계 특유의 짙은 어둠.

하지만 그 어둠이 지금은 편안하게 느껴졌다.

"……버릴 수 없는 소망이라. 바보 같아……."

이를 악물며…… 그래도 견디지 못한 채 울고 있는 이 추한 얼굴을 누가 볼까 봐 걱정하지 않아도 되니까.

내 중얼거림은 밤의 어둠 속에 울려 퍼졌다가 사라졌다.

차츰 늘어나는 눈물의 양. 동시에 이를 악물어도 새어 나오는 오열.

……결코 타냐의 말을 바보 취급하는 것은 아니다.

오히려 그 반대다.

타냐의 말이 정곡을 찔렀기 때문이다.

마음속 깊은 곳에 잠들어 있던, 버릴 수 없는 소망이…… 내게는 있다.

바보는 나.

그렇게 아픈 경험을 하고서도 자물쇠를 걸어 놓았던 마음이 간단히 흘러넘치고 말았다.

이렇게 약할 수가.

깨닫고 말았다.

깨닫지 못하게 애썼던 것뿐이라는 걸.

이유를 붙여서 자신의 마음조차 속이고 있었다는 걸. 조금만 스스로를 마주하면 쉽게 알 수 있는 일이었다.

의지하고 어리광을 부리는 건 어째서일까?

내가 가장 힘들 때 누구의 앞에서 감정을 드러냈지?

추한 질투심이 살짝 고개를 내민 것은 어째서일까?

마음으로는 알고 있으면서 머리로 생각하는 것을 방치하고 있었다.

살며시 그에게 받은 회중시계를 움켜쥐었다.

어둠 속, 손에 쥔 시계마저 어렴풋하게 보였다.

차가운 감촉만이 이 시계가 손안에 있다는 걸 실감할 수 있는 모든 것.

……나는 이제 실패할 수 없다.

잃어버릴 수 없으니까.

나를 따르는 모두가, 영지가, 그리고 이곳에 사는 영지민들이.

소중하니까.

그 이전에 또다시 어리석은 자신으로 돌아가 버릴지도 모른다고 생각하면, 배신당했을 때의 그 절망을 떠올리면…… 무섭다.

그래서 싫었는데.

눈으로 볼 수 없는 확실하지 못한 것을, 자신의 힘으로는 어찌할 수 없는 것을, 어째서 나는 또다시 원하게 된 걸까?

두렵지만 그것과는 별개로 흘러넘치는 격렬한 이 감정.

"좋아해……."

소리를 내서 중얼거린 순간, 가슴이 쿵 내려앉았다.

실제로 그의 앞에서는 말할 수 없는 말.

왜냐하면 내 사랑은 이루어질 수 없으니까.

신분을 뛰어넘는 사랑 따윈 꿈같은 얘기다.

신데렐라도 귀족이었다.

유리도 남작 영애다.

그러니까 고백할 수 없다.

……나는 나의 소중한 것들을 버릴 수 없으니까.

그러니까 나는 또다시 내 마음을 속일 것이다.

그리고 눈을 돌릴 것이다.

내일 또다시 변함없는 미소를 지으면서.

† † †

"……숫자가 이상해. 과거에 비해 물건의 출입이…… 유통이 줄고 있어."

나는 서류와 눈싸움을 하며 마음이 걸리는 부분을 지적했다.

"어째서일까……? 일용품이 아니라 수입품 중에서도 소위 기호품, 사치품만. 그것도 줄어들고 있는 건 동부뿐."

"……용케 눈치채셨군요."

보르사(재무부)에 소속된 한 사람이 그렇게 말하며 눈을 크게 떴다.

"분하지만 딘이 말해 줄 때까지 눈치채지 못했습니다."

나는 깨끗이 패배를 인정하는 그의 말에 쓴웃음을 지었다.

"당신은 어느 쪽이라고 생각했어? 내가 눈치챌지, 눈치채지 못할지."

"제가 공녀님을 시험했다는 말씀입니까?"

"글쎄? 그냥 궁금한 것뿐이야. 부하들이 날 어떻게 생각하고 있는지. 그보다 딘이라면 그에 관한 보고서도 작성했을 것 같은데, 어때?"

"보고서는 아직 없습니다. 딘도 원인을 찾겠다며 동부에 사람을 보낸 참입니다. ……공녀님이라면 눈치챌 거라면서 서류를 먼저 드리라고 하더군요."

"어머! 그럼 난 딘한테 시험당한 거네."

나도 모르게 쿡쿡 웃고 말았다.

"화내시지 않는 겁니까?"

"별로. 재밌잖아. ……그보다 정말 어째서일까? 다른 자료를 보니 사람이 줄어든 것도 아닌데. 가격이 조금 상승한 걸 보면 구매욕이 줄어든 것도 아니고. 동부 외에는 그런 일이 일어나고 있지 않아. ……누군가가 의도적으로 조작하고 있는 걸까?"

팔락팔락 방 안에 있는 다른 자료를 훑어보며 중얼거렸다.

그동안 대기 중인 관리들이 아무 말 없이 이쪽을 관찰하고 있었다.

"……세바스를 불러 줘. 보고 고마워."

타냐에게 지시를 내린 후 관리들을 물러나게 했다.

그리고 타냐가 데려온 세바스에게는 곧바로 지시를 내렸다.

동부에서 올라오는 보고서를 전부 내게 가져오라고.

동부에는 항구가 있다. 그래서 옛날부터 풍요로운 구역이었다.

내가 영주 대행이 되고 나서는 그곳의 항구를 확대 및 정비하고 있었다.

타국과의 교역에도 힘을 쏟기 위해서.

그만큼 영지의 소중한 수입원을 맡고 있는 구역이다. ……그러니 과민하게 반응할 수밖에 없다.

원인을 알 수 없는 일은 안심할 수 없다.

지금은 일부 품목뿐이지만 그 현상이 전반적으로 확대되지 않는다는 보장도 현 단계에는 없으니까.

"……딘, 아까 보고를 받았어. 조사는 잘되어 가고 있어?"

노크 소리와 함께 들어온 그에게 말을 건넸다.

"솔직히 말씀드리자면, 현재 아무 진전도 없습니다. 이제 남은 건 동부로 시찰을 보낸 사람들의 보고를 기다리는 것뿐입니다. 다만 한 가지 마음에 걸리는 점이…….."

"조사에 아무 진전도 없을 만큼 숫자 외에는 아무 이상도 없다는 점?"

"네. 너무 조용합니다. 해난 사고가 일어났다는 보고도 없거니와 소동이 일어난 상회도 없습니다. 또한 유통량의 감소로 인해 상회에서 어떤 불평이나 상담을 청한 적도 없습니다. 손해를 입었을 텐데 말이죠. 그게 이상합니다."

"기우라면 좋겠지만…… 뭔가 불길한 예감이 들어. 딘, 언제까지 머물 수 있다고 했지?"

"원래 계약은 내일까지입니다. 취소할 수 없는 볼일이 있어서 일주일쯤은 영지를 떠나야 합니다만, 일이 끝나는 대로 돌아오겠습니다. 그동안 인수인계는 세바스 씨와 아까 보고를 드렸던 관리들에게 해 놓겠습니다.

"그래? ……어쩔 수 없지."

솔직히 말하면 그가 있어 주면 마음이 든든하겠지만.

계속 어리광만 부리는 건 좋지 않고, 의존하는 것은 더더욱 그렇다.

"알았어. 뭔가 생각나거나 알게 되면 알려 줘."

그 후로 나는 도서관으로 발걸음을 돌렸다.

그건 그렇고, 딘이 있을 때 발각돼서 다행이다.

그가 오기 전이었다면 일이 너무 쌓여서 거기까지는 손을 쓸 수 없었을 거야.

……아니, 그 반대다. 그가 왔기 때문에 눈치챌 수 있었던 거다.

쌓여 있던 일을 처리해서 내게 여유가 생기기도 했고, 그가 미리 눈치채고 관리들에게 확인을 부탁했기 때문에 나한테까지 보고가 올라온 것이다.

어느 쪽이건 그에게는 감사하고 있다.

그런 생각을 하며 도서관에 도착해서 안으로 들어갔다.

"어머, 레메. 여기서 만나는 건 오랜만이네."

"아이리스 님!"

활짝 밝게 웃어 주는 그녀.

레메는 사서이지만 내가 동도의 학원에 이것저것 부탁하거나 여러 가지 일을 맡기는 바람에 최근 이곳에 있는 시간이 줄어들고 말았다.

그리고 나도 여기 올 수 있는 시간이 매우 한정되어 있기 때문에 이렇게 책에 둘러싸인 그녀를 보는 것은 정말 오랜만이었다.

"무슨 일이신가요, 아이리스 님?"

"잠깐 조사할 게 있어서. ……동부에 대해서."

"어떤 분야인가요? 식료품 관계라면 이거랑 이거……. 아, 지도랑 지형도도 필수겠죠."

"……글쎄. 역대 촌장의 기록이나 범죄 기록 같은 게 있으면……."

"역대 촌장 보고는 이쪽이에요오. 자료라서 제본이 되어 있지 않으니까 조심해서 보세요."

"응, 알았어."

레메에게서 종이 다발을 받아들었다.

"그리고 범죄 기록이라아……. 동부 쪽은 극단적으로 적은 편이에요. 아마 모두 알고 있는 것 이상은 나오지 않을걸요오?"

"어머. ……파출소가 생기기 전에는 큰 사건이나 소동 외에는 기록하지 않았다고 들었으니까 어쩔 수 없지만, 동부에 범죄 기록이 극단적으로 적은 이유는 뭐지?"

"본래 동부에는 다혈질이 많아서 싸움이나 소동이 일상다반사거든요오. 게다가 보르틱 패밀리가 꽉 잡고 있어서 좀처럼 여기까지 사건 기록이 들어오지 않는 걸지도 모르죠."

"보르틱 패밀리? 그게 뭐지?"

처음 듣는 단어에 나도 모르게 고개를 갸웃거렸다.

"한마디로 뒷골목을 주름잡는 조직이에요오. 전에 아이리스 님이 시찰하러 갔을 때, 디더가 가지 말라고 말렸던 곳 있잖아요? 그 일대도 그쪽 구역이래요오."

"그렇군. 그 조직의 최근 움직임은 타냐에게 확인해 달라고 부탁하면 되고, 조직의 변화 같은 건 알 수 있어?"

"글쎄요오……. 패밀리의 역사는 기니까요. 그야말로 영지가 탄생하고, 동부 지역이 항구가 됐을 때부터 시작되었다고 할 수 있죠. 패밀리에는 패밀리의 방식이 있는데, 하는 짓은 나쁜 짓이지만 의외로 주민들에게는 미움받고 있지 않는 모양이더라구요오?"

"……그 나쁜 짓이란 뭐지?"

"불법 물품 취급이요. 노예는 취급하지 않는 것 같지만요. 그리고 구역의 경비 같은 것도 하고 있는 모양이에요오. 도박장도 운영하고."

"그렇군. 경비를 하고 있다면 한마디로 이쪽에 소식이 전해지기 전에 사건을 처리하고 있단 말이네? 모르는 사이에 사건이 일어나고, 모르는 사이에 해결되면 기록할 수가 없으니까 말이야."

"그런 거죠오."

"……근데 레메는 정말 아는 게 많구나."

"역대 가주님들의 수기도 이쪽에서 보관하고 있거든요. 당시 조사한 것이 메모처럼 남아 있어서 되게 재미있어요오."

"그렇구나. 원래 그런 것들을 찾으려면 내가 직접 여길 뒤져 봐야 되는데……. 생각만 해도 오싹하네."

이곳의 기이할 만큼 어마어마한 장서량 속에서 원하는 걸 찾으려면 엄청난 수고가 필요하다.

읽어 본 적이 있다면 몰라도 조사를 위해 참고 자료를 찾는 것은 엄두조차 나지 않는다.

……레메가 있어서 정말 다행이다.

"달리 그런 조직은 또 없어?"

"물론 몇 군데 있을걸요? 지금도 남아 있는지 없는지는 모르겠지마안……. 서로 간섭하지 않는 조직도 있고, 보르틱 패밀리와 대립하는 조직도 있나 봐요오."

"그렇구나……. 알았어. 고마워."

† † †

"……기다려, 타냐."

밤이 늦은 시각……. 저택을 나가려던 타냐를 디더가 불러 세웠다.

"뭐죠, 디더? 난 바빠요."

타냐가 흘낏 노려보며 대답했지만 디더는 평소의 가벼운 미소를 거두지 않았다.

"알아. 공주님께 동부를 조사하라는 지시를 받았지? 도련님의 감시를 포함해서. 힘들겠네."

"그렇게 생각한다면 빨리 비켜 주시죠."

"그럴 필요 없어."

"……네?"

"내가 조사하러 갈 거니까. 모든 일엔 적임자가 있는 거잖아? 잠깐 옛 고향에 다녀오는 것뿐이야."

그 말을 들은 타냐는 그가 이곳에 오기까지의 경위를 떠올렸다.

아이리스가 그를 주운 것은 동부로 가족들과 여행을 갔을 때였다.

타냐는 그 무렵 견습 시녀로 저택에 남아 있었기 때문에 자세한 경위는 모른다.

다만 그가 동부 출신이며 과거에 그런 뒷골목 조직에 소속되어 있었다는 사실은 알고 있었다.

"당신은 당신의 일이 있잖아요?"

"나한테는 우수한 파트너가 있으니까. 게다가 이러니저러니 해도 아래 녀석들도 잘 크고 있거든. 인수인계는 확실하게 해 뒀어."

"……그래도 안 돼요. 조직이 움직이고 있는 건 아닐지 조사하려는 거죠? 하지만 어릴 적이긴 해도 당신은 그들에게 얼굴이 알려져 있어요. ……위험해요."

"이봐요. 이래 봬도 일단 실력에는 자신이 있거든?"

"알아요. 새삼 그런 말 하지 않아도. 하지만 어째서? 왜 당신이 움직이려는 거죠?"

"공주님을 위해서 최선을 다하려면 내가 움직이는 게 좋잖아? 아까도 말했지만 이미 그곳 지리에 대한 지식이 있으니까."

물끄러미, 그녀는 진의를 묻는 것처럼 그를 바라보았다.

그는 그 시선에 난처한 듯이 웃다가…… 이윽고 진지한 표정을 지었다.

"왠지 불길한 예감이 들어. 그러니까 직접 가서 내 눈으로 확인하고 싶어. 과거를 청산할 수 있다면 청산하고 싶어."

"그런 얘길 듣고 당신을 혼자 보낼 수 있을 것 같아요?"

"아까도 말했지만 난 나름대로 위험에 대처할 수 있어. ……그러니까, 미안해."

그 말과 함께…… 충격이 그녀를 덮쳤다.

방심했구나. 타냐는 내심 혀를 찼다.

동시에 의식이 멀어져 갔다.

마지막으로 그녀의 시야에 비친 것은 원흉인 범인의 얼굴.

그 얼굴은 미안한 표정을 짓고 있었다.

……다음에 눈을 떴을 때, 타냐는 한순간 무슨 일이 일어난 건지 이해할 수 없었다.

눈에 비치는 것은 여느 때와 다름없는 풍경. 자신의 방이었으니까.

하지만 꿈은 아니다. 그 증거로 어제 밖에 나가려고 갈아입었던 옷을 그대로 입고 있었다.

그녀는 곧 옷매무새를 가다듬고, 아이리스에게 보고하러 방에서 뛰쳐나갔다.

"……디더가 조사하러 갔다고?"

타냐의 보고를 들은 아이리스는 놀란 듯이 눈을 동그랗게 떴다.

"디더라면 걱정할 필요 없다는 걸 머리로는 알고 있지만…… 무모한 짓을 벌이진 않을까 걱정이네."

아이리스는 생각에 잠긴 듯이 중얼거렸다.

"하지만 다시 데려오고 싶어도…… 라일이나 다른 쓸 만한 사람을 몇 명씩 파견할 여유도 없고……. 무엇보다도 그의 행동은 내 입장에서는 고마운 일이니까 잠시 상황을 지켜보도록 할까?"

"……알겠습니다."

아이리스의 결단에 타냐는 반대하지 않았다.

그녀는 가슴속에 피어오르는 불길한 예감에 뚜껑을 덮은 후 평소의 업무로 돌아갔다.

† † †

도르센은 아르메니아 공작령에 도착했다.

왕도와 비교해도 손색없는 거리와 활기에 순수하게 놀라움을 느꼈다.

아니…… 그 이전에 공작령에 들어온 그때부터 그에게는 놀라움의 연속이었다.

공작령에 들어올 때 관소에 긴 행렬이 늘어서 있었던 것도 놀라웠고, 들어온 후에는 잘 정비된 가도도 놀라웠다. 특히 후자가 더욱 놀라웠다.

다른 영지에서는 거리의 가도를 정비하기는 해도 주요 도시 사이의 가도 외에는 거의 손을 대지 않는다.

하지만 아르메리아 공작령은 마을과 마을 사이의 도로마저 잘 정비되어 있어서 이동이 편했다.

곳곳에 공작가 직속 경비대가 상주하고 있는 파출소라는 건물이 있기 때문일까? 도시 간의 치안도 좋았다.

과연 역대 재상을 배출한 가문답군……. 그는 몹시 감탄했다.

영도에 도착해서 숙소를 잡고, 일단 거리를 이리저리 돌아다녔다.

문득 많은 사람이 유달리 큰 건물 안으로 들어가는 것이 보였다. 그 모습이 호기심을 자극했다.

"……저건 무슨 가게지?"

지나가던 남자에게 물어보았다.

"가게? ……아, 여행자세요?"

"그렇다만……."

"저건 영립 학원 초등부예요. 영지에 사는 아이들은 모두 공짜로 글과 산술을 배울 수 있죠."

"호오……. 굉장하군."

굉장하지만 과연 그런 게 필요할까?

그는 내심 고개를 갸웃거렸다.

글과 계산은 귀족이나 상인의 자제들에게 필요한 것이다.

하지만 평민에게까지 그걸 가르치는 것이 대체 무슨 의미가 있을까?

"맞아요! 아이리스 님이 영주 대행이 되신 후부터 시작된 제도랍니다. ……지식은 힘이라고, 우리가 자신의 다리로 서서 살아가는 걸 도와줄 지팡이가 되어 줄 거라면서. 처음에는 무슨 소린가 했는데, 실제로 배워 보니까 그 말이 뼈저리게 느껴지지 뭐예요. 장래에 할 수 있는 일의 폭도 넓어지고, 일상생활에서도 사용할 수 있고."

도르센의 굉장하다는 감상에 기분이 좋아진 남자는 흥분한 듯이 차례차례 말을 늘어놓았다.

"아이리스 님……? 아이리스 공녀가 영주 대행을 맡고 있나?"

"네, 맞아요. 공녀님께서 영주 대행이 되신 후부터 병원도 증설되고, 세금 제도도 개선되고, 정말 얼마나 살기 좋아졌는지 몰라요."

그녀가 영주 일을 하고 있다고……? 그에게는 도무지 상상이 가지 않았다.

"너도 학원 학생인가?"

"네. 저는 지금 고등부에 들어가고 싶어서 공부 중이에요."

도르센은 남자에게 인사한 후 다른 사람에게도 물어보았다.

여기저기 물어보고 다녔지만 여성이 윗자리에 있는 것에 혐오감을 느끼기는커녕, 오히려 그게 당연하다는 반응뿐이었다.

그들의 반응은 대체로 긍정적이었고, 좀 전의 남자처럼 신이 나서 자랑스럽게 떠들어 대는 자도 있었다.

아무래도 아이리스는 이 영지에서 사랑받고 있는 모양이다.

그렇게 생각하기까지 그리 긴 시간은 걸리지 않았다.

너무나도 호의적인 반응이 많아서 오히려 시커먼 감정이 마음속에 부글부글 끓어올랐다.

사람들은 그녀를 성인군자인 양 추켜세우지만 그녀는 유리를 괴롭혔는데…….

그런데 어째서?

"……이봐, 주인. 그녀의 공적은 알겠지만, 왜 아이리스 공녀는 모두에게 사랑받고 있는 거지?"

"이상한 걸 묻는구먼. 우릴 생각해서 행동해 주는 분을 어떻게 싫어할 수 있겠나?"

"하지만 나는 왕도에서 그녀가 차기 왕비를 괴롭혀서 학원에서 퇴학 처분을 받았다고 들었다만? 그런 사람이 과연 그렇게 백성을 생각하는 정책을 펼칠까? 실은 그녀의 측근들이 일하고 있는 것 아닐까?"

그가 그렇게 묻자 주인은 웃음을 터뜨렸다.

"그건 뭔가 잘못된 게 분명해. 뭐, 교회 소동 때처럼 그분에게 해를 끼치려고 누군가가 꾸민 짓이겠지. 덕분에 그분이 영주 대행이 되셨으니 우리에겐 행운이지만."

"어째서 그렇게까지 그녀를 믿을 수 있지?"

"형씨가 뭐라고 하건 나는 지금까지 그분의 행동을 지켜봤으니까. 영지를 위해서 일하고, 바쁜 틈을 타서 고아원을 찾아가고, 거리를 시찰하고, 그분만큼 우리 영지민들을 아끼고 위해 주는 분은 없을걸."

"하지만……."

"형씨야말로 그분에 대해 뭘 알지? ……그리고 말을 조심하는 게 좋을 게야. 이곳 사람들은 그분을 아주 존경하고 사랑하거든. 저것 보게, 다른 손님들도 형씨를 노려보고 있지 않나?"

확실히 주인과 대화하는 동안 그는 몇 번이나 시선을 느꼈다.

결코 호의적인 시선이 아니라 가시 돋친 적의에 가까운 시선이었다.

"……실언했군."

"그래, 조심하게나."

주인은 그렇게 말하며 그에게서 멀어졌다.

……그녀는 이 땅의 백성들에게 사랑받고 있다.

학원에서 퇴학당한 후 그녀 나름대로 개심한 걸까?

그는 계산을 마치고 가게를 나왔다.

해가 저물었는데도 거리에는 여전히 사람들이 돌아다니고 있었다.

그만큼 거리의 치안이 좋다는 증거다.

이렇게까지 이 마을을, 이곳 영지민들을 생각하는 그녀가 과연 정말로 유리를 괴롭힌 걸까?

거리를 바라보며 문득 그런 의문을 떠올렸다.

하지만 그는 곧 그 생각을 부정했다.

……그건 유리를 의심하는 것이나 마찬가지니까.

유리가 거짓말을 할 리 없다.

그렇다면 그 사건은 오히려 일어난 게 다행이었던 것 아닐까?

숙소로 돌아가서 에일을 마시며 창밖으로 영도의 풍경을 바라보았다.

……애초에 자신은 왜 이곳에 온 걸까?

그것은 그녀를 알기 위해서다.

……그럼 알아서 뭘 어쩔 생각이었나?

지금 생각해 보면 뭘 하고 싶었는지 솔직히 그 자신도 알 수 없었다.

매듭을 짓기 위해서?

왜 그러고 싶었던 걸까……? 생각해 보면 결국 자신은 단순히 휩쓸렸던 것뿐이다.

아버지와 어머니에게 책망을 받아서. 태후께 두터운 신임을 받고 있는 그녀와 대립했던 사실을 없애고 싶어서.

그래서 매듭을 짓고 체면을 차리고 싶었던 것뿐이다.

나는 사과했다, 그러니까 이젠 끝난 일이다, 그런 면죄부를 얻고 싶어서.

『아까부터 말했잖아? 너는 형식적인 사죄를 늘어놓고, 네가 저지른 잘못을 청산하고 싶은 것뿐이야. 미안하게 생각하는 게 아니라 단순히 주위에 휘둘려서. ……생각해 봐, 너 스스로. 좀 더 깊게. 좀 더 넓은 시야를 가지고. 어떻게 하고 싶은지, 뭘 할 수 있는지.』

선배의 말이 머릿속에서 되살아났다.

아아, 정말로 그렇다…….

그는 그녀에 대해 아무것도 생각하지 않았다.

사과하고자 하는 상대에 대해서.

사죄 좋아하네. 이래서 무슨 매듭을 짓겠다는 거냐?

……후우. 한숨을 쉬며 창문에서 시선을 뗐다.

그가 들고 있던 유리잔은 이미 텅 비어 있었다.

한 잔 더 마시려고 주문하기 위해 계단 아래로 내려갔다.

1층이 식당인, 이 거리에서 중간 정도 등급인 여관.

어느 여관이나 사람이 꽉 차서 여기도 그가 마지막 손님이었다.

그래서 식당도 사람들로 붐비고 있었다.

"형씨, 혼자 여행 왔수?"

주문을 하고 음식이 나왔을 때, 뒤에 있던 남자가 말을 건넸다.

"그렇다만."

"뭔가 사려고…… 하는 건 아닌 것 같군. 누굴 만나러 왔나?"

"글쎄. 그쪽은?"

"나? 나는 물건을 사러 왔는데…….."

"……무슨 문제라도?"

"사려던 물건이 없어서 말이야. 다른 나라에서 건너온 물건을 사려고 했는데, 아무래도 동부 쪽에 조금 문제가 생긴 모양이야."

"문제?"

"그래. 듣자하니 보르틱 패밀리라는 건달 조직이 활개를 치고 있는 것 같더군. 지금 동부는 위험해서 갈 수가 없어."

"위쪽에서는 뭘 하고 있지?"

"아무래도 공작가에서 경비대를 움직일 생각인가 본데. 뭐 그러니까 조만간 진정되겠지."

"호오……. 공작령의 경비대가 그렇게 강한가?"

"물론이지. 왕도의 기사단도 상대가 안 될걸?"

"……뭐라고?"

"그렇게 노려보지 마. 그냥 예를 든 것뿐이니까. ……형씨, 혹시 기사단이랑 무슨 관계라도 있나?"

"아, 미안하군. 기사단을 동경하고 있어서."

"그래? 그거 미안하군. 그렇다면 실제로 가서 보는 건 어때? 기사단을 동경하는 형씨라면 공부가 될 텐데. 형씨는 강해 보이니까 동부에 가도 걱정할 필요 없을 거야."

"……디더도 갈까?"

도르센은 반쯤 혼잣말처럼 작게 중얼거렸다.

남자는 그 말을 못 들었는지 고개를 갸웃거렸다.

"아니, 아무것도 아니야. 동부는 이 영지에서도 유명한가?"

"그야 그렇지. 이 영지에서는 무역의 중심이니까. 소문에 의하면 아이리스 님께서 영주 대행을 맡은 후 제일 처음 시찰했을 때도 동부에 가셨다더군."

"흐응……."

"이 영지를 관광할 때도 제일 인기 있는 곳이야. 만약 형씨가 여행을 왔다면 영도와 남부, 동부는 꼭 가 보도록 해. 아이리스 님의 공적을 잘 알 수 있으니까."

"……그런가. 정보 고맙군."

그 뒤로 그는 방으로 돌아와서 앞으로 어떻게 할지 생각에 잠겼다.

"동부라……."

좀 더 영도를 둘러보고…… 그리고 아이리스의 발자취를 더듬는 것도 괜찮을지 모른다.

그는 그런 생각을 하며 두 잔째 에일을 마신 후 잠이 들었다.

† † †

"……디더에게 뭔가 연락은?"

디더가 떠난 지 2주일이 흘렀다.

하지만 아무런 연락도 없었다.

너무 오랫동안 연락이 끊기자 아무래도 과거의 걱정이 되살아났다.

"아뇨."

"……그래? 그럼 다른 조사대들의 연락은?"

"일단 마을의 치안은 나빠졌다고 합니다. 여기까지 보고가 올라오지 않는 것은 주민들이 보르틱 패밀리를 무서워하기 때문이겠죠. 그리고 아무래도 관리와 유착 관계를 맺었을 가능성도 있습니다."

"그렇군. ……보르틱 패밀리는 뭘 하고 싶은 걸까? 나와…… 아니, 아르메리아 공작가와 정면으로 대립하고 싶은 걸까?"

"그럴 가능성은 낮다고 봅니다. 옛날부터 가장 유력한 세력이었던 조직이 이제 와서 갑자기 그런 행동을 할 이유가 없습니다."

"그건 그래……. 그럼 달리 생각할 수 있는 건 보르틱 패밀리가 아닌 다른 자들이 이름을 사칭하고 있다는 건데."

"아가씨, 또 보고드릴 것이 있습니다."

"뭔데?"

"도르센이 아무래도 동부로 향하고 있는 것 같습니다."

"……뭐?"

"오늘 아침에 영도를 떠났습니다. 왕도로 돌아가는 줄 알았는데 그가 향한 방향은 정반대인 동쪽이라고 합니다. 설마 싶긴 하지만……."

"왜 하필 이럴 때 동부에 가는 거야? 나는 나한테 할 얘기가 있어서 찾아온 줄 알았는데."

"정말 이해할 수 없습니다. 이건 영도에서 그가 접촉했던 사람들 명단입니다."

나는 타냐에게 받은 자료를 훑어보았다.

특별히 수상한 인물은 없었다. 하지만…….

"……이 상인의 행적을 다시 한번 조사해 봐. 그리고 반을 더욱 엄중하게 감시하도록 해."

"반을 말입니까?"

"그래. 이 시점에서 그가 동부에 가다니, 너무 공교롭잖아. 다른 귀족들의 간섭도 생각할 수 있지만 그들이 행동을 일으키기엔 너무 일러. 같은 영지 안에 있는 그가 제일 수상하다고 할 수 있지. 라피엘 사제에게 확인을 부탁해 줘. 여유가 있으면 다른 귀족들의 동향도 살피고 싶은데."

그때, 노크 소리가 들려왔다.

문을 열고 들어온 것은 다름 아닌 딘이었다.

"딘, 마침 잘 왔어."

"죄송합니다. 이쪽도 조금 스케줄이 밀려서 오는 게 늦어지고 말았습니다."

나는 딘에게 상황을 설명했다.

내가 얘기하는 동안 그는 험악한 표정을 짓고 있었다.

"아가씨 곁을 떠나 있는 동안 흉흉한 소문을 들었습니다. 아가씨의 측근이 실은 조직의 일원이었다는 소문입니다. 공작가가 조직과 협력해서 영지민들로부터 자금을 착취하려 하고 있다고. 과거 아가씨와 같은 학원에 다녔던 기사단의 일원이 아가씨의 부정을 바로잡기 위해 움직이고 있다고. 아마 십중팔구 이 문제와 관련되어 있을 겁니다."

"……소문의 출처는?"

"현재 확인 중입니다. 또 어느 귀족이 수작을 부리는 줄 알았는데……. 그런 것치고는 영지민들 사이에 소문이 퍼지고 있는 게 이상하군요."

"그렇군……."

"아가씨, 디더는……."

타냐가 뭔가를 말하려다 입을 다물었다.

"난 디더를 믿어. 아니, 믿고 싶은…… 걸까? 그리고 순수하게 걱정하고 있어. 하지만 소란이 커지기 전에 처리하고 싶네."

앞으로 어떻게 해야 할지 잠시 생각했다.

나는 타냐에게 세바스를 불러 달라고 지시했다.

"아가씨, 무슨 일이십니까?"

"세바스, 이제부터 난 일주일 조금 넘게 여길 비울 거야. 그동안 정무를 부탁해."

"알겠습니다. 최선을 다하겠습니다."

세바스는 내 지시에 잠시 뭔가를 말하고 싶은 것처럼 눈썹을 찡그렸지만…… 곧 그렇게 말하며 머리를 숙였다.

"아가씨, 설마……."

"응, 맞아. 동부에 갈 거야. 다행히 지금 다른 업무는 쌓여 있지 않으니까 세바스가 진두지휘를 맡아 주면 문제는 없을 거야. ……나는 지금까지 일하느라 피로가 쌓이는 바람에 몸이 안 좋아져서 잠시 휴양 중이야. 그래서 세바스한테 대신 일을 부탁하는 거지. 내 말, 무슨 말인지 알겠지?"

"네. 아가씨는 이 저택에서 나가지 않았다, 그런 뜻이지요?"

"하지만 아가씨, 왜 아가씨까지 동부에……?"

"첫째, 이걸 기회 삼아 동부 관청에 손을 쓰고 싶으니까. 그러려면 내 지위가 쓸모 있을 것 같기도 하고, 무엇보다도 그 이전에 내 눈으로 확인하고 싶어. 둘째, 기회가 닿는다면 보르틱 패밀리가 어떤 자들인지 확인하고 싶어. 그리고 마지막으로 그 기사 도련님을 어떻게든 해야지. 여차하면 내가 접촉해서 주의를 끄는 사이에 해결하고 싶거든. ……동부에 데려갈 멤버는 딘과 라일. 타냐는 반의 감시를 강화한 후에 뒤따라와 줘."

"알겠습니다."

딘과 타냐가 동시에 머리를 숙였다.

"그럼 딘, 라일에게 지시를 전해 줘. 준비가 끝나는 대로 곧 출발할 거야."

16장
공작 영애, 위험 속을 나아가다

그리하여 나는 동부를 향해 여행을 떠났다.

마차가 아닌 말을 타고. 그 편이 빠르기 때문이다.

그건 그렇고 지난번 왕도에 갔을 때가 지나치게 강행군이었던 걸까? 아니면 단순히 익숙해진 것뿐일까? 그때만큼 엉덩이가 아프지 않았다.

물론 이번에도 변장을 하고 있다.

영도 사람들도 처음에는 알아보지 못했던 타냐의 기술을 이용해서.

그리고 내 뒤에 있는 라일도 이번에는 변장을 하고 있다.

물론 그는 화장하지는 않았지만 머리를 염색하고, 안경을 쓰고, 평소와는 달리 갑옷을 입고 있지도 않았다.

동부에서 제일 커다란 마을까지는 말을 갈아타는 것 외에 휴식을 취하지 않는다면 하루 만에 도착할 수 있다.

그래서 동부에 빠르게 도착했다.

해가 뜨기 전에 출발해서 해질 무렵 전에 도착했다.

머물 수 있는 시간이 한정되어 있기 때문에 즉시 행동을 개시했다.

먼저 나와 라일이 숙소를 확보하고 관청의 상황을 살피러 갔다.

그동안 딘은 마을에서 사람들의 이야기를 듣고 정보를 수집하기로 했다.

"보아하니 전에 왔을 때랑 변한 건 없는 것 같은데……. 뭘까, 분위기가 무겁지 않아?"

전에 왔을 때와 변함없는 활기찬 사람들과 밝은 거리의 풍경.

하지만 어딘가 분위기가 무거웠다.

"네. 찌릿찌릿한 시선이 느껴지는군요. 적의에 찬…… 아니, 어디선가 우리를 관찰하고 있습니다."

그렇게 말하는 라일도 주위를 경계하고 있기 때문인지 무서운 표정을 짓고 있었다.

일단 그 시선을 무시하고 거리에서 비교적 큰 건물에 위치한 관청으로 들어갔다.

입구로 들어가자마자 곧 창구가 보였다.

그 창구에서 상담과 접수를 맡고 있었다.

이 구조는 어느 구역이나 비슷한 모양이다.

제법 많은 주민이 찾아오는 바람에 직원들은 분주하게 움직이고 있었다.

"……무슨 일이시죠?"

안의 상황을 살펴보고 있을 때, 한 여성이 말을 건넸다.

복장과 명찰을 보아하니 아무래도 직원인 듯했다.

"이 지역으로 이사 오고 싶은데, 상업 길드에서 사전에 이곳에서 절차를 확인하는 게 좋을 거라고 말해서 왔습니다."

라일이 나와 그녀 사이에 끼어들며 말했다.

"알겠습니다. 순서대로 부를 테니 이 목패를 들고 기다려 주세요."

우리는 안내받은 대로 자리에 앉았다.

참고로 이사 운운하는 설정은 오기 전에 정해 놓고 미리 손도 써 둔 상태다.

"오래 기다리셨습니다. 자, 이쪽으로 오시지요."

좀 전의 여성이 다가와서 대응을 맡았다.

좋은 의미에서 매뉴얼대로 대응해 줘서 그녀에게 꽤 좋은 인상을 받았다.

"마지막으로 뭔가 궁금하신 점은 없으신가요?"

"……여기 오는 길에 소문을 들었는데, 최근 이 일대의 치안이 갑자기 안 좋아졌다면서요. 사실입니까?"

"그건……."

여성은 대답하기 껄끄러운 듯 한순간 얼굴을 찡그렸다.

"솔직히 말씀드리자면…… 부끄럽지만 사실입니다. 소위 그런 무법자들의 조직 사이에서 분쟁이 일어나서, 그게 거리에도 영향을 끼치고 있는 모양입니다."

"그렇군요……."

"하지만 안심하세요. 아르메리아 공작령은 아시다시피 각지에 훈련된 경비대가 파견되어 있으니까요. 이번 사건도 이미 보고를 마쳤답니다. 곧 사태도 진정될 겁니다."

"호오……. 이미 관청에서 경비대 쪽에 보고를 했단 말이죠?"

"네. 꽤 오래전에. 사건이 잇달아 일어나는 바람에 당장 출동할 수는 없다고 들었지만 아마 곧 와 주실 거예요."

"그렇다면 안심이군요. ……오늘 고맙습니다."

우리는 곧장 숙소로 돌아갔다.

"……말단 직원들도 사태를 파악하고 있어. 그리고 경비대에 보고도 했다는데……. 보고를 들은 적 있어, 라일?"

"아뇨, 전혀. 이 정도 중대한 안건이라면 저한테까지 보고가 올라왔을 텐데……."

"이곳에 주둔하고 있는 경비대 쪽에서도 보고는 올라오지 않았어……. 이렇게까지 표면화되어 있다면 설령 관청과 연계되어 있지 않더라도 경비대 쪽에서 라일에게 보고했다 한들 이상할 게 없는데."

"……같은 편을 의심하고 싶진 않지만……. 저는 내일 이곳의 경비대를 시찰하러 다녀오겠습니다."

"응. 나머지는 딘의 보고에 달려 있네."

"……아가씨, 늦어서 죄송합니다."

이야기를 나누는 동안 들어온 것은 다름 아닌 타냐였다.

"잘 왔어, 타냐. 그쪽은 괜찮아?"

"물론입니다."

"그렇다면 안심이네. ……저어, 타냐. 내 얼굴, 이거 말고 다른 모습으로 바꿀 수도 있어?"

"그렇게 말씀하실 줄 알고 전에 아가씨께서 개인적으로 아즈타 상회 개발부에 의뢰하셨던 가발을 가져왔습니다. 나머지는 화장으로 얼마든지 바꿀 수 있습니다."

"잘됐다. ……계획대로 내일은 관청에 잠입할 거야."

"알겠습니다."

그때 딘이 돌아왔다.

"……어땠어? 딘."

"아직 확실하게 말씀드릴 수는 없지만……. 조금 위화감이 느껴집니다."

"위화감?"

"네. 거리에서 들었던 보르틱 패밀리 이야기와 실제로 본 소동을 일으키고 있는 그들의 인상이…… 아주 많이 다르더군요."

"오늘 소동을 일으킨 자들을 본 거야?"

"네. 전형적인 무뢰배들이었습니다."

"참고로 그들은 뭘 하고 있었지?"

"그들이 틀어쥐고 있는 상품……. 이국에서 들어온 수입품을 취급하는 상회가 있습니다. 그곳에서 고액의 돈을 내놓으라고 강요하고 있더군요. 그들이 말하기로는 돈을 내면 상품을 주겠다고 합니다."

"그렇군. ……실제로 그런 일이 일어나고 있는데, 우리 윗사람이 움직이지 않으면 영지민들은 불신감을 품게 될 거야. 게다가 디더의 소문과 합쳐져서 동부 영지민들은 우리가 이익을 가로채려 한다고 생각하게 될지도 몰라. 그걸 노리는 걸까?"

"네, 아마도."

"전부터 계획을 세워서 소동을 일으키고 소문을 흘렸다기보다는 나를 공격하기 위해 이미 일어난 소동을 이용하고 있다는 느낌이긴 한데……. 뭐, 디더가 그들과 함께 있는데 도르센이 끼어들었으니 어느 쪽이든 우린 손해를 입을 수밖에 없네."

"네. 타냐 씨와 정보를 공유해서 서둘러 찾는 편이 좋을 것 같습니다."

"그렇군. 타냐, 부탁해도 될까?"

"알겠습니다."

"그럼 딘, 계획대로 당신은 내일 나랑 같이 관청에 가도록 해."

"네."

동부에서 보내는 첫날은 그렇게 끝났다.

† † †

다음 날, 나와 딘은 관청에 잠입했다.

실제로 영도에서 행정과 학생들이 직장 체험이라는 이름으로 관리들을 돕고 있는데, 그게 인기를 얻어서 각지의 주요 마을에서도 학생들을 파견하고 있다고 한다.

영지의 관리와 직원들은 일손 부족을 해결할 수 있고, 학생들은 장래 영도에서 일하거나 각 마을의 관청에 취직할지도 모르기 때문에 일찌감치 현장을 체험할 수 있다.

그래서 우리도 학생으로 위장하고 잠입했다.

이것도 물론 학원 쪽에는 미리 얘기해 뒀다.

학생들의 귀중한 기회를 뺏는 것 같아서 마음이 아프지만, 이번 일이 해결되면 반드시 지원자들의 희망을 이뤄 줄 수 있도록 최대한 노력하겠다고 약속했다.

오늘은 어제와 완전히 다른 모습으로 변장했다.

이번에는 안경을 쓰고, 게다가 남색에 가까운 검은색 가발을 썼다.

거리에는 검은 머리도 흔하기 때문에 위화감은 없다.

어떤 머리 색도 존재하는 판타지 세계니까.

현실적인 얘기를 하자면 항구 도시인 이곳에는 이국의 사람들도 무역을 위해 꽤 많이 머물고 있어서 머리 색이나 외모의 특징이 특히 다채로운 편이다.

함께 변장한 딘과 둘이서 또다시 관청을 찾아갔다.

미리 나와 학원 측에서 통지를 한 덕분일까. 학생증을 보여 주자 순순히 관청 안으로 들여보내 줬다.

마음대로 일을 골라서 할 수는 없기 때문에 딘과는 떨어져서 행동하게 되었다. ……뭐, 어쩔 수 없지만.

그건 그렇고 평소 지시를 내리는 입장이다 보니, 이렇게 지시를 받고 잡다한 일을 하는 것은 전생의 신입 시절 이후 오랜만이라 신선한 기분이 든다.

여기저기 서류를 돌리고, 간단한 계산을 하고.

그 일에만 신경 쓸 수 없기 때문에 틈틈이 한눈을 팔긴 했지만.

그건 그렇고 아이리스로서 시찰하러 왔을 때에는 절대 들을 수 없었던 직원들의 뒷얘기나 소문을 듣는 것은 즐거운 일이었다.

"……앨리스 양, 그런 것까지 해 주지 않아도 괜찮은데."

"아뇨. 전 별로 도움도 되지 못하는데 많은 공부가 되는걸요. 이 정도는 당연하죠."

나에게 마음을 써 준 직원에게 그렇게 말하고 다시 작업을 시작했다.

지금 내가 하고 있는 일은 쓰레기 회수.

쓰레기이긴 하지만 그냥 쓰레기가 아니라 소각할 예정인 서류다.

서류는 매일 소각하는 것이 규칙이며 이 규칙은 철저하게 지켜야만 한다.

나는 내가 모은 쓰레기들을 아궁이로 가져갔다.

버리기 전에 내용을 슬쩍 훑어보았다.

……좋았어. 마음속으로 그렇게 말하며 싱긋 미소 지었다.

처리가 끝나지 않은 서류와 주민들의 진술 등등. 바로 내가 찾고 있던 것이다.

누가 버렸는지 알아보기 쉽게 개별 쓰레기통에서 직접 회수할 때 차곡차곡 겹쳐 놓았으니까, 누가 이걸 태우려고 했는지도 알 수 있다.

이번 사건을 해결할 성과도 얻었고, 무엇보다 현장 시찰도 했다. 의미 있는 시간이었다.

퇴근 시간에 딘과 합류하여 사람들에게 업무 보고와 감사 인사를 하고 숙소로 돌아왔다.

"타냐, 이 사람을 찾아 줘. 이번 사건에 관여되어 있을지도 몰라."

"알겠습니다. 즉시 조사하겠습니다."

"응. 부탁해. 딘은 어때?"

"아가씨가 지적하신 사람 말고, 두 사람 더 미심쩍은 자를 발견했습니다. 그리고 몇 가지 알아낸 점이 있는데, 이번 사건과는 관계없는 것 같으니 나중에 보고서로 정리해서 제출하겠습니다. 참고로 아가씨는 왜 이자가 수상하다고 생각하십니까?"

관청에서 있었던 일을 이야기하자 타냐가 놀란 듯이 눈을 동그랗게 떴다.

"아가씨께서 그런 일을……."

"내가 먼저 하겠다고 했는걸. 덕분에 실마리를 잡았으니 헛수고는 아니었던 셈이지."

"그건 그렇군요. 이자는 제가 조사했을 때에는 특별히 이상한 점을 감지하지 못했으니까요. ……그럼 이 세 명의 배후 관계를 조사해 보겠습니다."

"부탁해."

"알겠습니다."

"그런데 타냐, 넌 오늘 조사에서 뭘 알아냈지?"

"역시 이번 사건은 보르틱 패밀리의 소행이 아닌 것 같습니다. 아니, 정확하게 말하자면…… 보르틱 패밀리도 관련되어 있지만 주모자는 아닙니다."

"……무슨 뜻이지?"

"저 역시 사전에 보르틱 패밀리를 조사하며 받았던 인상과 이번 사건에 위화감을 느꼈습니다. 아무래도 그들이 이런 일을 저지를 것 같지 않아서요. 그래서 어제 딘이 목격한 보르틱 패밀리라고 주장하는 자들을 조사해 본 결과……."

"보르틱 패밀리의 일원이 아니다?"

"네. 보르틱 패밀리가 아니라 그들과 적대하는 조직의 일원이었습니다."

"……그렇군."

"하지만 그들이 접촉하고 있던 인물 중에 보르틱 패밀리에 소속된 자가 있었습니다. 보르틱 패밀리의 서열 두 번째인 에밀리오입니다. 따라서 보르틱 패밀리도 전혀 무관하다고는 할 수 없지요."

"보르틱 패밀리도 이 사실을 알고 있을까? 아니면 에밀리오라는 남자가 멋대로 움직이고 있는 걸까……?"

"아마 후자일 가능성이 높을 겁니다. 보르틱 패밀리의 일부가 조사에 나섰으니까요."

"그렇군. ……그런데 타냐, 혹시 디더에 대해 뭔가 알아낸 거 있어?"

"그게……."

보기 드물게 말꼬리를 흐리는 그녀에게 나는 다음 말을 재촉했다.

"현재 어디서 뭘 하고 있는지 전혀 알 수 없습니다. ……전에 들었던 얘기를 통해 추측하자면 그는 아마도 과거, 이번 사건의 주모자들이 있는 조직에 소속되어 있었던 모양입니다. 그래서 그도 아마 여기까지는 알고 있을 거라고 생각합니다만……."

"디더가……."

"아가씨, 경비대를 움직일까요?"

타냐의 물음에 나는 고개를 저었다.

"안 돼. 라일의 보고에 따라 판단해야겠지만 지금 이 지역의 경비대는 믿을 수 없어. 그렇다고 영도의 경비대를 소집했다가는……."

"일이 커진다, 그 말씀인가요?"

"응, 그래. 만약 디더가 잡혀 있고, 다른 사람이 봤을 때에도 잡힌 거라고 알 수 있는 상황이라면 괜찮아. 하지만 만약 아직 잡히지 않았고, 그들의 뒤를 쫓고 있다면? 혹은 단순히 감금되어 있을 뿐 위해를 가하지는 않았다면? 그럼 그들과 한통속으로 보이게 될 거야. 그 모습을 많은 경비가 목격한다면 어떻게 될까? ……그렇게 되면 더 이상 그를 감싸 줄 수 없어."

"……주제넘은 발언을 해서 죄송합니다."

"아니야……. 어쨌든 타냐 말대로 빨리 움직이지 않으면……."

"……아가씨, 잠시 나갔다 와도 될까요?"

"괜찮아. 그런데 왜?"

"라일을 만나러 다녀오겠습니다. 경비대를 감시할 필요가 있다고 판단할 경우, 이쪽에 돌아오지 못할지도 모르니까 와서 보고를 전해 달라고 부탁받았거든요."

한순간 놀라고 말았다. 당연히 디더를 위해 움직일 줄 알았는데.

하지만 그녀를 막을 생각은 없었다.

"그런 거라면 당연히 허락해야지."

"아가씨 호위는 맡겨 주십시오."

타냐는 내가 혼자 숙소에 남을까 봐 염려했는지, 딘의 그 말을 듣고 안심한 표정으로 숙소를 떠났다.

뭔가 내가 모르는 사이에 전보다 딘을 훨씬 신뢰하게 됐나 보네.

"……보르틱 패밀리와 적대하는 자들이라……."

나는 생각을 정리하기 위해서 중얼거렸다.

"그들의 목적은 소문대로 나이거나…… 아니면 디더."

"디더일 가능성이 높지 않을까요? 당신과 적대하면 보르틱 패밀리에게서 승리를 거둔 후 일하기 힘들어질 테니까요."

"그건 그래. 하지만 소문대로라면 나도…… 아니, 그런가……."

"네. 아마 이번 사건을 알고 이용하려는 자들이 있을 겁니다. 아가씨도 그걸 염려해서 반을 더욱 철저하게 감시하라고 지시한 것 아닙니까?"

딘의 말에 나는 쓴웃음을 지었다.

그리고 대화를 계속하기 위해 또다시 입을 열었다.

"보르틱 패밀리의 에밀리오가 무슨 생각으로 적대 조직과 손을 잡았는지는 모르겠지만, 그는 보르틱 패밀리의 이름을 이용해서 움직이고 있어. 아마 압수한 물품들은 보르틱 패밀리의 거점에 숨겨져 있겠지. 보르틱 패밀리 자체가 내 편인지 아닌지는 알 수 없지만 조사하러 나선 걸 보면……."

"아마 공공연하게 아르메리아 공작가와 적대하고 싶지는 않은 거겠죠. 될 수 있으면 압수한 물품을 빨리 돌려주고 은밀하게 사건을 수습하고 싶은 모양입니다."

"빨리 그래 주면 좋을 텐데."

"보르틱 패밀리 내부에서 누가 어느 쪽 파벌인지 완전히 파악하지 못한 것 아닐까요?"

"아, 그렇군. 즉, 수사망 자체가 혼란스럽단 말이지……. 아니면 일부러 수사를 방해하고 있거나……."

"네. 그 시점에서 넘버원답지 않은 실책입니다만."

"……딘, 지도를 가져와 줘."

나는 자꾸만 조급해지는 마음을 진정시키기 위해 깊이 심호흡을 했다.

"……하지만 내가 경비대를 움직이지 않더라도 도르센이 움직이면 결국 디더는 위험해지고 말 거야. 그래 보여도 그는 기사니까. 그것도 정의감 넘치는 기사님. ……원래 다른 영지의 문제는 간섭하면 안 되기 때문에 보통 적극적으로 나서지 않지만……. 도르센이라면 아마 마음껏 활개치고 다닐 거야."

기사의 역할은 어디까지나 왕족과 왕도를 수호하는 것.

보통 기사단에 입단하는 것은 유서 깊은 귀족 가문의 자제이기 때문에 다른 영지의 문제에 참견할 경우, 가문의 이해관계에 얽힌 행동으로 의심받기 십상이다. 따라서 권한은 있으나 보통은 적극적으로 그런 짓을 하지는 않는다. ……무엇보다 그것은 군부의 영역이다.

하지만 도르센이라면 적극적으로 참견하고 나서겠지.

나를 학원에서 쫓아냈을 때 그대로 아무것도 변하지 않고, 성장도하지 않았다면…… 아마 앞뒤 가리지 않고 그렇게 할 것이다.

"여기 있습니다. ……보시죠."

딘이 가져온 지도를 대충 훑어보았다.

동시에 내가 알고 있는 정보와 대조하며 정리했다.

"딘, 당신 보르틱 패밀리의 본거지를 알고 있지?"

"……왜 그렇게 생각하십니까?"

"그냥…… 이라고 대답하면 안 될까?"

말을 하려다가 그의 표정이 진지하다기보다는 굳어 버린 것을 눈치채고 어깨를 으쓱했다.

"……별로 뭐라고 할 생각은 없어. 이번에 조사하면서 알았을지도 모르고, 원래 상인 가문 사람들과 폭넓은 인맥을 갖고 있었을지도 모르니까. 어쨌든 당신은 넘버원을 알고 있다는 생각이 들었어. 넘버원답지 않은 실책이라고 했잖아?"

"좀 전에……."

"……뭐, 반 이상은 직감이지만."

웃으며 그렇게 말하자 그가 난처한 듯이 웃었다.

"네. 알고 있습니다. 물론 조직과 관계가 있는 건 아니기 때문에 조직 구성원들을 모두 아는 건 아닙니다만."

"당신은 정말 수수께끼투성이네."

그에게 시선을 향하며 속삭이듯 중얼거렸다.

"신뢰할 수 없으십니까? 이렇게 수상한 녀석은."

그도 그렇게 물으며 내게 시선을 던졌다.

말뿐만 아니라 그 시선 자체도 내 진의를 묻는 것 같았다.

"이상하게도 그런 마음은 들지 않아. 영주 대행으로서는 실격일지도 모르겠네."

나는 쓴웃음을 지었다.

그는 앉아 있는 나와 시선을 맞추기 위해 쪼그려 앉았다.

아까보다 가까워진 나와 그의 거리.

눈과 눈이 마주치고, 마치 입술을 겹치기 직전 같은 거리감.

그 사실에 가슴이 멋대로 세차게 뛰었다.

"실격이 아닙니다."

"그럴까?"

"네. 저를 이용해 주십시오. 당신이라면 좋습니다. 저는 당신께 모든 걸 바치겠노라 맹세했으니까요. 저는 도움이 되잖습니까?"

"……응. 그랬었지."

그의 살짝 장난스러운 그 말에 나는 웃었다.

"그럼 딘, 나에게 힘을 빌려줘."

"분부대로 하지요, 아가씨. 무엇을 원하십니까?"

"보르틱 패밀리의 넘버원과 만나고 싶어. 지금 찾아가도 만날 수 있을까?"

"그들의 본거지로 간다면 아마도."

"그럼 딘, 나를 데려가 줘. 빨리 가지 않으면 안 돼. ……디더를 구해야 돼."

"하지만 아가씨, 아가씨도 아시다시피 보르틱 패밀리는 뒷 세계 조직. 접촉하기에는 위험한 존재입니다. 그래도 가시겠습니까?"

"응, 갈 거야. 이러는 동안에도 디더가 위험에 빠질지도 몰라. 도르센이 움직이고 있을지도 모르고. ……행동을 망설일 이유가 있을까?"

게다가 여기 온 목적 중 하나인 보르틱 패밀리와 접촉할 수 있을지도 모른다.

"당신다운 대답이군요."

딘은 그렇게 말하며 부드러운 미소를 지었다.

"아가씨는 이대로, 평소의 당신답게 원하는 대로 나아가십시오. 제가 당신을 그 어떤 이들로부터도 지키겠습니다. 그러니까 아가씨, ……당신의 몸을 제게 맡겨 주십시오.”

마지막 말에 나는 무너지고 말았다.

육체적인 관계를 말하는 게 아니라는 것은 알고 있다.

어차피 위험한 곳에 가야 하니까 믿고 목숨을 맡겨 달라, 그런 의미로 한 말이겠지.

그래도 내 마음은 강한 충격을 받았고, 그 충격에 이끌리듯 사고도 한순간 정지해 버렸다.

“당신에게…….”

작은 목소리로 중얼거렸다.

당신에게 내 모든 걸 맡기고 싶어.

내 마음을, 몸을. ……이 몸을 짓누르는 책임 이외의 모든 것을.

하지만 그럴 수는 없다.

“응, 딘. 부탁해.”

대신 그렇게 말하며 미소 지었다.

“알겠습니다, 아가씨. 그런데…….”

“뭐지?”

“좀 더 움직이기 편한 옷으로 갈아입으시죠.”

그리하여 나는 딘과 함께 숙소를 빠져나왔다.

물론 그의 조언대로 움직이기 편한 옷으로 갈아입고.

해가 저문 후의 거리는 낮과는 다른 얼굴을 보여 준다.

……그곳이 뒷골목이라면 더더욱 그렇다.

“……이쪽입니다.”

나는 딘에게 손을 이끌린 채로 달렸다.

“뭐냐. 너희…… 커헉.”

딘이 도중에 시비를 걸어온 자를 때려눕히며.

디더와 라일이 전에 그를 강하다고 했지만 정말로 그랬다.

지금도…….

"……뭐냐, 너는?"

"글라우스를 만나고 싶다."

"이 자식, 무슨 잠꼬대를 하는 거냐? 글라우스 님이 너 같은 애송이에게 시간을 내줄 리 없잖아."

"그건 네가 판단할 일이 아닐 텐데?"

"……쳇."

건물 뒤에서 몇 명의 남자들이 나타났다.

"이렇게 환영해 줄 줄이야. ……보내 줄 건가? 아니면…….."

"보내 줄 리가 있냐!"

그리하여 싸움이 시작됐다. …… 압도적이었다.

분명 수적으로 열세인데도 눈 하나 깜짝하지 않는 딘.

디더나 라일이 싸울 때와 똑같은 움직임.

성의 기사들이나 공작가의 호위대의 움직임보다 훨씬 생생하고…… 눈을 뗄 수 없었다.

세련된 폭력이란 이런 걸 말하는 거구나. 그런 생각이 들었다.

불과 몇 분.

불과 몇 분 만에 이 자리에 있던 자들은 딘을 제외하고는 모두 바닥에 쓰러져 있었다.

"……괜찮으십니까?"

딘이 숨 하나 흐트러뜨리지 않고 내게 물었다.

"응. ……당신을 믿으니까."

그렇게 말하며 나는 그의 셔츠를 움켜잡았다.

마음속 깊이 그렇게 생각하고 있다. 하지만 셔츠를 움켜쥔 손은 살짝 떨리고 있었다.

지금부터 갈 곳을 생각하면, 전혀 무섭지 않다는 건 거짓말이다.

그도 그 사실을 눈치챈 듯 내 손을 움켜쥐었다.

따뜻한 체온이 나의 긴장을 조금은 덜어 줬다.

"딘."

"왜 그러십니까?"

"나는 디더가 뒷골목에 들어가는 걸 막았을 때보다 성장했을까?"

"……네. 당신은 하루하루 더욱 빛나고 있습니다. 영주 대행으로서도, 여성으로서도."

"말을 잘하네. ……하지만 어째서일까? 당신의 말은 내게 그 어떤 말보다 용기를 줘."

"……괜찮습니다, 아가씨. 아무것도 걱정하실 필요 없습니다. 당신이라면 할 수 있습니다."

콩. 그가 자신의 이마와 내 이마를 부딪치며 말했다. 그리움마저 느껴지는 그 동작에 마음이 놓였다.

나는 눈을 감고 그의 손을 꼬옥 움켜잡았다.

안도감이 내 마음을 가득 채웠다.

"가시죠, 아가씨."

그렇게 말하며 딘은 또다시 달리기 시작했다.

그리하여 도착한 곳은 바닷가의 건물이었다.

외관만 보자면 다른 건물들과 전혀 다르지 않았다.

그는 또다시 나를 건물 뒤에 숨긴 후 빌딩으로 달려가더니, 문지기인 듯한 남자를 기절시킨 후 곧 다시 내 곁으로 돌아왔다.

그리고 내 손을 잡고 또다시 달리기 시작했다.

"……?"

우리는 조용히, 하지만 서둘러 계단을 올랐다.

패밀리의 건물이라니 얼마나 사람이 많을까? 그렇게 각오했지만…… 사람이라고는 그림자조차 보이지 않았다.

대체 어디에 있는 거지? 하지만 그 의문은 곧 날아가 버렸다.

목적한 곳에 도착한 것일까. 한순간 딘이 문 앞에 멈춰 섰다. …… 그리고 그대로 손잡이를 비틀며 문을 열었다.

세차게 열리는 문.

동시에 검이 시야 끄트머리에서 그를 향해 날아왔다.

"……!"

비명을 지를 뻔했지만 입술을 깨물며 간신히 참았다.

그사이 딘이 그 검을 자신의 검으로 막으며 그대로 공격해 온 남자를 밀쳐 냈다.

"그만!"

남자가 털썩 쓰러진 것과 굵은 목소리가 울려 퍼진 것은 거의 동시였다.

한 층 전체가 하나의 방으로 이루어져 있는 것일까. 몹시 넓은 방 안에 메아리치는 듯한 날카롭고 커다란 목소리.

흘낏 시선을 던지자 벽에 가까이 있던 덩치 큰 몇몇 남자들이 움직임을 멈췄다.

"큭큭큭……. 오늘은 참 엄청난 날이군."

조금 전에 큰 소리로 외쳤던, 이 방에서 유일하게 앉아 있는 남자가 그렇게 말하며 웃었다.

"……오랜만이군, 글라우스."

딘이 그 남자에게 그렇게 말하며 한숨을 쉬었다.

아는 사이라는 건 사실이었나.

그것도 꽤나 친해 보였다.

"여어, 오랜만이야. 소동을 일으키는 건 여전하군……. 작작 좀 하시지?"

그러나 친근해 보이는 분위기에서 돌변한 남자…… 글라우스는 그렇게 말하며 위압적인 표정을 지었다.

"……남이 들으면 오해할 소리를……. 그렇게 말하면 꼭 내가 항상 소동을 일으키는 것 같잖아?"

"맞잖아."

"멋대로 소동이 일어나는 거야. 나는 거기에 대처한 것뿐이지. ……그리고 소동이 일어난 건 너희 쪽이잖아?"

글라우스가 움찔 반응을 보였다.

"이 자식, 어디까지 알고 있지?"

"……대충이라고 말해 두지."

글라우스의 시선에 지지 않을 만큼 딘의 시선도 날카로워졌다.

"빨리 정보나 내놔."

"꽤나 거만하게 구는군."

코웃음을 치는 딘의 반응에 남자들은 꿈틀 움직이려는 반응을 보였다.

"그만두라니까!"

의외로 그 움직임을 멈춘 사람은 다름 아닌 글라우스였다.

"그렇게 보이지 않을지도 모르지만 이 녀석은 일종의 괴물이다. 여기 있는 너희 모두 덤벼도 한두 명쯤은 반병신이 될 각오를 해야 할걸."

"너무하네. ……반 이상은 반병신으로 만들 수 있을 것 같은데?"

그 말에 격분한 두 남자가 딘에게 달려들었다. 하지만 딘이 단칼에 두 사람을 쓰러뜨렸다.

움직임이 너무 빨라서 솔직히 뭘 한 건지 나는 도통 알 수가 없었다.

"너무하네."

글라우스는 그렇게 말하면서도 웃고 있었다.

"여전하군, 딘. 너희도 이제 알았겠지? ······미안하군. 그런데 정보는?"

"사실 얘기를 할 사람은 내가 아니야. ······이분이다."

"······여자?"

나는 시선이 집중되는 것을 느끼며 앞으로 나섰다.

"······만나서 반가워요. 나는 아이리스 라나 아르메리아라고 해요."

"아르메리아······. 귀족 아가씨인가. 그런데 왜 이런 곳에 왔지?"

"물론 거래하러 왔죠."

내가 그렇게 말한 순간, 글라우스가 큰 소리로 웃음을 터뜨렸다.

"걸작이군! 귀족 아가씨가 나와 거래를? ······아가씨를 위해서 하는 말이니까 잘 들어. 빨리 집에 가서 고급 과자나 드시지!"

"네. 나도 그러고 싶지만······ 당신들이 너무 멍청해서 이렇게 내가 직접 나서게 됐답니다."

내 말에 웃음이 뚝 그쳤다. 대신 피부가 아플 만큼 위압감이 느껴졌다.

"······말 조심해. 나는 귀족 아가씨든 딘의 일행이든 봐주지 않으니까."

온몸이 떨릴 만큼의 공포심이 나를 덮쳤다.

하지만 나는 배에 한껏 힘을 주며 그 공포심에 저항했다.

"아무래도 항간에는 우리 아르메리아 공작가와 당신들 보르틱 패밀리가 손을 잡고 영지민들의 이익을 가로채고 있다는 소문이 돌고 있는 모양이야. 우릴 꽤나 교활한 존재라고 생각하나 봐. 그러니까…… 내 입장에서도, 공작가의 입장에서도 빨리 이 일을 해결하고 싶어."

나는 그렇게 말하며 웃었다.

이 분위기 속에서 혼자 이 상황에 어울리지 않는 웃음을 짓고 있는 나. 다른 사람이 보기에는 무척이나 우스꽝스러울 것이다.

"만약 내가 무모하게 직접 움직였다가 개죽음을 당한다 해도 공작가의 입장에서는 별로 대단한 일은 아니야. 그러면 당신들과 내가 손을 잡은 게 아니라는 사실을 어필할 수 있으니까. 무엇보다 그걸 계기로 경비대를…… 아니면 귀족 자녀가 살해당했으니 치안 유지라는 대의명분을 내세워서 국군을 움직일 수 있을지도 모르지. ……그리고 이번 사건의 책임을 당신들에게 덮어씌우고 끝. 빨리 사건을 해결하고, 또한 공작가의 이름에 흠집이 나지 않는다면 그걸로 충분해. 실제 이 사건의 주모자가 누군지는 상관없어. 그러니까 어서 죽여 보시지?"

글라우스는 내 말에 얼굴을 찡그렸다.

"그 말을 듣고 냉큼 죽일 수 있겠냐?"

"어머, 그래? ……그럼 얘기를 계속해 볼까? 나도 빨리 이 일을 해결하고 싶어. 당신들도 그렇잖아? 그러니까 빨리 협력해서 해결하는 게 어떨까? 그게 내가 제안하는 거래야."

"……하나만 물어봐도 될까?"

"뭔데?"

"아가씨라면 굳이 여기까지 찾아오지 않아도 우릴 무너뜨릴만한 전력은 얼마든지 움직일 수 있을 텐데?"

"그래, 맞아."

"그렇다면 어째서……."

"……당신들 조직을 무너뜨린다 해도 당신들 같은 조직은 없어지지 않아. 엄격하게 규제한다 해도 보다 교활해질 뿐이지. 그러니까 귀찮아도 당신들을 남겨 두는 게 나아. 이 마을에서 가장 유력한 세력이라면서?"

확실히 눈앞의 이 남자들은 비합법적인 일에도 손을 대고 있다.

하지만 주민들이 그들을 받아들이고, 심지어 유력한 세력이라고 부르는 것 또한 사실.

이번 사건도 관리들이 은폐 공작을 하고 있기도 했지만……. 오히려 '그들이 그런 짓을 할리가 없다', '뭔가 오해가 있을 것이다' 라고 걱정하는 목소리조차 있었다.

거리에서 사람들의 이야기를 들으며 정보를 모을 때도 그런 목소리가 있다는 사실이 놀라웠고, 소각한 서류 속 주민들의 목소리 중에서 '다른 놈들이 보르틱 패밀리의 이름을 사칭하고 있을지도 모른다.' 라는 진실에 가까운 말을 봤을 때는 더더욱 그랬다.

"아니면 당신들에게 그런 목소리는 가치가 없는 거야? 그렇다면 원하는 대로 빨리 우리 경비대들에게 움직이라고 지시를 내리도록 하지."

내가 그렇게 말한 순간, 글라우스가 웃었다.

그것도 큰 소리로.

그리고 주위의 남자들까지.

"……내가 졌다. 네 녀석이 데려왔길래 어떤 여자인지 궁금했는데…… 멋진 여자로군, 딘."

"응, 그렇지?"

딘의 동의에 가슴이 두근거렸다.

"우리는 아무리 그럴 듯한 말로 포장해도 어차피 불량배들이다. 하지만 우리에게도 우리의 룰이 있지. 절대 넘어서는 안 되는 최후의 선이. ……당신의 기대에 응하지 못한다면 보르틱 패밀리라는 이름이 울 거다."

"……그럼 협력해 주겠어? 당신들의 힘을 내게……."

"물론이지. 오히려 우리가 도움을 받고 싶군."

거래 성립……이군.

얼굴에는 드러내지 않았지만 교섭이 성공한 사실에 안도의 숨을 내쉬었다.

글라우스와 연결점도 생겼고, 제법 괜찮은 성과다.

하지만 아직 일은 해결되지 않았다.

이제부터가 진짜 시작이다.

"……그럼 먼저 당신들의 거점을 전부 표시해 줘."

글라우스가 내 부탁에 고개를 끄덕였다.

"그럼 제가."

그걸 보고 벽 앞에 서 있던 남자가 다가와서 지도를 들여다보았다.

그리고 장소를 차례차례 가리켰다.

"……여기로군."

"왜 거기라고 생각하지?"

"이 아래의 공사 중인 하수도가 있어. 관청 직원들이 협력하고 있다면 여길 이용하는 것도 가능할 거야. 보르틱 패밀리가 모두 오기 전에 일시적으로 그곳에 물품을 숨겨 놓거나 자신이 이동할 때 이용할 수도 있지."

"……그렇군."

"그리고 마침 타냐가 조사해 준 주모자들의 근거지도 여기 바로 옆이야."

손가락으로 그곳을 가리키자 딘이 납득한 듯이 고개를 끄덕였다.

"……어떻게 할까요? 이대로 가 보시겠습니까?"

"응……. 그 전에 파출소에 들러서 타냐를 데려가야지."

"알겠습니다."

"장소를 가르쳐 줬으니까…… 당신들도 움직이겠지?"

"그래. 우리 손으로 처리하고 싶으니까. ……그런데 괜찮겠나?"

"응. 당신들 체면도 세워 줘야 되니까. 적어도 이번 일과 관여되어 있다고 소문난 우리와는 달리 당신들은 일부 사실인걸. ……그 대신 갈색 머리의 디더라는 남자만은 구출해 줘. 뭐 당신들이 어떻게 할 수도 없겠지만……."

"호오?"

"……그리고 어설프게 굴 생각은 하지 마. 당신들이 옛 동료를 감싸려고 들면 나는 당장 경비대를 파견할 거야."

"하하하……! 그거 좋군. 얘들아, 준비해라!"

글라우스의 외침에 남자들도 잔뜩 신이 나서 호응했다.

"그럼 우린 이만 가 볼게."

"그래. 이번 일이 해결되면 또 찾아와라! 한잔하고 싶으니까."

"어머, 멋져라. 기대할게."

그리고 우리는 서둘러 거리로 돌아왔다.

††††

타냐와는 곧 합류할 수 있었다. 하지만 호되게 야단을 맞았다.

뭐 그것도 당연하지만.

꾸지람은 나중에 들을 테니까…… 라고 설교를 나중으로 미루고 지금은 달리고 있다.

타냐가 말하기를 디더는 지금 도르센과 함께 있다고 한다.

예상대로 도르센은 이번 일에 끼어들어서 움직이고 있었던 모양이다.

거기까진 괜찮지만 우연히 지하도에서 나오는 남자들을 발견한 그는 그곳을 수상하다고 짐작했는지 잠입을 시도했다. ……그 결과, 주모자의 거점이고 뭐고 모두 건너뛰어 디더가 감금된 곳에 도착했다고 한다.

흠, 예상을 교묘하게 빗나갔군.

디더가 잡혀 있는 것을 봤다면 우리가 이번 사건의 주모자들과 공모하고 있다는 근거가 무너지니까 운이 좋다고도 할 수 있지만.

게다가 무죄를 어필하는 데도 쓸모가 있다.

그건 그렇고, 도르센은 디더를 구출하려다가 등 뒤에서 공격을 받고 어이없이 기절.

지금은 사이좋게 잠들어 있다…… 라고 한다.

정말 쓸데없는 짓을 하셨군. 그런 생각이 드는 것은 도르센이 그 루트로 침입하는 바람에 지하 통로와 이어지는 문이 잠겨 버렸는지 더 이상 열 수가 없기 때문이다.

그래서 구출하고 싶어도 그 길은 사용하지 못하고, 정면으로 돌파할 수밖에 없다고 한다.

측근 없이 숙소에 혼자 두는 것은 불안하다는 이유로 결국 나도 함께 가게 되었다.

참고로 이번에 함께 와서 이 자리에 없는 유일한 측근인 라일은 현재 경비대를 단속하고 있다.

본래 주모자와 이어져 있는 자들이 누군지는 일찌감치 눈치채고 있었던 모양이다.

그 사실을 증명하는 건 타냐가 맡고 있으며 내가 관청에 잠입한 동안 그녀가 동시 진행으로 그 일을 했다는 것이다.

나를 여관에 두고 라일에게 갔던 것도 그 일을 보고하기 위해서였다고 한다.

라일은 준비를 마친 후 모든 사람 앞에서 조직과 공모한 자들을 폭로하고…… 또한 규율이란 무엇이며 경비란 무엇인지 모두에게 설교를 하고 있다고 한다.

마지막으로 그들의 용기를 북돋아 준 후 경비대와 함께 이쪽으로 올 예정이다. ……한마디로 시간을 벌고 있는 셈이다.

지금부터 보르틱 패밀리가 한바탕 날뛸 예정인데 타이밍이 겹치면 골치 아프니까.

그들에겐 이번 일이 끝나면 뒤처리를 시켜야지.

이윽고 드디어 목적지에 도착했다.

바다와 가까운 곳이라 소금 냄새가 짙게 풍겼다.

위치상 창고 같은 넓은 건물이 많이 보였다. 우리의 목적지도 예외는 아니었다.

마침 보르틱 패밀리가 정면 돌파해서 지금은 두 세력이 서로 대치하고 있었다.

그 중심에 있는 것은 글라우스와 에밀리오.

"잠깐 실례하겠습니다."

딘이 그렇게 말하며 샛길로 달려갔다.

그의 모습이 어둠 속으로 사라지는 것을 한순간 바라보다가……
나는 곧 시선을 되돌렸다.

"……에밀리오, 네놈 잘도 이런 짓을 저질렀구나."

"시끄러워! 글라우스, 넌 너무 미적지근해! 나라면 더 잘할 수 있어."

"흥……. 이렇게 교활한 방법으로 기어오르려는 시점에서 이미 네놈의 그릇 따윈 뻔하지. 안심해라. 비록 우리의 얼굴에 침을 뱉는 놈들에게 가담한 소인배라도 성심껏 상대해 줄 테니까. ……얘들아, 쳐라!"

글라우스의 외침에 이어 고막이 쩌렁쩌렁 울릴 듯한 포효가 울려 퍼졌다.

그리고 남자들이 싸우는 소리가 들려오기 시작했다.

전에 딘이 보여 줬던, 또는 디더나 라일이 보여 줬던 것과는 달랐다.

거칠다는 표현이 딱 들어맞는 광경이었다.

"……어떻게 됐나요? 딘."

어느덧 돌아온 그에게 타냐가 물었다.

"지하 통로에서 지상으로 이어지는 문도, 그리고 뒷문도 보르틱 패밀리가 막고 있습니다. 놈들도 도망치진 못할 겁니다."

"막아야 할 곳은 알아서 잘 막고 있군요. ……자, 그럼 다녀오겠습니다."

타냐가 안으로 들어갔다.

그녀가 사람들 사이를 스르륵 누비며 전진해서 안쪽 방으로 들어갔다.

보르틱 패밀리가 있는 곳에서 적들이 있는 곳으로 파고들어도 들키지 않고 움직이는 모습은 역시 대단하다는 말밖에 나오지 않았다.

그리고 그 직후. 디더가 혼자 방에서 나왔다.

멀리서 봐도 그의 뺨이 붉게 부어올라 있다는 것을 알 수 있었다.

아마 가까이 가면 상처가 좀 더 여기저기에 나 있을 것이다.

그런 상태로 그는 난전에 뛰어들었다.

"무, 무슨 짓이야……!"

들리지 않을 거란 걸 알면서도 무심코 외쳤다.

하지만 내 걱정 따윈 아랑곳없이 디더는 계속 앞으로 나아갔다.

그 모습은 마치 태풍의 눈과도 같았다. 그를 중심으로 주위에 있던 남자들이 차례차례 쓰러졌다.

그 강함에 그저 감탄할 수밖에 없었다.

보르틱 패밀리와 디더 사이에 끼어서 적들의 수는 점점 줄어들었다.

……그리하여 중심부에 도착한 그때, 디더는 검을 거뒀다.

"……토리!"

공기를 진동시키는 듯한 커다란 목소리는 내 귀에도 또렷하게 들려왔다.

디더답지 않은…… 농담 따윈 건넬 수 없을 만큼 무섭도록 진지한 목소리였다.

한 남자가 디더의 목소리에 반응했다.

"……주모자들의 우두머리로군요."

작게 중얼거린 딘의 말에 한순간 놀랐다.

설마 이번 주모자들의 우두머리가 디더와 아는 사이일 줄이야.

토리라는 남자가 디더를 보고 한순간 놀라는 표정을 지었지만⋯⋯ 곧 입꼬리를 올리며 그대로 그 자리를 떠나서 디더에게 다가왔다.

아무것도 모르는 내가 봐도 이 싸움은 이미 보르틱 패밀리가 확연히 우위를 점하고 있었다.

많은 사람이 바닥에 쓰러져 있고, 조금 전까지 귀가 아플 정도로 울리던 소음도 차츰 잦아들고 있었다.

그 가운데 토리가 디더와 대치했다.

"뭐야, 벌써 나왔어? 미안하지만 좀 얌전히 있어 주면 안 될까? 어차피 너도, 나도 이제 곧 끝장이니까."

"⋯⋯그래. 이제 그만 끝내도록 하자."

디더는 그렇게 말하며 검을 뽑았다. 평소의 그답지 않은 무거운 어조였다.

그리고 검을 뽑는 모습은 그가 두르고 있는 공기와 어우러져서 마치 신성한 의식이라도 치르는 것처럼 보였다.

"이봐, 나한테 그 검을 겨누려는 거냐?"

"⋯⋯그래. 네가 옛 친구이건 말건 이젠 상관없어. 아가씨에게 적대 행위를 한 너를 처단하겠다."

디더가 그렇게 말한 순간, 토리는 미친 듯이 웃음을 터뜨렸다.

"기사 흉내라도 내는 거냐! 아주 높으신 분이 다 됐구나. ⋯⋯잘됐네, 그 아가씨인지 뭔지 하는 사람이 키워 줘서."

그 순간, 디더가 움직였다.

토리라는 남자는 할아버님께 훈련을 받고 있는 디더를 상대하기에는 역부족이었던 모양이다.

디더가 순식간에 토리의 검을 날려 버리고 쓰러질듯 비틀거리는 그에게 재차 검을 휘둘렀다. 검 끝이 토리의 얼굴을 아슬아슬하게 스쳤다.

반격할 틈조차 주지 않는 공격이었다.

"……마지막으로 묻고 싶다."

디더가 쥐어짜는 듯한 목소리로 말했다.

이미 보르틱 패밀리와 적들의 싸움은 결판이 난 상태였다. 보르틱 패밀리를 제외하면 이 자리에서 움직이고 있는 사람은 디더와 토리 뿐.

보르틱 패밀리도 대부분 디더와 토리의 대화에 주목하고 있는 듯 시선이 한곳에 집중되어 있었다.

"왜 이런 짓을 한 거냐?"

"왜냐고? ……흥, 그걸 알아서 뭘 어쩌려고?"

"어쩔 생각은 없어. 그저 너를 체포하기 전에 듣고 싶은 것뿐이다."

토리가 그 말에 또다시 웃음을 터뜨렸다.

"하하하……. 체포라. 이봐, 웬 잘난 척이야? 원래는 나와 똑같이 슬럼의 꼬맹이였던 주제에!"

마지막 말은 거의 외침이었다. 비통함마저 느껴지는 외침.

"왜 너만 그런 높은 곳에 있는 거야? 왜 너만 밝은 길을 걷고 있는 거야? 너는 나랑 똑같잖아!"

"그게 이유냐……."

"그래! 이 뒷골목에서 기어 올라가고 싶은 마음도 분명히 있었어. 하지만 제일 큰 이유는 너다, 디더!"

토리의 말에 디더는 한순간 얼굴을 찡그렸다.

"……왜 너만 눈부신 곳으로 가 버린 거야……."

그렇게 말하는 순간, 토리는 마치 울고 있는 것 같았다.

"토리……."

디더의 부름에 토리는 또다시 웃음을 터뜨렸다.

"그러니까 네가 추락하면 돼! 추락해! 추락해! 이런 짓을 저지른 내가 네 동료라고 말하면 너의 주인은 어떻게 할까?"

어머, 날 지명한 것 같네.

딘에게 시선을 던지자 그는 난처한 듯이…… 그러면서도 즐거운 듯이 미소를 지었다.

그래서 나는 그들 속으로 한 걸음 내디뎠다.

딘도 내 뒤를 따라왔다.

보르틱 패밀리의 일원들은 인파 속으로 끼어든 사람이 나라는 걸 알고 길을 비켜 줬다.

"그냥 데리고 돌아갈 거야."

그렇게 말한 순간, 토리뿐 아니라 디더마저 놀란 표정을 지었다.

그것은 내가 등장했기 때문일까, 아니면 내 말 때문일까……?

"나는 디더의 주인 아이리스. 이번에 디더가 당신한테 꽤나 신세를 진 모양이네."

생긋 웃으며 그렇게 말한 순간, 어째서인지 보르틱 패밀리의 멤버들이 한 발짝씩 뒤로 물러섰다.

이해할 수 없네……. 그 반응에 고개를 갸웃거리면서도 나는 토리에게 시선을 향했다.

"아까부터 듣고 있었는데, 당신 꽤나 엉뚱한 원한을 품고 있네?"

"무슨……."

"솔직히 그렇잖아? 당신, 디더의 뭘 원망하는 거야? 출세한 거? 그건 필사적으로 훈련하고, 주인의 무모한 요구를 견디며 성장한 덕분이야. 노력의 산물이지. ……아니면 재능의 차이? 그건 디더도 어쩔 수 없는 문제잖아."

"이 계집이…… 크윽."

토리는 내가 일부러 자극하려고 던진 말에 멋지게 반응했다. 하지만 울컥하며 일어서려는 그를 디더가 재빨리 찍어 눌렀다.

"환경의 차이라면 더더욱 그를 원망하는 건 말도 안 돼. 원망해야 할 사람은 디더밖에 구하지 못한 무력한 나. ……아니면 우리 가문이겠지."

뒤이어 흘러나온 말에 토리, 그리고 디더가 놀란 듯이 눈을 동그랗게 떴다.

"만약 당신이 디더와 반대 입장이었다면…… 과연 어떻게 됐을까? 솔직히 그렇잖아? 다른 사람을 질투하기만 하고, 아무 상관없는 사람들까지 끌어들이는 당신 같은 사람은 아무래도 좀……. 당신은 그저 자신의 마음속에 있는 현재에 대한 불만을 다른 누군가의 탓으로 돌리고 싶은 것뿐이야. 전부 다른 사람의 탓으로 돌리고, 자신은 비극의 주인공이라고 굳게 믿으며…… 거기에 취해 있는 것뿐이야."

토리는 아무 말도 하지 않았다. 눈을 크게 뜬 채 표정의 변화조차 없었다.

"동정은 해 줄게. 불쌍하게 여겨 줄게. 공감은 할 수 없지만."

텅 빈 껍질처럼 아무런 반응도 없었다.

"……디더. 그와 하고 싶은 얘기, 아직 남았어?"

"아뇨, 이제 만족합니다."

디더는 그렇게 말하며 웃었다.

평소의 밝은 분위기는 찾아볼 수 없는, 안타까움이 묻어나는 미소였다.

"그럼 딘, 저 사람을 포박해."

디더는 하기 힘들겠지……. 그렇게 생각해서 한 말이었지만 그는 고개를 저으며 움직이기 시작했다.

"모든 게 이제 늦었어. 일이 여기까지 온 이상 어쩔 수가 없어."

눈을 감아 줄 수도 없고, 감형해 줄 수도 없다.

알고 있겠지……. 그런 마음을 담아 시선을 보내자 디더가 그 의도를 이해했는지 고개를 끄덕였다.

"네가 디더라는 녀석이냐?"

"……그렇습니다만?"

"나는 글라우스라고 한다. 이 녀석들에게 잡혀 있다는 얘기를 듣고, 별 볼 일 없는 녀석인 줄 알았는데…… 실력이 제법이던걸. 어쩌다 잡힌 거냐?"

글라우스의 물음에 디더는 쓴웃음만 지을 뿐이었다.

그 반응에 글라우스는 웃었다.

"너, 멋진 남자구나. ……아마 옛 동료를 믿었다가 속아 넘어갔겠지? 아가씨의 호위로서는 잘못된 선택일지도 모르지만 너 같은 바보는 싫지 않아."

와하하. 커다란 웃음이었다.

"실력도 있고. 아까워……. 아가씨가 거두지 않았다면 내가 데려오고 싶을 정도야."

"안 줄 거야."

내가 쏘아붙이자 글라우스는 또다시 웃었다.

"아니. 뭐…… 그렇겠지. 그냥 말해 본 것뿐이야. 그냥. 그러니까, 뭐냐……. 너는 운으로만 이렇게 된 게 아니라는 뜻이다. 뭐, 확실히 운이 좋았을지는 몰라도…… 행운의 여신은 성격이 급하거든.

내밀어 준 손을 놓치지 않도록 자신의 힘으로 움켜잡지 않으면 어디론가 가 버리지. 너는 네가 얻은 기회를 최대한 노력해서 자신의 걸로 만든 거다. 내가 아깝다고 생각할 만큼 멋진 남자가 돼서. 뭐 나한테 이런 말을 들어봤자 별로 기쁘진 않겠지만."

운으로만 이렇게 된 게 아니다.

그러니까 토리가 한 말은 신경 쓰지 말아라……. 그런 의도가 보이는 글라우스의 말에 디더는 고개를 끄덕였다.

나도 글라우스의 말에 감탄했다.

존경의 의미로 남자들도 반할 만한 남자란 글라우스 같은 남자일지도 몰라……. 그런 생각이 들었다.

"……아가씨의 안목은 정말 감탄스럽군. 하지만 앞으로는 좀 참아 줘. 이곳 유망주를 모조리 쓸어 가서야 되겠나."

"그건 당신하기 나름이지. 난 앞으로도 호시탐탐 노릴 거야."

그렇게 말하자 글라우스가 또다시 웃었다.

"그럼 우린 이만 돌아가도록 하지. 마침 경비대도 도착했겠다, 에밀리오와 옛 멤버들은 우리가 넘겨받았으니까."

"선량한 일개 시민으로서 보르틱 패밀리가 이곳을 제압했다고 경비대에 전할게. 정의의 영웅처럼 사람들 입에 오르내릴지도 몰라."

"그만둬. 그런 건 성미에 맞지 않으니까……. 얘들아, 돌아가자!"

글라우스의 말에 남자들은 차례차례 뒷문으로 나갔다.

부하들을 통솔하는 모습에서 그의 역량이 느껴졌다.

"디더, 넌 이제 그만 돌아가."

"뭐?"

"안부를 확인하고 신병을 확보하기 위해서 타냐에게 가 보라고 했는데, 알아서 나올 줄은 생각도 못했어. 아마 타냐는 도르센에게 방

해받지 않도록 그가 의식을 되찾으려고 하면 다시 기절시키고 있을 거야. 그와 함께 있다가 호위들에게 구출 받도록 해. 그들과 협력 태세였던 게 공공연하게 알려져서도 안 되고, 그렇다고 너만 구출한 것처럼 보여서도 안 되니까……."

"알겠습니다. ……아가씨, 이번 일은……."

"얘기는 나중에 해도 될까? 잠시 후에 호위들이 도착하거든."

디더가 드물게…… 아니, 처음으로 나를 아가씨라고 부른 걸 보면 중요한 얘기라는 건 짐작할 수 있었다.

하지만 호위들이 바로 코앞까지 와 있다.

"……나중에 천천히 들을게. 너의 이야기라면."

등을 돌리고 방으로 향하던 그에게 말을 건넸다.

"공주님의 분부대로."

뒤를 돌아 그렇게 말하며 씨익 웃는 그의 모습에 안도한 나도 그 자리를 떠났다.

17장
아가씨, 죄를 심판하다

경비대에 의해 이번 사건의 주모자들이 체포됐다.

그들이 도착했을 때 범인들은 이미 구속되었거나 일어설 수 없는 상태였다.

주민 여성—실은 타냐지만—의 말에 의하면 그들을 그렇게 만든 것은 보르틱 패밀리.

이번 사건의 혐의를 벗기 위해 직접 조사에 나서서 제재를 가한 것이라고 한다.

또 이번 사건을 눈치챈 공작가에서 비밀리에 파견하여 혼자 조사하다가 그들에게 붙잡힌 아르메리아 공작 영애의 호위도 동시에 구출되었다.

즉, 이번 사건에 공작가가 관여되어 있다는 것은 아무 근거 없는 헛소문이라고 한다.

이상이 경비대의 보고 및 거리에 나도는 소문이다.

아직 사후 처리는 남아 있지만 일단 잘 해결돼서 다행이다.

소문의 당사자이기도 한 디더와의 약속……. 이야기를 듣겠다는 약속을 지킬 수 있었던 것은 약속을 한 지 3일이 지난 후였다.

그 이유는 디더도 당사자로서 조서를 작성하거나 다친 곳은 괜찮은지 병원에서 검사를 받아야 했기 때문이다.

"……죄송했습니다."

그의 입에서 흘러나온 첫마디는 바로 그것이었다. 실례지만 나는 어안이 벙벙해지고 말았다.

캐릭터가 너무 다르잖아.

농담은 그만두라고…….

"……그 사과는 뭐에 대한 거지?"

나는 디더에게 물었다.

"모든 것에 대해서입니다. 제가 없었더라면 이번 일은 일어나지 않았을 겁니다. 제가 경솔하게 나서고, 심지어 붙잡히는 바람에 아가씨께서 선택할 수 있는 방법이 줄어들고 말았습니다. 결국 멋대로 움직여서 토리와의 문제로 아가씨를 번거롭게 했습니다. 모두 아가씨의 측근으로서 있을 수 없는 일입니다. 절 내치신다 해도 아무 말도 할 수 없습니다."

나는 그의 진지한 대답에 미소를 지었다.

"디더, 이번 일로 네가 나에게 사과해야 할 건…… 걱정을 끼쳤다는 거 하나뿐이야."

디더는 내 말에 놀란 듯이 눈을 동그랗게 떴다.

"하지만……!"

"네가 없었더라면? 너의 과거를 알면서도 계속 곁에 뒀던 건 나야. 애초에 네가 없었더라면 우수하고 믿을 수 있는 호위는 라일뿐이었겠지. 그럼 나는 마음 편히 밖을 돌아다닐 수도 없었을 테고, 개혁도 이렇게까지 빠르게 진행하지 못했을 거야. 경솔하게 나섰다고 했지만…… 나도 지리를 잘 아는 네가 조사하러 가서 든든하다고 생각했는걸……. 네 행동을 괜찮다고 판단했으니까 따지고 보면 내가 판단을 잘못 내린 거야. 토리 문제는…… 내가 멋대로 나선 거니까 네가 사과할 일이 아니야."

"하지만…… 저는 제 자신을 용서할 수 없습니다."

나는 디더의 고지식한 반응에 한숨을 쉬며 미소 지었다.

"……벌이라면 이미 받지 않았나요? 디더."

격식을 차린 어조로 그렇게 물었다.

"믿었지? 토리를. 그리고 글라우스가 상상으로 말했던 네가 붙잡힌 경위는 거의 정답…… 아니야?"

그리고 계속된 말에 디더는 놀란 듯이 눈을 동그랗게 떴다.

"믿었던 사람에게 배신당하는 고통은…… 나도 알아. 정도의 차이는 있어도 마음이 아픈 건 같다고 생각해."

나와 그, 어느 쪽이 큰 상처를 입었을까?

그런 어리석은 물음을 던질 생각은 없다.

알 수 없기 때문이다. 나는 그가 아니고 그는 내가 아니니까.

자신에게 상대가 얼마나 자신의 마음을 차지하고 있는지…… 그런 건 설명해 봤자 이해할 수 없다.

아마 디더에게 토리는 무척 커다란 존재였을 것이다.

내가 토리에게 뭔가 하고 싶은 말은 없냐고 물었을 때, 그리고 그 물음을 부정했을 때 비친 안타까움이 담긴 미소만 봐도 알 수 있었다.

디더의 상처가 얼마나 깊은지 나는 모른다.

어쩌면 그는 나보다 훨씬 크고 깊은 상처를 입었는지도 모른다.

그러니까 내가 쉽게 그 마음을 이해한다고 말하면 불쾌하게 생각할지도 모른다.

하지만 그 고통을 우리 둘 다 알고 있는 것 또한 사실이다.

그리고 그걸 알기 때문에…… 나는 더 이상 그는 누구에게도 벌을 받을 필요가 없다고 생각했다.

"그래도 여전히 자신을 용서할 수 없다면…… 더욱 임무에 충실하도록 해. 뭐…… 네가 이런 직장 따윈 그만두고 싶다고 생각하지 않는다면 말이지만."

원래 근위 기사단과 군부에서 라일과 디더를 탐내고 있었지만 이번 일로 글라우스까지 호시탐탐 디더를 노리게 되었다.

그러고 보니 디더는 마음만 먹으면 아무 직장이나 골라잡을 수 있겠네. 뭐, 그만큼 유능하기 때문이지만.

"아뇨……. 저는 이대로 아가씨의 밑에서 일하고 싶습니다."

디더는 그렇게 말하며 머리를 숙였다.

"고마워. 그 마음만으로 충분해."

좀처럼 고개를 들지 않는 그에게 또다시 말을 건넸다.

"네가 무사해서 정말 다행이야……. 너의 그 밝은 목소리를 듣지 않으면 안 되거든. 나는 툭하면 생각이 나쁜 방향으로 굴러가니까. 오늘은 푹 쉬도록 해. 내일부터 평소의 너를 만날 수 있기를 기대할게."

"네."

그가 고개를 들고 보여 준 미소에 나는 안도의 숨을 내쉬었다.

디더가 나간 후, 타냐가 몇 가지 보고서를 내 앞에 올려놓았다.

"……라프 시몬즈 사제에게 답장은 왔어?"

"아, 네에……. 그건 이쪽에."

나는 공손하게 내민 편지를 받아들었다.

"그럼 나는 이 편지와 서류들을 훑어봐야 되니까……. 타냐, 그동안 마음대로 해도 돼."

"……아가씨?"

"하고 싶은 말이 잔뜩 있지? 디더를 무척 걱정했잖아."

그렇게 말하자 타냐의 미간에 깊은 주름이 새겨졌다.

"전 별로……."

딱딱한 목소리로 그렇게 말했지만 결국 그녀는 끝까지 말을 맺지 못했다.

나는 굳어 버린 그녀에게 종이 다발을 내밀었다.

내용은 라일이 제출한 동부 호위들의 조사 결과였다.

직무에 복귀하려면 이걸 알아 두지 않으면 안 된다.

"그건 농담이고, 이걸 디더한테 전해 주지 않을래?"

"……그런 거라면……."

타냐는 떨떠름한 얼굴로 서류를 받아 들고 방에서 나갔다.

그 뒷모습을 지켜본 후, 나는 라프시몬즈 사제가 보낸 편지로 시선을 돌렸다.

"……어머나, 역시 라프시몬즈 사제. 행동이 빠르네. 그럼 나도 움직여 볼까?"

나는 그렇게 중얼거리며 편지를 접었다.

† † †

"……들어갈게요, 디더."

타냐는 노크를 한 후 그의 방으로 들어갔다.

그는 뭔가를 생각하는 것처럼 의자에 앉아 있었다.

고용인들에게 주어지는 방은 그리 넓지 않다.

하지만 타냐와 디더를 비롯해서 옛날부터 아이리스를 모셨던 측근들과 세바스는 나름대로 넓은 방을 혼자 쓰고 있다.

"……이건 아가씨가 전해 달라고 한 겁니다. 일에 복귀할 때까지 읽도록 하세요."

"응, 고마워."

디더가 웃으며 그것을 받아들었다.

"그리고 일에 복귀하기 전에 그 얼굴도 어떻게든 하시죠."

"그것도 아가씨가 전해 달라고 한 거야?"

"그럴 리가 없잖아요. 내가 충고하는 거예요."

그녀의 말에 디더는 웃었다. ……한눈에 알 수 있을 만큼 거짓 웃음이었다.

"……말해 두지만 나는 당신을 용서하지 않았어요."

"가차 없네. 설교는 그때 충분히 들었어."

"충분히……? 전혀 그렇지 않아요."

그녀는 그렇게 말하며 그가 붙잡혀 있었을 때를 떠올렸다.

그때…… 호된 꼴을 당했던 그는 그녀가 방으로 들어온 순간 웃었다.

그것은 안도의 웃음이라기보다는 실소를 터뜨리는 듯한, 자포자기한 듯한…… 평소의 밝은 모습이 사라진 웃음이었다.

"다친 곳은?"

"문제없어. ……미안하지만 이걸 풀어 줘."

"무슨 소리예요? 내가 여기 온 이유는 당신의 안부를 확인하고 호위하는 거예요. 저기 도련님과 함께. 당신이 인질로 이용되지 않도록. 그런데 풀어 달라고……? 이걸 풀어 주면 당신은 대체 어쩔 셈이죠? 그 몸으로 뭘 하려는 건가요!"

"결판을 짓고 올게."

"결판? 뭐……? 결판이라고? 더 이상 날 실망시키지 말아요."

"네가 실망하건 말건 나는 내가 해야 할 일을 할 거야."

"해야 할 일? 당신이 해야 할 일은 이 도련님과 여기서 기다리는 거예요. 섣불리 나갔다가 그 모습을 이 도련님한테 목격당해서 보르틱 패밀리와 내통하고 있다는 오해라도 받으면 어쩔 셈이죠! 그리고 나갔다가 다시 붙잡히면? 지금의 당신 몸으로는 평소대로 움직일 수 없어요."

"내 몸이야……. 어느 정도 움직일 수 있는지는 내가 잘 알아. 놈들에게 당하진 않을 거야."

"믿을 수 없어요. 당신은 한 번 붙잡혔으니까요."

"정에 넘어가서 이 꼴이 된 거야. ……하지만 쓸데없는 감상은 이제 버렸어."

"버렸다면서 왜 결판을 내려는 거죠?"

"그걸 확실하게 하고 싶어. 아무리 버려도 과거라는 이름의 망령이 자꾸만 날 쫓아와. 지금 나의 제일 소중한 것이 그 때문에 위험에 처해 있어……. 싸워서 결판을 내고 싶어."

"안 돼요……. 그리고 이 사람은 어쩔 건데요?"

시선을 아래로 향하자 눈에 들어오는 것은 바닥에 엎어져 있는 도르센의 모습.

이 말다툼 속에서도 눈을 뜨지 않다니. 어지간히 깊게 잠들은 걸까, 아니면 신경이 둔한 걸까?

"네가 있잖아. 깨어날 것 같으면 다시 기절시켜."

"하지만……."

"부탁이야……! 이대로는 난 내 자신을 용서할 수 없어. 아가씨에게도, 너에게도 차마 얼굴을 들 수 없단 말이야……."

디더의 진지한 시선이 그녀를 꿰뚫었다.

"아가씨는 나를 거둬 준 주인이야. 그 사람을 지키기 위해서라면 목숨을 잃어도 상관없어. ……그런데 아가씨는 나 때문에 위험에 처하고 말았어. 용서받을 생각은 없어. 그러니까 만에 하나라도 내가 붙잡혀서 이 이상 아가씨께 걸리적거리는 존재가 된다면 그땐 망설임 없이 죽음을 택할 거야."

"……그 말에 거짓은 없겠죠?"

"응."

그녀는 그의 수갑을 풀어 줬다.

디더는 잠시 팔의 상태를 확인한 후 자리에서 일어섰다.

"이번 일이 무사히 해결되고…… 만약 나중에 아가씨가 당신을 용서한다 해도…… 나는 당신을 용서하지 않겠어요, 디더."

"그래, 그렇게 해."

그리고 디더는 혼전 속으로 뛰어들었다.

타냐는 그 일련의 사건을 떠올리며 감고 있던 눈을 떴다.

"……아가씨가 당신을 용서해도 난 당신을 용서할 수 없어요."

"응."

"당신의 싸움을 보고 확신했어요. 당신이 그자에게 질 리가 없다는 걸. 붙잡힌 건 당신 말대로…… 당신은 과거의 추억에 진 거예요. 지금의 소중한 것에서 눈을 돌리고."

그녀는 그것을 용서할 수 없었다.

그가 조사하러 갔던 것도, 붙잡힌 것도, 그 자체에 화가 나진 않는다.

하지만…….

"당신에게 아가씨를 지키고 싶다는 마음은 진짜일까? 나는 라일과 당신을 동지라고 생각했어요. 그런데 당신의 마음은 그 정도였나요?"

"……그렇게 말해도 어쩔 수 없지."

디더는 그렇게 말하며 힘없이 웃었다. 그녀는 그의 반응에 힘이 빠져서 한숨을 내쉬었다.

"……결판은 냈나요?"

"응, 냈어."

"그 토리라는 남자가 망령의 원인인가요?"

"뭐…… 그렇지."

이번에는 디더가 깊은 한숨을 내쉬었다.

"마을에서 조사하면서 토리가 관계되어 있다는 건 금방 눈치챘어. 그래서 토리와 접촉해서 당장 그만두게 하려고…… 설득하려고 했지."

중얼거리는 것처럼 털어놓는 그의 말을 그녀는 놓치지 않도록 집중해서 들었다.

"곧바로 체포하지 않은 걸 보면 그 남자와 아주 친했었나 보군요."

"그래. 지금으로 말하자면 그 녀석은…… 라일 같은 존재였어. 정신을 차리고 보면 늘 함께 있었지. 먹을 걸 찾을 때도, 바보 같은 짓을 할 때도, 조직에 들어갔을 때도."

"어머, 부럽네요. 쓰레기장에서 지낼 때, 난 혼자였는데."

"그런 점에서 난 운이 좋았던 걸지도 모르지. ……뭐, 결국 이렇게 되고 말았지만."

디더는 그렇게 말하며 낄낄 웃었다.

"······그러다가 우린 다른 조직에서 어떤 물건을 훔쳐 오라는 명령을 받았어. ······그게 뭔지는 묻지 말아 줘. 나도 모르니까. 뭐, 위험한 물건이란 건 대충 짐작이 가지만. 놈들은 우리가 성공하면 횡재고, 실패해도 조직과 상관없는 놈들이라고 잡아떼면 그만이라고 생각했겠지. 아무리 생각해도 너무 위험한 것 같아서 나는 그 녀석에게 조직에서 도망치자고 말했어. 하지만 녀석은 '여기서 도망쳐서 어디로 가려고? 우린 갈 곳도 없잖아.'라고 하더군. 결국 난 그 일을 받아들였어."

"······그래서요?"

"중간까지는 잘되어 갔지만 도중에 들키고 말았어. 나는 미끼가 되겠다고 말하고 물건을 녀석에게 맡긴 후 먼저 보냈지. 도와줄 사람을 불러오라고. 그 후 한 번 잡혀서 흠씬 얻어터졌지만 틈을 봐서 도망쳤어. 그러다 도망치는 도중에 아가씨를 만났고······ 그다음은 너도 아는 대로야."

"가주님께서 용케 허락해 주셨군요. 당신을 곁에 두는 걸. 경력을 조사하셨을 텐데."

"나도 그렇게 생각해. 아가씨의 강력한 희망도 있고, 그 무렵의 내가 뭔가 저지르려고 해도 우수한 고용인들 앞에서는 아무것도 할 수 없을 거라고 판단했기 때문 아닐까?"

"뭐, 그럴 것 같군요."

"그렇게 헤어지는 바람에······. 나만 그 환경에서 도망쳤다는 죄책감이 있었어. 그래서 될 수 있으면 설득하고 싶었어. 뭐, 결과는 엉망진창이지만. '이제 이 환경에서 벗어나고 싶어. 상담 좀 해 줘.'라는 녀석의 말을 믿고 어슬렁어슬렁 약속 장소를 찾아갔다가······."

"잡혔단 말이죠?"

"그래. 난 설득에는 소질이 없나 봐."

그는 그렇게 말하며 웃었지만 눈은 전혀 웃고 있지 않았다.

"아마 나 자신도 믿고 있지 않았나 봐. 수상하기도 하고, 곧이곧대로 믿을 만큼 순수하지도 않으니까. ……하지만 믿고 싶었어. 그만한 관계를 쌓아 올려 왔다고 생각했으니까. 그게 문제였던 거야. 그런 기대를 가져선 안 되는 건데. 나는…… 네 말대로 과거에 지고 말았어."

디더는 그렇게 말하며 주먹이 하얗게 될 만큼 손을 힘껏 움켜쥐었다.

손톱이 살갗을 파고들어서 피가 날 만큼.

"그렇군요……."

그녀는 한숨을 쉬며 일어섰다. 그리고 그의 책상으로 걸어갔다.

그곳에는 그녀가 조금 전에 건네준 서류가 놓여 있었다.

그걸 집어 들고 또다시 그에게 건넸다.

"……이거, 빨리 훑어봐요. 내일부터 직무에 복귀해야 되잖아요."

"그, 그래……."

디더는 그녀의 갑작스러운 화제 전환에 놀란 듯이 눈을 동그랗게 떴다.

"결판은 지었다면서요. ……모처럼 기회를 얻었으니 당신은 그 기대에 보답할 수 있도록 직무에 충실하면 돼요. 이제 당신을 방해하는 망령은 밖으로 나올 수 없을 테니까."

"……그렇군."

디더는 그렇게 말하며 위를 올려다보았다.

어차피 팔로 눈을 누르고 있어서 실제로 위를 쳐다본 것은 아니지만.

"명쾌하네, 너는."

"……위로받고 싶어요?"

"아니……. 그랬다간 한심해서 밖을 돌아다니지도 못할 거야."

"그렇군요."

그의 말에 타냐는 웃었다.

"나와 당신…… 그리고 라일을 이어 주는 건 아가씨를 지킨다는 서로 같은 목적. 목적이 흔들리지 않는 이상, 우린 계속 같은 방향을 향해 나아갈 수 있어요."

설령 의견이 부딪치더라도. 엇갈리더라도.

최종적인 목적이 같다면…… 그들의 사이가 틀어질 일은 없다.

"너는 계속 흔들리지 않겠지."

"당연하죠. 나는 목숨과 바꿔서라도 아가씨를 지킬 거예요."

디더는 그녀의 말에 웃었다.

"당신은 이번에 한순간 그 목적에서 벗어난 행동을 했어요. …… 하지만 결국 당신은 돌아왔죠. 스스로 매듭을 짓고. 그래서 안심했어요. 아직 용서할 수는 없지만…… 우린 아직 함께 같은 방향으로 나아갈 수 있어요."

"……그럼 힘내야겠네. 같은 방향으로 나아가는 것뿐만 아니라 또다시 안심하고 등을 맡길 수 있도록."

"그래요."

"……여긴 너무 편안해. 정말로. 참을 수 없을 만큼."

작게 중얼거리는 디더의 목소리는 조금 떨리고 있었다.

그의 뺨을 타고 물방울이 흘러내렸다.

하지만 타냐는 그걸 못 본 척하며…… 그 자리를 떠났다.

† † †

오늘은 조금 긴장이 된다……. 아니, 너무 우울해서 몸이 무겁다.

그 이유는 오늘이 도르센과 대면하는 날이기 때문이다.

아무래도 우리 영지에서 사건에 휘말렸으니…… 풀어 주고 자아, 끝! 이렇게 넘어갈 수는 없다.

도르센 본인보다는 카타벨리아 가문에 결례를 범할 수 없으니까.

그랬다가는 귀족 사회에서 우리 가문의 평판이 떨어질지도 모른다. 그래서 도르센을 우리 집에 초대했다.

물론 타냐, 라일, 그리고 복귀한 디더도 함께였다.

그런 일이 있고 나서 얼마 지나지 않아서 괜찮을까 걱정했지만, 디더는 오늘 산뜻한 얼굴로 훌륭하게 복귀했다.

타냐와 이야기해서 마음이 정리된 걸까?

그런 생각을 하고 있을 때, 도르센이 도착했다는 보고를 받았다.

자세를 바로잡고 그가 들어오길 기다렸다.

그로부터 얼마 후, 노크 소리와 함께 도르센이 고용인의 안내를 받으며 방 안으로 들어왔다.

여행 중이기 때문일까? 평소보다 검소한 옷차림이었다.

"……오랜만이군요, 도르센. 자, 앉아요."

내가 그렇게 말하자 그는 묵묵히 인사한 후 자리에 앉았다.

"이번에는 무슨 목적으로 우리 영지를 찾아온 건가요?"

타냐가 끓여 준 차를 마시며 나는 물었다.

"당신에 대해 알고 싶었습니다."

"하아……."

예상을 빗나간 대답에 맥빠진 반응이 흘러나오고 말았다.

"당신에 대해 아무것도 모른 채 소문만 믿고 당신을 비난했습니다. 이제 와서 그게 올바른 행동이었는지…… 의문이 느껴졌습니다. 그래서 이렇게 이곳을 찾아와서 당신에 대해 물어보고 다녔습니다."

"정말 새삼스럽군요."

나는 딱 잘라 말했다. 냉정하게 말하자면 그런 걸 물어보고 다녀서 뭘 어쩌려고?

나를 알고 싶어서 물어보고 다녔다? 그건 결국 소문만 믿고 판단했던 예전과 다를 게 없잖아?

게다가 옳은 행동이 아니었다는 결론에 도달하면 뭘 어쩔 건데?

나는 이 사람에게 사과고, 뭐고 아무것도 바라지 않는다.

오히려 이제 와서 주위를 얼쩡거리는 바람에 불쾌함만 느껴질 뿐이다.

도르센은 나의 단호한 말을 듣고도 화를 내거나 소리를 지르지 않았다.

어머, 예전의 그라면 그런 반응을 보였을 텐데.

"나에 대해 알아서 뭘 어쩔 셈이죠? 옳은지 옳지 않은지 판단하고, 그 결과 옳지 않았다는 결론에 이르면 어쩔 생각이었나요?"

"그건…… 모르겠습니다."

"말이 안 통하는군요."

그의 말에 나는 그렇게 말하며 무거운 한숨을 쉬었다.

"……처음에는 공녀에게 사과하려고 생각했습니다."

"어머, 옳지 않았다는 생각이 이야기를 듣고 다닌 결과, 옳았다는 쪽으로 바뀌었나요?"

"아뇨, 그렇지 않습니다. 사과 따위 할 수 없다고 생각했습니다. 사과해 봤자 당신을 상처 입힌 사실은 달라지지 않으니까요. 학원으로 돌아갈 수도 없고, 왕자와 다시 약혼할 수도 없고. 그렇게 생각했기 때문입니다."

"어머, 훌륭하네요. 맞아요, 사과 같은걸 했더라면 나는 당장 돌아가 달라고 부탁했을 거예요. ……그리고 정정하자면 나는 당신 때문에 상처받지 않았어요. 그리고 제2 왕자와 다시 약혼하는 것도 전혀 바라지 않으니까 걱정 말아요."

"상처를 입혔다는 건 당신을 구속했을 때……."

"네. 그러니까 당신은 내 마음도, 몸도 아무것도 상처 입힐 수 없다는 뜻이에요."

나는 딱 잘라 말했다.

"당신 말대로 당신이 내게 할 수 있는 일은 없어요. 왜냐하면 나는 당신에게 아무것도 바라지 않으니까요. 도대체 왜 동부가 불안정하다는 걸 알면서 굳이 그곳에 가서 사건에 끼어든 거죠?"

"하다못해 당신의 힘이 되고 싶었습니다."

"성가셔요."

웃으며 매몰차게 말하자 도르센이 놀란 듯이 눈을 동그랗게 떴다.

"당신은 기사예요. 하지만 그 이전에 도르나 님의 유일한 자제랍니다. 당신에게 무슨 일이 생기면 나는 대체 카타벨리아 가문에 뭐라고 변명해야 되죠? 당신과 나는 일전의 사건 때문에 사이가 나쁘다고 알려져 있어요. 만약 무슨 일이 생기기라도 하면, 내가 당신에게 보복하려고 움직였다는 불명예스러운 소문이 퍼질 수도 있어요."

"그건……."

후우……. 나는 또다시 한숨을 쉬었다.

그와 만난 후 대체 몇 번이나 한숨을 쉰 걸까.

"당신은 그때와 변한 게 없네요. 정의감이 투철한 건 훌륭한 일이에요. 하지만 당신의 정의감은 지독히 독선적이에요. 자신이 옳다고 믿는 것을 위해 주위를 돌아보지 않아요. 그 결과, 당신의 올바른 행동 때문에 피해를 입는 사람이 생기죠. 게다가 당신은 그 결과에 책임조차 지려고 하지 않아요. ……마치 영웅담을 동경하는 어린아이처럼."

"그렇지 않……."

"그렇지 않다고 말할 수 있나요? 당신이 나 때문에 망설였던 게 좋은 증거예요. 이제 와서 자신의 행동이 잘못되었다고 해 봤자 당신의 말대로 나는 학원에 돌아갈 수 없어요. 카타벨리아 가문과 아르메리아 가문의 관계는 쉽게 회복될 수 없죠. 당신이 할 수 있는 일은 자신이 저지른 일을 받아들이는 것뿐이에요."

내 말에 도르센은 완전히 입을 다물었다.

"이제 어린아이처럼 꿈을 꿀 시간은 이미 끝났어요. 그러니까 더 이상 내게 상관하지 말아요. 알았으면 빨리 내 뒤를 쫓아다니는 짓은 그만두고 우리 영지에서 떠나 준다면 고마울 것 같네요."

손에 들고 있던 부채를 탁 하고 접었다.

아마도 나는 지금 여기 와서 처음으로 미소를 짓고 있을 것이다.

오늘의 첫 미소.

"……마지막으로 하나만 물어봐도 되겠습니까?"

"말해 봐요."

"당신은 기사에 대해 어떻게 생각합니까?"

"긍지 높은 호국의 병사죠. ……다만 내가 알고 있는 기사는 한 사람뿐이기 때문에 긍지와 오만을 착각하고 있는 게 아닐까 걱정되긴 하지만."

간판을 짊어지고 있다는 건 그런 것이다.

단 한 사람의 행동으로 전체가 그렇게 보이고 만다.

내게는 도르센이 바로 그런 존재였다.

한 사람과 전체는 별개라고 생각하지만, 아무래도 의혹은 남게 된다.

"……그렇군요."

그렇게 말하는 그의 얼굴은 어딘가 후련해 보였다.

"시간을 빼앗아서 죄송합니다. 이만 실례했습니다."

그리고 당당하게 밖으로 나갔다.

"……그가 영지에서 떠날 때까지 감시를 늦추지 마."

그의 모습이 보이지 않게 된 후 타냐에게 그렇게 지시를 내렸다.

타냐는 알겠다는 듯이 고개를 끄덕인 후 예를 표하고 밖으로 나갔다.

"어떻게 생각해?"

나는 뒤에 서 있던 두 사람에게 물었다.

"저자에 대해서 말입니까?"

라일의 물음에 나는 고개를 끄덕였다.

"글쎄요……. 그의 생각을 파악할 수 없어서 뭐라고 말할 수는 없습니다만……."

그 말에 나도 모르게 웃고 말았다.

"……보통 또래의 여자가 활약하고 있다는 걸 알고 그 사람에게 말로 무참하게 굴복당하면…… 남자로서 가만히 있지 못하는 법입니다. 너무 한심해서요."

"어머, 또 수작을 부릴 거란 말이야?"

"아뇨. 그게 아니라…… 성장할 거라는 뜻입니다."

"성장이라……. 뭐 라일의 말도 일리는 있지만…… 그 도련님이 성장이라. 상상이 안 되네."

디더가 낄낄 웃으며 말했다. 그 말에 나는 전면적으로 동의했다.

"어머……. 상대가 도르센만 아니면 디더도 라일 말에 공감은 한다는 뜻이네?"

"응. 나도 어제 호되게 꾸지람을 들었거든."

누구에게 들었냐고 묻지는 않았다. 이미 알고 있으니까.

하지만, 그렇구나……. 디더는 그래서 후련한 얼굴을 하고 있었구나.

그가 어떻게 될지는 상상할 수 없지만…… 뭐, 상관없다.

하고 싶은 말은 했으니까.

그런데도 또다시 무슨 일을 저지른다면…… 용서하지 않겠다.

사실은 이번에도 딱히 그를 너그럽게 봐주거나 하지는 않았지만.

애초에 끼어들 수도 없게 막았으니까. 하지만 '그'는 다르다.

"……자, 그럼 가 볼까?"

내 말에 두 사람이 고개를 끄덕였다.

"호위, 잘 부탁해."

나는 그런 두 사람을 향해 미소를 지었다.

두 사람이 또다시 함께 나를 지켜 줄 거라는 사실에.

† † †

"……너도 참 질리지도 않나 보구나."

나는 쿡쿡 웃었다. 눈앞에는 반이 감옥에 갇혀 있었다.

"아이리스……! 도와줘. 사람들이 갑자기 날 여기 가뒀어…….
대체 뭐가 뭔지……."

"네가 저지른 짓을 내가 모를 거라고 생각해?"

그렇게 말하며 미소 짓자 반이 한순간 놀란 듯이 눈을 동그랗게 떴
다.

어머, 그렇게 쉽게 얼굴에 드러내선 안 되지. 그렇게 생각하자 웃
음이 치밀었다.

"꽤나 쉽게 감언이설에 넘어갔더구나. 덕분에 숨어 있던 교황파
잔당과 관계가 있던 귀족들을 끌어낼 수 있었어. 교회에서도 고마
워하더군."

사건의 경위를 라프시몬즈 사제에게 전하자 그는 재빨리 움직였
다.

덕분에 그에게 빚을 지울 수도 있었고, 성과는 꽤 좋은 편이다.

"……내가 뭘 했다고……."

"굳이 전부 말해 줘야 돼? 넌 그들의 감언이설에 넘어가서 수장이
되는 길을 선택했어. 이번 사건과 도르센을 이용해서 나를 규탄하
려고 했지?"

나와 뒷골목 조직 보르틱 패밀리가 결탁해서 백성들을 부당하게
수탈하고 있다……. 그걸 도르센이 목격하면 불씨는 완성된다.

연기를 피워서 나를 아르메리아 공작가에서 쫓아내려는 작전.

사건을 일으킨 것이 아니라 원래 일어난 사건을 이용한 것뿐이니
까, 임기응변인 부분도 많고 나를 규탄하기에는 조금 약하다.

그래도 그 추문을 듣고 엘리아 왕비 쪽이 붙었더라면 아마 힘들었

을 것이다.

엘리아 왕비는 나를 노리고 있고, 그녀의 영향력은 아직 크니까.

무서운 점은 사건 자체와는 관계가 없기 때문에 처음부터 반과 도르센을 감시하지 않았더라면 눈치채지 못했을 거라는 사실이다……. 두 사람을 감시했던 멤버들에게 특별 수당을 줘야지.

"참……. 증거는 전부 입수했으니까 쓸데없는 변명은 필요 없어. 너희 가문은 아버지의 부정 행위로 이미 지위를 박탈당했으니까 너는 그저 일개 시민일 뿐. 추종자들도 이미 붙잡혔거나 이번 사건으로 영향력을 잃게 되겠지. 아무 뒷배도 없는 네가…… 귀족인 내게 이런 일을 저지르고도 설마 무사히 넘어갈 거라고는 생각하지 않겠지?"

"……용서해 줘……! 나는 놈들의 감언이설에 속아서 이용당한 것뿐이야……!"

반이 철창을 움켜잡으며 외쳤다. 너무 힘껏 잡아서 철컹거리는 커다란 소리가 울려 퍼졌다.

순간 내 호위인 두 사람이 내 앞에 섰다.

"……물론 이번 사건은 아르메리아 공작가의 이름으로 교회와 국가에 보고할 거야. 너의 처벌은 교회에 신병을 인도받아 국가에서 결정할지, 아니면 공작령에서 결정할지, 그 문제를 교회와 협의해야 되거든. 단 어느 쪽이든…… 결코 가볍지 않은 벌을 받게 될 거야."

나는 그렇게 말한 후 등을 돌렸다.

등 뒤에서 반이 뭔가 외치는 소리가 들렸지만 무슨 말을 하는지까지는 들리지 않았다.

"……안심했어."

"왜 그러십니까?"

"그의 얼굴을 보면 결의가 조금 흔들리지도 모른다고 생각했는데……."

누가 뭐래도 전생의 나는 평화로운 곳에서 살았다.

물론 사형을 비롯한 형벌은 있었지만, 그것은 어딘가 먼 나라처럼 현실감이 없는 얘기였다.

그래서 안면이 있는 그를 처벌하는 게 망설여지지는 않을까 생각했지만…….

전혀 그렇지 않았다.

그저 해야 할 일이라고 마음속에서 사무적으로 받아들이는 듯한.

그런 감각이었다.

"……반이라서 다행이야."

이미 한 번 기회를 줬다. 그걸 걷어찬 건 다름 아닌 반이다.

결코 반성하지 않는 그의 감탄할 만큼 악역 같은 행동 덕분에 망설임은 필요 없다는 생각이 들었다.

"자, 그럼 목적은 이뤘으니까 이만 돌아갈까?"

† † †

"……아. 역시 반도 도르센도 쓸모가 없네."

쿡쿡 웃음이 흘러나왔다.

"처음부터 기대도 안 했잖습니까? 운 좋게 성공하면 다행이라고 생각했을 뿐."

"응. 이번 일은 그냥 심술 같은 거니까. ……그녀를 괴롭히기 위한."

계획은 지극히 순조롭게 진행되고 있다.

이번 사건은 그녀에게 그저 심심풀이일 뿐. 아이리스의 허둥대는 모습을 상상할 수 있어서 재미있었다. 뭐, 이 정도에 불과했다.

"무서운 분이군요. 당신의 유희에 많은 가문이 격하되고 가주가 칩거하거나 후계자 교체가 벌어졌습니다."

"어머, 난 친절한 사람이야. 그분들은 원래 교황과 관련이 있다는 소문이 돌고 있었는걸. 늦건, 빠르건 이렇게 됐을 거야……. 나는 그전에 마지막 기사 회생의 기회를 준 것뿐이야. ……뭐, 실패한다 해도 어차피 엘리아 왕비 일파에서 버림받은 자들이니까 아무렇지도 않지만."

그녀의 말에 이번에는 디반이 큰 소리로 웃음을 터뜨렸다.

"그래도 반과 도르센은 좀 아쉽네. 좀 더 날 즐겁게 해 줄 줄 알았는데……. 역시 도련님들은 이래서 안 돼."

사실은 반을 위해서 더욱 멋진 무대를 준비하고 있었다.

하지만 아이리스의 감시가 그녀의 생각보다 훨씬 엄중해서 포기하지 않을 수 없었다.

그게 분해서 앙갚음을 한 것이 이번 사건이다.

"호오, 가차 없군요. 저는 또 당연히 당신의 어머님처럼……."

"어머님 얘기는 하지 말라고 몇 번을 말해야 알겠어?"

"……실례했습니다. 하지만 감사는 해야죠. 그녀 덕분에 당신은 이렇게까지 성장한 거니까요."

"후후후……. 그게 뭐야, 새로운 농담이야?"

"아뇨, 지극히 진지한 감상입니다. 그런 나쁜 본보기가 있었기 때문에 지금의 당신이 된 것이니까요."

그녀는 디반의 말에 잠시 생각에 잠겼다.

확실히 그녀에게 어머니는 좋은 본보기였다. ……나쁜 의미에서.

그녀의 어머니는 트와일국에서 태어났다.

어머니가 이 나라에 온 이유는…… 이 나라를 조사하고 고국에 정보를 흘리기 위한 스파이였기 때문이다.

처음에는 계획대로 왕궁에 잠입해서 제법 잘 해냈던 모양이다.

그런데 어째서 고작 남작과 사랑에 빠진 걸까? 유리에게는 그게 최대의 의문이었다.

유리의 어머니는 아름다운 여성이었다. 외모도 하나의 무기다.

그것은 외모가 뛰어날수록 좋다는 뜻이 아니다. 중요한 건 사용하는 방법이다.

평범한 용모라면 사람들 틈에 섞일 수 있고, 뛰어난 용모라면 그걸 이용해서 적극적으로 상층부를 함락하는 것도 하나의 방법이다.

물론 그러려면 외모뿐만 아니라 그 밖에 많은 것이 필요하지만.

어쨌든 그녀의 어머니 같은 미모의 여성에게 요구되는 것은 허니 트랩…… 즉, 미인계.

그런데도 그녀의 어머니는 남작, 그것도 본인이 사랑에 빠졌으니 정말 우스운 일이다.

그녀가 태어난 후, 어머니는 자신을 찾아낸 디반의 지시를 거부했고.

남작의 정처에게 그 모습을 들켜서 정체가 발각되는 바람에 할 수 없이 남작가를 떠났다.

이건 디반의 실책이라고도 할 수 있다.

본래 목적은 유리를 어떻게든 남작가의 일원으로 인정받게 만들어 귀족 사회에 스며들게 하는 것이었다.

하지만 그때 그 계획은 물거품이 되고 말았다. 정처는 그녀의 어머니에게 충고했다.

『너는 남작가의 오점이다. 너의 존재만으로도 남편은 피해를 입게 된다. 당장 나가거라. 나가지 않으면 나라에 보고하겠다.』라고.

결국 유리의 어머니는 순순히 떠났고, 남작가도 누명을 쓸지 모른다는 것을 염려한 정처는 이 문제를 나라에 보고하지 않았다.

왜 순순히 남작가를 떠난 걸까……? 유리는 도무지 이해할 수 없었다.

자신의 존재를 방패 삼아 오히려 남작가를 위협할 수도 있었을 텐데.

어머니의 정체가 탄로 나면 난처해지는 것은 남작가다.

그런데도 어머니는 그러기는커녕 남작에게 피해가 가지 않도록 집을 떠났다.

별다른 준비도 하지 못한 탓에 돈이고 뭐고 아무것도 없는 상태로.

간신히 유리를 무사히 낳긴 했지만 돈이 없는 생활은 무척이나 힘겨웠다.

게다가 용모 단정한 임신한 여성이 맨몸뚱이로 마을에 흘러들어 오면 당연히 온갖 억측을 부르기 마련이다.

그리고 그런 태도는 어른들이 아이에게 직접 말하지 않아도 전해지는 법이다.

……그 탓에 그녀는 온갖 잔인한 말을 들었다.

따돌림 정도는 귀여운 수준이고, 욕설이나 괴롭힘도 많이 당했다.

나는 왜 아빠가 없냐고 물어도 어머니는 그저 대답을 얼버무릴 뿐.

디반이 나타나서 가르쳐 주지 않았더라면 영원히 모른 채로 살아갔을지도 모른다.

디반은 그녀에게 많은 것을 가르쳐 줬다.

인간을 관찰하는 방법부터 각 성격에 맞게 호감을 얻는 대화법, 폭넓은 취미에 대응할 수 있는 교양.

세계는 넓고, 악의로 가득한 그녀의 세계는 매우 작다는 것도.

그녀는 그와 만나는 것을 어머니에게 숨겼다.

비밀이란 떳떳하지 못한 짓이지만 그래도 순수하게 즐거웠다.

그러던 어느 날, 어머니가 쓰러졌다. 돌림병이었다.

약만 먹으면 낫는 병이었지만 그 약은 무척 비싸서 구할 수가 없었다.

그때 디반은 한창 본래의 임무를 수행하고 있는 중이었기 때문에 그녀에게는 의논할 수 있는 사람조차 없었다.

어쩔 줄 몰라 하는 사이에 어머니의 병세는 점점 악화됐다.

그렇다면……. 그녀는 디반이 가르쳐 준 남작가를 찾아갔다.

어쩌면 도와줄지도 모른다는 생각에…….

하지만 부탁은커녕 만나지도 못하고 문전박대 당했다.

심지어 정처는 그녀를 미행해서 거처를 알아낸 후 어머니를 죽이려고 사람을 보내기까지 했다.

다행히 다반이 아슬아슬하게 구해 줬지만 그가 없었더라면 유리도 어떻게 됐을지 모른다.

디반은 그녀를 꾸짖었다.

조금만 생각해 보면 트와일국에서 보냈다는 사실을 제외해도 정처에게는 눈엣가시 같은 존재라는 걸 알 수 있지 않냐고.

『그치만 남작가의 가주는 내 아버지잖아? 이 상황을 알면 분명히 도와줄 줄 알았는데.』

디반이 그렇게 외치는 그녀에게 말했다. 이제 그만 꿈에서 깨어나라고.

어머니에게 첫눈에 반해서 진실한 사랑에 눈떴다고 속삭이던 그도 결국 정처와 이혼하지 못했다.

어머니가 모습을 감춘 후 찾지도 않았다. 귀족님에게는 단순한 연애 게임일 뿐이니까.

그렇게 태어난 딸아이에게 당연히 관심이 있을 리 만무하다.

……그녀는 반박할 수 없었다. 오히려 납득했다.

어차피 인간과 인간의 관계는 서로 속고 속이는 관계.

선수를 치는 사람이 승리다. 디반에게 그렇게 배우지 않았던가.

사랑도, 연애도 그 연장선상에 있다.

먼저 반한 쪽이 지는 것. 믿는 쪽이 지는 것.

어머니는 패배한 것이다.

……이렇게 심플하고 명쾌할 수가.

싸워서 이기고 말겠다. 자신을 깔보던 마을 사람들도, 남작가 사람들도. 그리고 이 환경에서 자라게 만든 어머니도.

이기고, 복수하고, 내려다보고 말 거야……. 그녀는 그때 그렇게 맹세했다.

……하지만 그 맹세는 곧 깨졌다.

어머니가 세상을 떠난 것이다.

디반에게 약을 받았지만 이미 때를 놓친 후였다.

이상하게도 눈물은 나지 않았다. 그녀의 마음을 점령한 것은 동정뿐이었다.

가엾은 어머님…….

패배한 자를 기다리는 것은 비참한 죽음뿐.

그러니까 나는 어머니처럼 되진 않을 거야…….

어머니를 이겨서 뼈저리게 후회하게 만들어 주겠다는 목표는 무너졌지만…… 대신 어머니의 역할을 훌륭하게 해내고 말겠다고 결심했다.

이 나라에 애착 따윈 없어. 날 도와준 사람은 아무도 없고, 모두가 적이야.

내게 이곳은 감옥이었어. 그러니까 어떻게 되든 상관없어…….

이 감정을 내가 어머니를 넘어섰다는 증거로 삼도록 하자……. 유리는 새로운 맹세를 가슴에 품었다.

"당신의 말대로 남작은 정처가 죽은 후 곧 나를 호적에 올렸지. 어떤 의미로 그 남자가 더 좋은 본보기가 됐을지도 몰라. 뭐…… 너무 우스워서 웃어 버렸지만."

학원에서는 귀족 자제들이 한곳에 모여서 함께 지내야 한다.

대의명분은 귀족들 간에 친목을 다지는 것과 사회에 나가기 전에 예행 연습을 하는 것.

그것도 물론 있지만…… 혼약자가 없는 아이들에게 그곳은 만남의 장.

즉, 학원에 들어가기 전에 어느 정도 매너와 다른 여러 가지 것들을 배운다.

그걸 대충 겉핥기식으로만 가르치고 입학을 시키다니……. 정말 생각이 얕은 자다.

어떤 의미로 혈연이라도 장기짝 취급하는 꼴을 보니 차라리 후련할 정도다.

아버지는 조금이라도 격이 높은 가문의 사람과 맺어지길 바라고 있겠지만…… 서민들 틈에서 자란 아이가 갑자기 귀족 사회에 던져져서 잘 해낼 수 있을 리 없지 않은가. 현실적인 그녀는 아버지의 생각을 코끝으로 비웃었다.

그러나 그녀는 자신의 처지를 역으로 이용하여 교묘하게 환심을 살 수 있었다.

남작가에서 배운 것보다 디반에게 배운 것들이 훨씬 큰 도움이 됐다.

"……그런 건 아무래도 상관없어. 디반, 이제 슬슬 당신 차례 아니야? 나를 즐겁게 해 줘."

"물론입니다."

디반은 그렇게 말하며 웃었다. 그 웃음을 보며 그녀 또한 웃었다.

후기

3권입니다. 드디어 3권입니다. 게다가 이번에는 만화 1권과 동시에 발매됩니다.(※2016년 일본 기준) 이 소설은 등장인물이 많은 데다 모두 드레스와 장식이 많은 옷을 입고 다니는데, 그리기 힘들 것 같습니다……. 그림을 그려 본 적이 없는 저는 잘 모르겠지만 정말 고맙습니다. 우메미야 스키 선생님의 멋진 그림으로 공작 영애를 읽을 수 있어서 행복합니다.

실은 이번에 단행본을 출판하면서 담당님께 꽤나 억지를 부렸습니다. 사실은 양이 너무 많아서 한 권에 다 담기가 힘들었거든요. 하지만 한 권에 담지 않으면 너무 어중간해서……. "더는 자를 수 없어요……!"부터 시작해서 오케이를 받은 후에 "사실은 이 에피소드를 추가하고 싶은데요……."라고 더욱 엄청난 억지를 부리기까지……. 새로 담당이 되신 지 얼마 되지도 않았는데 정말 죄송합니다.

어쨌든 덕분에 독자 여러분께 충실한 양을 선보일 수 있게 됐습니다. 내용도 충실하다고 생각해 주신다면 기쁘겠습니다.

마지막으로 여러분께 감사드립니다.

여기까지 올 수 있었던 것은 읽어 주시는 독자 여러분, 작가에게 힘이 되어 주시는 여러분 덕분입니다. 정말 고맙습니다.

레이아

공작 영애의 소양 3

원작: 레이아 만화: 우메미야 스키 캐릭터 원안: 후타바 하즈키

**세수 비리 발견!
위기에 빠진 일하는 공녀님의
앞에 나타난 것은—?!**

**여성향 게임의 악역 영애로 전생하여
공작가 영지를 다스리게 된 '나'.
세수 비리 문제로 골머리를 앓고 있던 그녀의 앞에
한 청년이 나타난다—.**

루체

이번에는 절대 방해하지 않을게요!

원작: 소라타니 레이나 **만화:** 하루카와 하루

질투로 인해 죄를 저지르고
투옥된 공작 영애 비올렛.
감옥 안에서 그녀는 생각한다.
'조금은 다른 삶의 방식이 있었다면.'
그 순간, 1년 전으로 시간이 되감겨 있었다.
비올렛은 결심한다. 이번만은 틀리지 않겠어.
누구도 방해하지 않고 눈에 띄지 않게 살아가겠어…!!
하지만 그녀의 생각과는 달리 연이어 사건이 발생하고?!

악역 영애의 타임 슬립 러브 코미디!!

루체
LUCE

공작 영애의 소양 3

2023년 09월 26일 제1판 인쇄
2023년 10월 31일 제1판 발행

지음 레이아
일러스트 후타바 하즈키
옮김 김진수

발행 영상출판미디어(주)
등록번호 제 2002-000003호
주소 07551 서울특별시 강서구 양천로 570(등촌동, NH서울타워) 19층
전화 02-337-0610

ISBN 979-11-380-3323-7
ISBN 979-11-380-3143-1(세트)

KOUSYAKU REIJOU NO TASHINAMI Vol.3
ⓒReia, Haduki Futaba 2016
First published in Japan in 2016 by KADOKAWA CORPORATION, Tokyo.
Korean translation rights arranged with KADOKAWA CORPORATION, Tokyo.